# 向田邦子との二十年

久世光彦

筑摩書房

## 触れもせで

## 夢あたたかき

# 向田邦子との二十年

本文中の写真は向田邦子さんの遺品です。これらの品々は
かごしま近代文学館に収蔵されています。撮影／菊地和男

# 触れもせで

向田せいさんへ——

# 遅刻



あれは四月の午後だった。春雨というにはちょっと激しすぎる雨が少し前から降りだして、ガラス窓の向こうの街は急に紗《しゃ》をかけたように白っぽくなった。私はその午後表参道の近くにある喫茶店で向田さんを待っていた。いつも必ずと言っていいくらい遅れて来る人だったから、その分を勘定して行ったつもりだったのに、それでも向田さんはまだ来ていなかった。彼女が死んだあと、誰かが書いた追悼文を読んでいたら、約束の時間に一度も遅れたことのない礼儀正しい人だったというのがあって驚いたことがあるが、それはとんでもない話で、あんなに約束の時間にいい加減な人も珍しかった。でも、もしかしたらそれは私に対してだけで、他の人には律儀だったのかもしれない。そう思うと、あの人がいなくなって十年も経った今になって急に腹が立ってくる。私はいつもあの人を待っていた。もう約束の時間を三十分も過ぎている。いつも遅刻の言い訳は決まっていた。出がけに電話があって、というのか、猫が逃げてしまって、というのか、他にもう少し知恵がないのかと思うくらいこの二つの言い訳で一生を賄《まかな》った人だった。今日もそのどっちかで誤魔化すつもりなのだろう。突然の雨に追われて何人かの傘のない客が逃げ込んで来る。雨というものには匂いがあるもので、その客たちが私の席のそばを通り過ぎたとき、どこか艶めいた春の雨の匂いがしたのを覚えている。

白い雨に煙ると信号の色もにじんで見える。ふだんはさほど風情《ふぜい》があるようには思えない青山通りが、こんな日は巴里《パリ》の街角のように見えたりする。そんなことをぼんやり考えながらガラス窓の外を眺めていたら、信号が青になった横断歩道を、向田さんが薄いベージュのスカートをひるがえして走って来るのが見えた。私がここから見ているのをちゃんと知っていて走っているのだ。せめてもの申し訳に走るのである。傘をさしているところを見ると、つい今しがた家を出て来たに違いない。ここは彼女のアパートから二分とかからない。スローモーションのようにゆっくりと、それなのにひらりひらりというのがあの人の走り方だった。女学校のころハードルの選手だったというのも本当かもしれない。

私はあからさまに嫌な顔をしてみせたつもりだったが、彼女はしらばっくれてにこにこ笑っていた。言い訳は電話だったか、猫の脱走だったか忘れたが、とにかく向田さんはほんの二、三分遅れてきたような顔で私の前に格好よく足を組んで坐る。取り立てて長い足とは言えなかったが、足の組み方の上手な人だった。そして、その日も素足だった。私の知っている向田さんは、いつも素足だった。くるぶしのあたりに、走って跳《は》ねた泥が飛んでいた。ストッキングに跳ねてこびりついた泥は醜いものだが、素足のそれはちっとも嫌な感じではなかった。でも、それは向田さんだったからそう思ったのかもしれない。その泥を気にしておしぼりで拭いたりしないで、平気な顔をしているのが彼女らしかった。そういう無頓着のふりをして無邪気な可愛らしさを見せるあたりは、ちょっと人に真似のできないものがあった。手に持った裸の財布と、キーホルダーもつけないやはり裸のドアの鍵を、何気なくテーブルの上に投げ出し、格好よく足を組んでみせるだけで、相手に三十分も待たせたことを忘れさせてしまう、そんな狡《ずる》くて可愛い人を私は彼女以外に知らない。向田さんは、人生のすべてにおいて、あの雨の日の〈素足〉のような人だった。

遅れる人がいれば、待つ人がいる。私は損な役回りで、いつも向田さんを待ってばかりいたような気がするが、それなら待たせる方がいい役かというと、そんなものでもない。このごろは中学の教科書にも載っているらしいが、昔読んだ太宰治の『走れメロス』という話がこの年齢《とし》になっても忘れられないのは、待っている幸せを、あれこれ飾り立てないで真っすぐに教えてくれたからだと思う。向田さんという人は、あまり太宰を認める方ではなかったが、この小説だけは好きだと言っていた。ついでに「太宰って、男の人を酔わせる名人ね」とも言っていた。この言葉には、少年時代に太宰病に罹《かか》って、いつまでも治りきらない私たちに対する皮肉が半分と、そんな病気を嬉しそうに抱えている男たちへの羨望《せんぼう》が半分、入り混じっているようだった。向田さんが言うには、好きとは言えても、こういう小説は女には書けないそうである。信頼という字を書こうとして、そこでどうしても手が止まってしまい、待つという言葉が男の人みたいにきれいに発音できないというのである。そんな話をする向田さんは、いつもみたいに元気ではなかった。原稿用紙に意味のないいたずら書きをしながら、何だか気が重そうだった。この人は、信頼できない誰かを待っているのだろうか。私は、そのときふと思った。

遅れてでも、その人は来たのだろうか。それとも待ちぼうけだったのだろうか。あの人がいなくなって十年も経ってそんなことを考えてみたって仕方がないのだが、私にはいまになって、あの人がいつ誰を待っていたという具体的な記憶が一つもない代わりに、ずっと長い間、何かを待っていたような気がしてならないのである。待っていたのが人なのか、ある状態なのか、それとも時期のようなものなのか、それはわからない。けれど、あの人は人生のいろんなことについて、たいていは自分の方から出向いて、間違いなくきちんと選び取っていたように見えて、本当のところは、じっと辛抱しながら何かを待っていたのではなかろうか。あるいは、生きているということのうちには、こっちから出かけて行かなければならないことと、待っていなければならないことと、両方あるとして、向田さんはその半分は満たされていたけれど、後の半分では最後まで待っていたように思われるのである。そのためには決して遅刻もせず、約束の場所にちゃんと立って、いつまでも立ちつづけ、待ち草臥《くたび》れて死んでしまったのではないだろうか。

あの人が待っていたのは、いったい何だったのか。そんなことがわかれば人生なんて易しいのかもしれない。それがよくわからないから、人はいつだって不安なのだ。おなじ太宰の小品に『待つ』という、これまたいい話がある。『女生徒』とか『葉桜と魔笛』などとおなじように女の一人称告白体の短篇だが、日暮れどきになると毎日きまって駅前のベンチに腰掛けて何かを待っている女の話である。この女はだいたい何を、あるいは誰を待っているのか自分でもわからない。ぼんやり人の行き来を眺めて帰るだけなのだ。誰かを探しているわけでもないし、何かが起こることを期待しているのでもない。何だか訳のわからない不安に追いかけられるようにして毎日駅まできてしまう。待っているのはお友達でもない、旦那さまでも恋人でもない。もっと和やかで明るい何か、たとえば春、青空、五月、近いけれど、どれもちょっと違う。《……ああ、けれども私は待っているのです。胸を躍らせて待っているのだ。眼の前を、ぞろぞろ人が通って行く。あれでもない、これでもない。私は買い物籠をかかえて、こまかく震えながら一心に一心に待っているのだ。……》。そのベンチの女の顔に、向田さんがダブって見える。この小説を読むたびにそう思う。快活でいつも歯切れのよかった向田さんに不似合いな役のようで、よくよく見るとそっくりなのである。あの人が生きていたときには、そんなこと考えたこともなかった。いなくなってはじめて、こんなふうに思い当たるということがあるものだ。あの人は、自分であまり好きではないと言っていた太宰の女主人公たちと、実はかなり近い親戚だったのかもしれない。

私はずいぶん向田さんに待たされた被害者だったが、それよりもあの人の原稿にはもっと待たされた。台本が遅いことでは有名な人だったが、あれは書けないのではなく、遊んでいて書かないから約束の時間に遅れてしまうのである。いざ書きはじめると、たいていは一時間分のテレビドラマを一晩で書き上げてしまうのを私は前から知っていた。他に面白そうなことがあると、嘘をついてでもそっちの方へ行きたくなってしまうのだ。大きな嘘も上手だったが、とりあえずの小細工もうまかった。こっちがやきもきして電話すると、留守番電話がこんなことを言う。〈わたくし、ただいま部屋を留守にしていますが、遠くへは行っておりません。このアパートの中にいます……〉表参道の煉瓦色の大きなマンションを私は頭に思い描く。自分ではマンションとは決して言わず、アパートと言っていたけれど、あれこそマンションである。何人か親しくなった人がいると聞いているから、そのうちの誰かの部屋でちょっとお茶でもご馳走になっているのだろう。留守番電話の声はいかにもそんな風にのどかである。

私は一応納得して電話を切る。ところが不埒なことに、彼女は女ともだちと新幹線で京都へ行き、昼間からすっぽんを食べていたのである。その事実を私が知るのは、台本が届く、その翌日のことである。〈おたべ〉という人を小馬鹿にしたような京都のお菓子を添えて届いた台本は、くやしいくらい面白く、暖かく、人生悪いことばかりじゃないと、ふと思ってしまうような本だった。騙されたことさえ嬉しくなるというほど私は人が善くはないが、少なくともそのことを忘れさせたのは事実だった。あんなに大胆で機知に富んだ、それでいて女の可愛らしさの匂うような嘘はそうつけるものではない。

遅れてばかりいた向田さんは、人より早く死んで私たちを驚かせた。何の言い訳もなかったから、私は明日にでも気のきいた嘘といっしょにあの人が帰って来るような気がしてならない。

指輪をしているときは、あまり笑わなかったし、
笑ってもいつもより口の開け方が小さかったような気がする。
これは向田さんに限らず、ちゃんとした石の指輪をしたときの
女の人に共通して言えることかもしれない。
あるとき、何かのパーティーにいっしょに出た帰り、
あの人の部屋に寄ったことがある。
とるものもとりあえず、
向田さんは高そうな指輪を乱暴に外してデスクの上に放り出し、
それから大股にベランダへ寄ってカーテンを開け、
私を振り返って意味もなく大声で笑った。

# 財布の紐

二十年以上も付かず離れずいて、向田さんに一度もお金を貸したことがなかった。借りたこともなかった。別にきれいなお付き合いをしていたと言いたいわけではない。人と人の間に、できることならお金というものを介在させないでいたい、と彼女が普段から思っていたから私たちにそういうことがなかったのである。かと言って、向田さんは決してお金に関わることを卑しいと考えていた人でもなかったし、無頓着でもなかった。むしろ、お金の有り難さや怖さを人よりも十分知っていたのだと思う。それを承知していればこそ、日々の人との付き合いの中で、金銭がなるべく表に顔を出さないように細かい心配りをしていたのである。

向田さんがある人にお金を貸したのを一度だけ知っている。そのことをとても苦にしていた。そのあと、返すまでも返してもらったあとも、その人が気持ちの上で負い目を持つかもしれないことを気に病むのである。おなじようにお金のことで人に頭を下げるのが嫌だったのだろう。そのときの自分の縮こまった気持ちが我慢ならないのである。男にだって難しいきれいなお金のやりとり、貸し借りが、まして女にできるはずがない、と言っていたのを覚えている。女は男の人にお金を稼いでもらって、それを大切に使わせてもらうのが一番、とも言っていた。男は気前よく財布の底をはたき、女はつつましく財布の紐を締める。男に似合うことと、女に似合うことを向田さんほどよく承知している人はいなかった。

それもこれも、お金の苦労をしなくてよかったお嬢さん育ちだから、と言う人もいるだろうが、そうではない。子供のころはいざ知らず、親に逆らって女独りで家を出て、売れない原稿を書いていたころだってあった。意地も人一倍ある人だったから泣き言も言えず、見栄も女の器量のうちと思っていたからみっともない真似もできず、お金の苦労がなかったはずがない。ただ、向田さんという人は、そういうときにもお金を〈拾わなかった〉のである。天から降ってくるお金を感謝して〈いただいた〉のである。おなじお金を懐へ入れるにしても、この姿勢の違いはあとあと心の高さ低さに関わってくる。〈拾う〉ときには、人間下を向いて屈《かが》まなければならない。天の恵みを〈いただく〉ときには上を向く。〈拾った〉お金をしまい込めば吝嗇《けち》になり、〈いただいた〉お金は大切に使うことになる。けれど、これは喩《たと》えが少し古いから誤解される向きもあろうが、彼女が修身の教科書みたいに善良な性情の人だったという話ではなく、向田さんが人生について賢かったと言いたいのである。そして、それほどにお金というものは、気持ちの持ちよう一つできれいにもなり、汚くもなるという話である。

はじめて知り合ったころは、そんなに豊かではなかったと思う。住んでいた霞町のアパートだって二間と台所のごく普通の部屋だったし、身につけるものにしたって、いま流行のというもので着飾っていたという記憶はまるでない。いっしょにご飯を食べても、奢《おご》られるときはきちんと頭を下げて奢られ、ご馳走してくれるときは、こっちの気持ちの負担にならないように、ほどほどの所で、それもいつの間にか、気がつかないうちにお金を払っていた。この、人に気づかれずにお金を払うというのは、何でもなさそうで実はたいへん難しいことだと思う。カウンターで財布を出し、お札の顔を見せてお金を払って別に不都合というわけではないが、できれば向田さんのように人知れずやってみたいものと、爾来《じらい》何度も試みてはみるのだが、ついタイミングを失して、ちょうどみんながゾロゾロ出てくるときにポケットからお金を出すことになってしまう。あれは天性のものなのだろうか。あのころ向田さんは安くておいしいという店をよく知っていて、狭い路地をいくつも曲がって、こんな片隅にこんな店がというところへ連れて行って貰ったことがよくあった。そんな行きつけの店で、帰りに端数をおまけして貰うと、嬉しそうに「ありがとう。ご馳走様」と、あのちょっと高い声で言っていた。あれは本当に嬉しかったのだと思う。

私、賭事には強いのよ、と威張っているのはよく聞いたものだが、実際札束握りしめてという場面にはお目にかかったことがなかった。目を血走らせて花札をめくったり、骰子《さいころ》をころがしたりするのが、女の人には似合わないことを承知していたのである。そのくせ、男の博打を愚かしいとか、品が悪いとか思っているわけではなかった。そういう男の方がもしかしたら好きだったと思える節さえあった。孜々《しし》として働いてようやく手にしたお金をたった一晩で失くしてしまう理不尽さは、男にだって理不尽だし、それでも憑《つ》かれたように走ってしまう気持ちは、自分でもわからない不思議なものがある。その辺の、曖昧で間尺《ましやく》に合わない男の気持ちを、あの人はぼんやりとかもしれないが、わかっていたような気がするのである。そんな男のために貢いだことがあったかどうか、そこまでは知らないけれど、心の中で手を合わせて女に貢がせる男と、笑ってそれを見送る女たち、やくざ映画の人物たちの、向田さんは少なくとも応援者だったのではなかろうか。自分で乗り込みこそしなかったが、向田邦子は鉄火場で見かけても、ちっともおかしくない人だった。

どんな上の句にも〈それにつけても金の欲しさよ〉という句が下に付くという話がある。たとえば、《山ひだのゆるき流れをのぼりつつ　それにつけても金の欲しさよ》とか、《月を待つ高嶺の雲は晴れにけり　それにつけても金の欲しさよ》といった具合である。どんなに高楊枝《たかようじ》をくわえていたくても、財布の方が一人で淋しがるということがあるものだ。私が長年勤めた会社を辞めて独立したときがそうだった。十数年前のことである。独立と言えば聞こえはいいが、不安なものである。寄りかかる大樹が今日からはないのである。半年先までの当てはあっても、一年先となると目処《めど》などついているはずがなかった。それでも、いろんな人から励ましの言葉を添えて、絵や時計や置物や、それに花をたくさん貰った。どれも嬉しかったが、お金をくれた人が一人だけあった。向田さんだった。何の色気もない茶封筒に入っていた。中に手の切れるようなお札で、びっくりするくらいの金額が入っていた。封筒の表には〈おめでとう〉と、面倒くさそうな字で書いてあった。

私が向田さんからお金を貰ったのもそういうことだったのだろうが、何かの都合で、人にお金を包まなければならないことがよくある。知り合いに子供が生まれたとか、新築祝いとか、結婚式のご祝儀とか。そんなとき私たちは深く考えることもなく、ただ〈入学祝〉とか〈寿〉とか祝儀袋に書いてしまうものだが、向田さんはちょっと違っていた。例えば友だちの誰かが留学するのを送る会があるとする。彼女がバッグから取り出す薄い水色の封筒には〈好日〉と書いてある。何かの賞を貰った人のパーティーなら、表書は〈花束〉である。お正月訪ねた家に小さな子供がいれば、〈お年玉〉ではなく〈おもちゃ〉と書いた袋をポケットへしのばせてやる。自分の書いた脚本のドラマがクランク・インするときなど、作家がスタッフにいわゆる差し入れをすることがある。たいていは〈撮入祝〉と堅い文字が書いてあるものだが、私たちが向田さんからもらった封筒には、ひらがなで〈おやつ〉と書いてあった。

そんな向田さんでも、不祝儀の場合には人並みに〈御霊前〉〈御仏前〉と畏《かしこ》まって書いていた。知恵が浮かばなかったわけではない。悲しみの日には、人とおなじ顔をして、粛然とうなだれるのが礼儀だと心得ていたのである。

お金についてはいつも涼しい顔の向田さんだったが、そのお金を入れるものには凝っていたし、その分いい趣味だった。財布と紙入れとがまぐちと、三種類持っていて使いわけていた。財布はごく平凡な、どこの主婦でも持っていそうなものだったが、いつもすっきりとした姿をしていた。財布のお腹が膨《ふく》らんでいるのが嫌いだったのである。だから、小銭や、カードとか領収書とかの類いは別のものに入れていた。がまぐちには硬貨だけが入っていて、こっちの方は狸のように可愛く膨らんでいた。布製の古風な紙入れの中にはピン札である。咄嗟《とっさ》の場合のお祝いとか、心付けとか、そんなときに慌てなくてすむようにいつも何種類かの手の切れるようなお札が用意されていた。けれど、そんな気配りをしなければならない〈女〉であることを、とても面倒がってもいた。男の人は財布なんか持たないのがいい、とよく言っていた。無造作にお金をズボンのポケットにねじ込む、こんど男に生まれ変わったら、まずあれをやるんだと目を輝かせていた。

いまから二十年ぐらいたった春のある日、青山通りあたりでポケットにお金をねじ込んでいる格好いい男を見かけたら、それは向田さんかもしれない。

# 漱石

本屋で買ってきたまま机の上に置きっぱなしになっているのがもう十冊ばかり貯まっている。いずれ読もうと思って買ったのだが、どうもいま読む気がしない。仕事の関係ですぐにも読まなければならないものも別にある。これもいまは億劫《おっくう》だ。そんなとき本棚のいつものところから『吾輩は猫である』を取り出して、行き当たりばったり、たまたま開いたページから読みはじめる。もう長年の習慣である。しなければならないことが山積みしていたり、仕事の上で人に不義理をして、どう言い訳しようかと気が重いときなど、「猫」(以下『吾輩は猫である』をこう略称することにする)ほど心慰む本はない。あるとき、ある雑誌から〈無人島に持っていく一冊の本〉というアンケートを求められて、何のためらいもなく「猫」と答えて出したところ、向田さんも同じ回答をしていたことがあった。別に奇抜でもなんでもない選択なのだが、それを見てもう一つ向田さんを信用した覚えがある。

向田さんも私も、同じ昭和の十年代に早熟の子であった。父親の本箱から無差別に本を持ち出してきてはわけもわからず読んでいた。大人の本を読むと叱られるから一層集中して読む。菊池寛の『真珠夫人』とか岡本綺堂の『半七捕物帳』とか、私は六、七歳で読んでいた。余り良いことではないと、いまは思うが、そのころはスリルがあるだけに夢中だった。向田さんはやはりその年ごろ、トーマス・ハーディの『テス』を読んで、ヒロインの処女喪失のシーンに動悸《どうき》したと言っていた。これまた、あまり可愛げのある子とは言えない。「猫」もそのころに初めて読んだ。わからないところもいっぱいあったが、わかるところも沢山あった。わかるところはみんな面白かった。寒月がヴァイオリンをこっそり買いに行くのに、なかなか日が暮れてくれなくて、縁側の甘干しの柿ばかり食べる話や、迷亭が土手三番町の首懸《くびか》けの松の下を通りかかって首《くび》を縊りたくなる話や、私は声を出して笑った。七歳の小児を笑わせるだけでも、漱石はたいしたものである。

猫がビールを飲んで水瓶の中に転落し、大往生をとげるラストシーンに〈主人は早晩胃病で死ぬ〉という一節があるが、子供の私はこの〈早晩〉がわからなかった。早い時間の夕方と見当をつけてみたものの、ちょっとおかしい。何故〈死んだ〉と過去形になっていないのだろう。大人の本を読んではいけないと常々言われているから親に訊《き》くわけにもいかず、そのころは辞書を引く術《すべ》も知らなかったから、私はこの謎を中学生になるまで密かに抱きつづけていたものである。向田さんにその話をしたところ、「あら、私は知っていたわ。いずれ、間もなくという意味でしょ」と澄ましておっしゃった。でも、あれは嘘に決まっている。六つや七つの女の子が、〈早晩〉などという言葉、知っているわけがない。向田邦子は嘘つきである。

〈後架《こうか》〉というのもわからない一つだった。猫の主人の苦沙弥《くしゃみ》先生は〈後架で謡《うたい》をうなる〉というのだが、漱石のころから四十年も経った昭和十年代には、もう誰もトイレのことを〈後架〉などとは言っていなかったから、これはわからなくて当たり前だろう。同じ「猫」の中に、美学者・迷亭氏がダ・ヴィンチの教訓について述べているところがあり、そこに〈雪隠《せっちん》〉という、これまたトイレの古称が出てくるが、こっちの方はすぐにわかった。あのころは年寄りがまだ使っていた言葉だったのだろう。

同じトイレという意味の日本語はずいぶんある。古くは「猫」の〈後架〉〈雪隠〉から、〈厠《かわや》〉〈手洗い〉〈便所〉に〈御不浄《ごふじょう》〉、ややこしいようだが、これが日本語のいいところだと私は思っている。いずれも少しずつニュアンスが違う。時と所によって、どの言葉を使うか、そんな楽しみがあるのが日本語の良さである。

向田さんは、と言えば、たいていは気取って〈御不浄〉と言っていた。ときに、たとえば小走りに駆け込むような場合は〈お便所〉と言っていた。そんな使い分けが面白い人だった。普通、〈便所〉と言えば直接的すぎるし、何となく発音も汚らしく思えて、特に女の人は避けたがる言葉なのに、向田さんが使うと追い詰められたおかしさがなんとも可愛くて、これも人柄かと感心したものである。

いまの読者は漱石を読むときに、国語辞典を傍らに置くという話がある。言ってみれば、『枕草子』や『伊勢物語』とおなじ読み方ということである。とするなら鏡花もそうだろうし、鷗外だって辞書なしには読めまい。つまり向田さんや私たちの世代が、あのころ父親の本棚からこっそり取り出しては読み耽《ふけ》った『明治大正文学全集』に収められていた小説たちは、いつの間にか古典になってしまっているのだ。しかし、一千年昔の平安と、たった五十年前の『明治大正文学全集』とがおなじ古典というのは、やはり納得できない不思議としか言いようがない。当今のように世の中がめまぐるしく変わって行くと、過去は車窓に流れる風景のようにどんどん遠くへ離れてしまうのもわかると言えばわかるのだが、ときには途中下車して静止した風景を眺めたりもしないと、少なくとも〈文化〉という点ではおかしなことになってしまう。ただ駆け足で生き急ぎ、死に急ぎ、ようやく末期の眼で静止した風景に行きあたってみたら、それは荒涼とした白い枯野だったというのでは情けない。

などと、年寄りじみたことを考えているうちに、たとえば漱石のどんなところに国語辞典が必要なのか、気になりはじめて、任意にページを開いてみることにする。まず『三四郎』の冒頭に〈頓狂《とんきょう》〉というのが出てくる。〈発車間際に頓狂な声を出して、駈け込んで来て……〉という件《くだ》りである。そう言えばこのごろ、日常会話で聞かなくなった言葉である。〈素っ頓狂〉ならまだわかるかもしれないが、〈頓狂〉のままでは、だしぬけに調子はずれの言動をする、という意味は伝わりにくい。次に『草枕』。私は書き出しの〈智に働けば角が立つ。情に棹《さお》させば流される。意地を通せば窮屈だ。兎角《とかく》に人の世は住みにくい〉というところまでは空で言えたが、向田さんは更にその先の〈住みにくさが高じると、安い所へ引き越したくなる。……〉から〈人の世を作ったものは神でもなければ鬼でもない。……〉あたりまで覚えていたのでびっくりしたことがある。けれど、私たちぐらいの世代で漱石を暗記しているのは別に珍しいことでも何でもなかった。若かったからだとは思うが、好きな文句を暗記することはちっとも苦にならなかったものである。その『草枕』の第五章、床屋のシーンに〈道理で〉〈癇性《かんしょう》〉〈名代《なだい》な〉〈罵詈《ばり》される〉〈得心《とくしん》ずくで〉〈御新造《ごしんぞ》〉と立て続けに出てくる。最初の〈道理で〉がわからない人はまさかいないだろうが、ふと考えてみると今日一日、起きてから寝るまでの間に耳にした覚えはない。日用語でないことだけは確かである。〈癇〉にしたって、〈癇にさわる〉とか〈癇を立てる〉とか〈癇の虫〉とか、昔は初中《しょっちゅう》使っていた。〈名代〉は〈有名〉にとって代わられてしまったし、〈罵詈雑言〉はまだ細々と生きてはいるが、〈罵詈される〉とはもう誰も言わない。

　これらを少し分類してみると、死語と半死語にわけることができそうだ。死語に属するのが〈名代な〉〈罵詈される〉〈御新造〉で、半死語が〈頓狂〉〈道理で〉〈癇〉〈得心ずくで〉である。死んでしまったものは仕方がないが、まだ息のあるものは何とか生き永らえさせられないものだろうか、向田さんはよくそう言っていた。だからエッセイや小説の中で、明らかに意図的にそのたぐいの言葉を使っていた。何も古い言い回しが懐かしかったからではない。その言葉にしかない味や香りやニュアンスが死んで行くのが残念でならなかったのである。ちょっと妙な言い方だが、向田さんは日本語が好きだった。考えようによっては面倒なことではあるが、一つことを幾通りにでも表現したり、持って回って言ったりする日本の言葉を、とても大切に思っていた。だから、まだ有名になる前の彼女の随筆を読んだ人が、明治生まれの老女を想像していたという話も、笑ってしまうが、もっともだとも思う。例の『草枕』の〈得心ずくで〉などは何度も使っていたような気がする。

いちいち出典は挙げないが、向田さんの書いたものをパラパラめくっていると、漱石ほどではないにしても、半死語が次々に現れる。〈到来物〉〈冥利《みょうり》が悪い〉〈悋気《りんき》〉〈按配《あんばい》〉〈目論見《もくろみ》〉。まだある。〈気落ちする〉〈持ち重りのする〉〈了見〉〈昵懇《じっこん》〉……どれも他の言葉に置き換えにくい、暖かい人の体温のようなものを感じさせる言葉ばかりである。ちっとも古くはないし、わかりにくくもない。日本語の優しさと暖かさが、春の水のようにゆったりと伝わって来る。どうか国語辞典を引いて、そのぬくもりを感じ取って欲しい。

# 名前の匂い

人の名前には匂いがあると思う。温度のようなものもあるような気がする。もっとも、それは単に名前の文字からだけ来るものではなく、名前にはかならず顔がついているからそう思うのかもしれない。私の知っている〈秋子〉という名の人は、どの人もつつましく涼しげだし、〈朱美〉には華やかでいろっぽい人が多い。それは、よく言われることだが、自分の名前と長年連れ添って暮らしているうちに、人の方から名前に近づいて行くからなのかもしれない。人とその名前は、どこへ行くにもいっしょである。いっしょに思いあぐね、いっしょに頰を染め、いっしょに怒ったりするうちに、名前に匂いが移り、体温も伝わって行くのだろう。女の名前は特にそうである。

向田さんは、表向きは自分の名前を嫌がっていた。向田という姓も、邦子という名も、画数が少なくて、紙がはがれて桟《さん》だけの障子戸のようで嫌だ嫌だとよく言っていた。風通しが良すぎて、だからしょっちゅう風邪をひくんだと怒っていた。脚本家になる前、二十代で映画雑誌に雑文を書いていたころ、向田さんは〈矢田陽子〉というペンネームを使っていたことがある。親から貰った名前が〈嫌だよう〉という、可愛くて悪戯《いたずら》っぽい反逆だったのである。そう言いながら、あっさりしているけれど品がない名前じゃないとか、うじうじした嫉妬《やきもち》には似合わない名前だとか、結構気に入っている風でもあった。けれど一方では、邦子という名前は向田という姓にはうまくつながるけど、なかなか他の姓にはマッチしない。つまりお嫁に行くのに困ってしまうなどと、いい年をして気に病んでいた。よく女学生が未来の夢を見て、ノートの隅っこにいろんな姓と自分の名前をつなげて書いてみるみたいに、この人も夜中にこっそり、原稿用紙にそんないたずら書きをしているのかしらと想像しておかしくなったことがある。人生、一度ぐらい他の姓になってみるのも良かったのに、この人は向田邦子で生まれ、向田邦子のまま死んでしまった。

私は邦子という名前が好きである。味でいうならさっぱりした塩味で、器でいうなら肉が厚からず薄からず、さらりとした手触りの素焼きの良さである。それに私はこの名前になんとなく暖かいユーモアを感じる。これには多少わけがあって、昭和の初期から十年代にかけて『少年倶楽部』などの雑誌に「全権先生」とか「苦心の学友」「愚弟賢兄」といったいわゆるユーモア小説を書いて人気のあった佐々木邦という作家がいて、これはその名前からの連想である。挿絵はたいてい河目悌二という人で、私は子供のころ兄の本でよく読んだことがある。私がその話を向田さんにすると、彼女は妙に納得して、そう言えば自分も昔から佐々木邦には親しみを感じていたなどと呟《つぶや》いていたものである。そのときの私はからかい半分で言ったつもりだったのだが、ふと考えると、屈託がなくて冬の日の鉄瓶の湯気のように暖かいくせに、どこか底の方に悲しい苦みが沈んで見えるあたり、向田さんと佐々木邦は、案外似ていたのかもしれないとこのごろ考えるのである。

素っ気ない名前の邦子さんには、下に二人の妹がいて、迪子《みちこ》と和子という。三人並べてみるとなかなかつりあいの取れたいい姉妹の名前なのだが、当人たちにしてみればそうでもないらしく、それぞれに勝手な不満を言い合っていたようなのだが、向田さんは末の妹さんには特に同情して手抜きの名前だと常々言っていた。自分や迪子はまだいいけれど、和子なんて名前、どこのクラスにも三人はいるというのである。なるほど私にも覚えがあるが、昭和のあのころの子供は昭子と和子ばかりだったような気がする。これらの名前の命名者であり、貫太郎のモデルでもあった頑固一徹のお父さんも、娘たちの口にかかっては散々で、『明治大正文学全集』を本棚に並べていたわりには、子供の名前に文学性がないとか、だからあれは並べてあっただけで読んでなかったんだとか、三人の娘たちはそんな父親を懐かしがりながら悪口を言っていた。

毎年、八月の命日にお宅へ行くと、二人の妹さんに会う。迪子さんも和子さんも五十を過ぎてしまったが、晩年の向田さんがそうであったように、額や眉のあたりに少女の俤《おもかげ》を残しながら年々、ゆったりと落ち着いて見える。年月とともに人と名前が寄り添って、いい匂いがし、暖かい声になってきた。向田さんも、生きていれば今年六十三になる。還暦を過ぎた向田さんなどと考えると笑ってしまうが、そろそろ他人事《ひとごと》ではない。昭和が平成になり、もう誰も子供に昭子とか和子とかいう名前をつけなくなるだろう。和子ちゃん、と呼ぶと、何人もが振り返ったあのころのクラスは、もう昔々と言っていいくらい遠くになってしまった。

向田さんは作中の人物の名前なんかどうだっていいと日頃言ってはいたが、嘘である。ただ、一見どうでもいいような名前ばかりつけていたのは事実である。たとえば『寺内貫太郎一家』の石屋の使用人の名前は〈イワ〉に〈タメ〉に〈ウス〉、向かいの花屋は〈花くま〉であった。いずれ〈岩五郎〉とか〈為吉〉とか本名はあるのだろうが、最後まで誰も知らなかった。女の名前にしたって『阿修羅のごとく』の四姉妹は、上から〈つな子〉〈まき子〉〈たき子〉〈さき子〉だったし、他にも〈ツヤ子〉とか

〈とみ子〉とか、そんな名前ばかりであった。なぜかというと、第一に経済的な理由からである。経済的というのは、字を書く手間のことである。脚本というものは、台詞《せりふ》の頭に一々それを喋る人物の名前を書かなくてはならない。主な役だと一篇の脚本の中で五十や百の台詞を喋るのは普通だから、そう考えるとその手間も大変と言えば大変である。〈イワ〉と百回書くのと、〈森繁〉と百回書くのとでは草臥《くたび》れ方が違うと向田さんが言うのもよくわかる。私がいっしょにやった仕事の中で彼女がいちばん嫌がったのは、久生十蘭《ひさおじゆうらん》の小説をドラマにした『顎十郎捕物帳』のときだった。主人公の顎十郎の〈顎〉の字を書くのが嫌なのである。そんな向田さんだったから、自作の人物に〈馨〉とか〈慶三郎〉とかいう画数の多い役名をつけたことはまずないはずである。

しかし、そんな自称〈手抜き〉の蔭に向田さんの暖かい気持ちが陽炎《かげろう》のようにこもっているのを私が知ったのは、彼女と仕事をはじめてかなり経ってからだった。あるドラマで原稿に〈その子〉と書いてあったのを、私が勝手に〈忍〉と直してひどく怒られたことがあった。そういう特別な、それも過剰にロマンティックな名前だと、はじめからなんだか選ばれた劇的な女になってしまう。女はみんな普通なのだ。普通の生まれで普通の育ち、普通の名前で普通に人を好きになる。普通の顔に菩薩《ぼさつ》の笑みを浮かべ、普通の顔をして心に鬼を棲まわせる。だから女は可愛いし、だから女は嫌らしい。確かそんなことだったと思う。私は謝った。それから、ごく普通の名前が好きになった。〈れい子〉が泣き、〈ふさ子〉が笑うのを、愛しむようになった。そして、普通がいちばん幸せと言う向田さんのことを、以前よりずっと好きになったのだった。

普通だが、なんとも懐かしく、冬の夜、つい今し方まで炬燵《こたつ》に掛けてあった布団を着せてもらったときのような、暖かで嬉しい名前がある。私と向田さんにとって、それは〈里子〉という名前であった。だから〈貫太郎〉の妻の名は〈里子〉だった。いろんな点で〈かけすのかけ違い〉だった私たちにしては珍しく意見が一致したのが〈里子〉だったのである。これには原典があって、私がはじめて向田さんと仕事をした『七人の孫』というドラマのお母さんが〈里子〉だったのである。源氏鶏太の原作にもちゃんと出てくる。その役を演じた加藤治子さんの印象があってのことかもしれないが、私はいまでも〈里子〉と聴くと、清潔で、かすかに日向《ひなた》の匂いのする〈母〉という言葉を想う。それから〈静かな、静かな里の秋……〉という昔の歌を思い出す。

里子は、賢いくせに出過ぎた真似は決してしない。芯は強いのに泣き虫である。外来語には弱いが、古い歌はよく知っている。もう年だ年だと言いながら、娘と本気で女を競うようなところがある。子供のころの癖がいまだに直らず、思案の際に爪を嚙む。財布の中の釣り銭が十円でも合わないと気持ちが悪いが、一晩寝るとけろりと忘れる。人は順番に死んで行くのがいちばん幸せ、と考えている。……ある一夜、暇にまかせて向田さんと二人で列挙した〈里子〉のキャラクターである。とりたててどこが個性的ということはない。向田さんの言っていた〈普通〉というのは、こういうことだったのかと、このごろになってようやく思い当たるのである。

この七、八年、毎年お正月に〈向田邦子スペシャル〉というのをやっている。『女の人差し指』『麗子の足』『男どき女どき』『隣りの神様』などとつづき、去年は『女正月』だった。どの話も田中裕子さんが娘で、加藤治子さんがその母親である。そして、どの話も母親の名前は〈里子〉である。別に向田さんに遺言されたわけではないが、私としてはなんとなく彼女との約束を、一年に一度果たしている気持ちなのである。

# 爪

爪を切るとも言うが、爪を摘《つ》むとも言うらしい。上流の家庭ではそう言うんだと教えてくれた訳知りがいたが、当てにはならない。けれど、〈切る〉の危なさや冷たさに比べて、可愛げがあっていい。八十八夜のころ、若い娘が茜色《あかねいろ》の襷《たすき》をかけて、ちょんちょんと器用に新茶の葉を摘んでいる光景が浮かんだりする。そんな風に摘んだあとの爪は、きっとやわらかな円《まる》みがあって、品のいい形をしているのだろう。そう考えると、上流の家庭ではという話も本当らしく思えてくる。

ところが、爪を切りも、摘みもしない奴がいる。伸ばしっぱなしにしているわけではない。嚙んでしまうのである。向田さんがそうだった。私はいまでもそうである。私と向田さんはつまらないところばかり似ていて、爪を嚙む癖などお互いに自分を見ているようで面白くなかった。いらいらしては爪を嚙み、何かいいことがありそうだとわくわくしては、爪を嚙み、これでは指が十本ぐらいではとても間に合わない。二人とも子供のころからの年季の入った癖だから、そう簡単には直らない。しかし、大の大人が人前で爪を噛むのはみっともない。となると、噛むものを事前になくしてしまうしかないということになる。つまり、指頭よりもずっと下まであらかじめ切ってしまうのである。これを、俗に深爪という。

向田さんも私も、人から見ると眉をひそめるほどの深爪だったらしい。痛くないですかとよく訊《き》かれるが、これまた習慣になってしまうと当人たちは平気なのである。ただ、都合の悪いことが日常いくつかある。痒《かゆ》いところを搔《か》いてもちっとも気持ちがよくない。缶ビールを開けるときポケットから十円玉を出さなければならない。向田さんの場合、いくらくやしくても目の前の男を引っ搔くことができない。

末っ子はよく爪を噛むという。私は末っ子であるが、向田さんはいちばん上だった。片親の子も爪を噛むというが、私は中学のころに父をなくしたけれど、向田さんのお父さんが亡くなったのは彼女が四十のときだった。曰くはいろいろあるだろうが、本当のところは単にお行儀の悪い癖だというだけの話である。女の子が可愛く小首を傾《かし》げて爪を噛んでいるのならまだ風情もあるだろうし、絵にもなるかもしれないが、男には誰もそんなこと言ってくれない。それなのに、ちょっと気をつけて見ると、いい年をした男で爪を噛んでいる奴が世の中結構いるものだ。好きな女にでもたしなめられて直ればいいが、この癖ばかりは、いつの間にか直ったということをあまり聴かない。

………………
私のことは　大丈夫よ
そんな顔して　どうしたの
直しなさいね　悪い癖
爪を噛むのは　よくないわ

平岡精二が恋人と別れたときに作った『爪』という歌である。向田さんはこの歌が好きだった。あまり人前で歌う人ではなかったが、この『爪』だけは、小さな声で歌っていたのを聴いたことがある。夜中にお酒を飲みながら、遠いところでも見ているような目で、最後の四行だけをゆっくり歌っていた。別れの歌なのに変に明るく楽しそうだった。もしかして向田さんが昔好きだったという人にも、爪を噛む悪い癖があったのではなかろうか。女学生みたいな向田さんの横顔を眺めながら、私はふとそう思った。

私の癖も、別に直ったわけではない。深爪はしていても、つい指が口に行ってしまう。そして慌てて、髭が伸びてもいないのに顎を撫《な》でたりして誤魔化すのである。癖の中でもこの癖は、かなり性質の悪い方なのだろう。人のふり見てわがふり直したいと思っても、同病の向田さんはさっさといなくなってしまった。こんなことになるのなら、ああも言っておけばよかった、これも聞いておけばよかったと思うことばかりで、仕方がないから後悔の臍《ほぞ》を嚙んでいる。

《爪に爪なし、瓜に爪あり》である。昔はそんな風にして字を覚えた。たとえば〈櫻〉という字なら、《二階（二貝）の女が気（木）にかかる》だし、〈戀〉なら《愛し（糸し）愛しと言う心》と覚えればよかったのだが、新字体になっては意味がない。爪の字は昔もいまも同じだから役に立つはずなのだが、今度は《爪に爪あり、瓜に爪なし》だったのではあるまいかと迷ったりする。《人を呪わば穴一つ》だったか、〈二つ〉だったか、考えているうちにわからなくなるのと同じである。

よく爪と指の肉との間にごみをためて、それが表にまで黒く透けて見える人がいるが、私も向田さんも極端な深爪だったから、いくら土いじりをしたってそうなる心配だけはなかった。ごみがたまるだけの場所がそもそもないのである。そういう意味では不潔にならなくていいのだが、深爪もちょっと手もとが狂って度を越すと血がにじんでくることになる。丸二日もすれば、その分爪が伸びてどうということはないのだが、指先が疼《うず》くし、黴菌《ばいきん》が入りやすいところだから、その間絆創膏《ばんそうこう》を巻きつける。向田さんがよくそうしていたのを覚えている人もいるだろう。恥ずかしいものだから、包丁でやっちゃったの、と嘘をついていたが、大きな義理を欠いたやくざではあるまいし、右手の親指を包丁でやる馬鹿はいない。

そんな癖があったからか、向田さんは爪や指先にたいそう拘《こだわ》るようなところがあった。自分の指は見せたがらないくせに、人の指の形や爪の色にうるさいのである。指にも表情があるとか、爪を見ればその人の性格が一目でわかるとか、いろいろ能書きを言っていたが、信用していなかったせいか全部忘れてしまった。うるさいだけあって、『女の人差し指』とか、指にまつわる話もよく書いていた。『寺内貫太郎一家』の中にも忘れられないいいシーンがあった。誰も覚えていないような、何でもない小さな場面なのだが、私は向田さんのドラマについて話すことがあると、かならずこの話をすることにしている。……あるお天気のいい午前、貫太郎が大きな背中を見せて縁側で爪を切っている。パチン、パチンと気持ちのいい音が聴こえる。新聞紙を敷いたその上に大きな足を置いて切っているのだが、勢い余って貫太郎の足の爪は弧を描いて庭先や茶の間や、あちこちへ飛んでいる。お勝手の方から足音がして妻の里子が現れ、貫太郎の脇を通り抜けようとして「あ痛ッ」と小さな声をあげて立ち止まる。鶴のように片足を上げて、素足の足の裏に刺さったものを摘んで取る。畳に飛んでいた夫の爪である。そして誰に言うともなく、ポツリと呟く。

「男の人の爪は固いから……」

もしかしたら、向田さんの書いた中でも名台詞の一つかもしれない。あたりまえのことのようだが、女にしか書けない台詞である。どう逆立ちしたって男には書けない。理屈っぽく言えば、素足の女の感覚である。生活の隙間からひょいと拾い上げた台詞である。連れ添った年月がにじみ出ている。里子は「爪を飛ばさないでくださいね」などと不粋なことは言わず、そのままスタスタと行ってしまう。聞こえたのか聞こえなかったのか、貫太郎も知らん顔で爪を切りつづける。それだけのシーンである。そこがいい。向田さんが好きだった人生のほどよい温度がここにはある。

向田さんには、実際の人生で、自分が主婦として坐っている茶の間を半分諦《あきら》めているような節《ふし》があった。だから、あんなに温《ぬく》い茶の間が書けたのかもしれない。自分には多分やって来ないと思っていたから、花一輪の幸せをみごとに描けたのかもしれない。向田さんにとって、幸せを書くことはきっと淋しい仕事だったに違いない。一つの幸せを書きおえてペンを原稿用紙の上に投げ出し、ぼんやり爪を嚙んでいる顔が見えるようである。

三島由紀夫は自裁したとき四十五歳だったが、
老眼が出はじめていたのではないだろうか。
自分にその兆しが見えたとき、
ふとそう考えたことがある。
老眼鏡をかけ、ちょっと前屈みになって
新聞を読んでいる自分の姿を、
三島由紀夫は許せないと思ったのだろう。
どこにもそんなことは書いてないが、
私はそう考えて彼の死を納得した。
向田さんが老眼鏡をかけていたのは、
晩年何度か見かけたことがある。
別に言い訳するでもなく、照れるでもなく、
いかにも生活に必要な道具を使うという感じだった。
いつごろだったかは知らないが、
不自由に気づいた最初はさぞびっくりしたことだろう。
身内や、おなじ年頃の友達に
電話をかけまくって大騒ぎしたに違いない。
それから、少ししんみりして
親の老眼にまつわるエピソードをいくつか思い出し、
でもしばらくはそのことをエッセイに書くのは
控えようなどと思ったのかもしれない。
老眼鏡は、人生で出会うはじめての〈老〉の字である。
自分の持ち物の中に
〈老〉の字が紛れ込む最初である。
そして、それは一つ増え、二つ増え、
やがて私たちの周りは〈老〉でいっぱいになる。
そうなる前にいなくなった向田さんを羨ましく思うことが、
このごろときどきある。

# 昔の大将

タイトルがなかなか決まらなかった。ドラマの中身は、石みたいに頑固で一本気で、いまどき流行《はや》らない言葉だが、癇癪《かんしゃく》持ちの親父をめぐる一家の話、つまり向田さんの亡くなったお父さんをモデルにした家庭劇ということで大方決まっていたのだが、看板とも屋号とも言える肝心のタイトルでもう一カ月あまりも思案している。あのころのテレビドラマは『うしろの正面だあれ』とか、『何丁目何番地』とか、当たりがやわらかく、いかにもほのぼのといった題名の全盛時代で、だいたいが気丈でそのくせ涙もろいお母さんが主役のものが多かったから、向田さんが台風が来てもびくともしないタイトルにしたいといくら言ったって、時流に合って反骨的などという器用なタイトルは滅多にあるものではない。そう言えば、今度は主人公の名前だってまだ名無しの権兵衛のままである。題名はちょっと置いといて、そっちを先に考えようということになった。

　昔の大将みたいな名前がいいと向田さんは言う。どうも作者の頭の中には〈大山巌《いわお》〉というのがちらちらしているらしいが、これは本当にいた人だから、いくら強そうでも借用するわけにいかないし、それに、いかにも隙《すき》がなさすぎて、立派すぎて、愛嬌《あいきょう》というものがない。強そうなら強そう、愛嬌なら愛嬌、どっちかだけにしてくればいいのだが、向田さんはいつも贅沢《ぜいたく》だった。何かあるはずだと言ってきかない。いつもは人物の名前に淡泊な向田さんが、今度ばかりは粘りに粘る。そうこうするうちに時間が迫り、タイトルも主人公の名前もなくて、いったいこのドラマは本当にできるのかと、辺りの不安の声も俄《にわか》に高くなってくる。そんな焦燥のある日、夕方私がデスクにいたら電話が鳴った。「向田です。いま、青山墓地にいるの」怒ったような声である。こんな声のときは、実はいいことがあったときだということを私は知っている。それにしても、どうして墓地なんかにいるのだろう。あそこに公衆電話なんかあっただろうか。「できたわよ、両方」両方と言うからには、タイトルと父親の名前のことである。「今朝からずっとお墓を見て歩いていたの」向田さんがそんな早起きするはずがない。「メモして」私は鉛筆を持つ。「寺内貫太郎一家」

　こうして、めでたく『寺内貫太郎一家』は誕生した。昔の大将の名前が、それも二つも入っている。寺内正毅《まさたけ》と鈴木貫太郎である。商売が石屋だから寺内はぴったりだ。

貫の字は重そうで、これなら台風が来ても大丈夫だし、〈カンタロウ〉という響きはどこか間が抜けていて可愛らしい。私の中で、いままで眠っていた今度のドラマが大きく伸びをして起き上がり、待ちかねたように踊りだした。茶の間の箪笥《たんす》が倒れ、火鉢に灰神楽《はいかぐら》が立ち、荒れ狂う貫太郎に追われて家中を逃げ惑う家族の姿が見える。向田さんは懐かしい子供のころのお父さんを、熱い思いで書くだろう。頑固なお父さんに虐《しいた》げられているふりをして、その実のんびり強《したた》かに長い昭和を生きてきたお母さんを暖かく書くだろう。『寺内貫太郎一家』はきっとうまくいく。

と言って周りに異論がなかったわけではない。タイトルとして固すぎる。〈一家〉なんて、やくざ映画じゃあるまいし。みんなが真面目に納得したのはテレビ界の滑稽なジンクスであった。〈ン〉の字が入っている題名は当たるというのである。『七人の孫』『時間ですよ』『水戸黄門』『大岡越前』、みんな〈ン〉の字が入っている。その話をしたら向田さんは笑った。お腹を抱え、涙を流して笑った。あんなに嬉しそうに笑った向田さんは見たことがない。それほどに貫太郎を書きたかったのだろう。

あのとき、向田さんは本当に青山墓地から電話をかけていたのだろうか。私は嘘だと思う。あの人の八階のアパートの裏の窓を開けると青山墓地が見えた。向田さんはテーブルの上の電話をコードを長く引っ張って窓際まで運び、窓を大きく開けて外のノイズが入るようにして私に電話したに違いない。まるで、たったいま墓石の文字を見て思いついたように。別に墓地特有の音などあるはずもないのに、そんな子供みたいな仕掛けをして、あの人はよく嘘をついた。楽しい嘘、幸せな嘘、思わず笑ってしまう嘘、向田邦子は稀代《きたい》の嘘つきであった。

戦時中に育った子と言えばそれまでだが、向田さんは女のくせに軍隊の組織とか兵隊の位、あるいは軍服の種類や階級章、そんな昔の軍事関係のことを変によく知っていた。別に縁者にそういう人がいたわけでもないのに、おかしな人である。私が子供のころ、〈軍人将棋〉という男の子向きの遊びがあって、これは大将、騎兵、砲兵、間諜《かんちょう》、戦車、地雷といったたくさんの種類の駒を動かして戦うゲームで、たとえば大将はすべてに勝つが間諜（昔はスパイのことをこう言った）と地雷だけには負けるとか、地雷は移動することができない代わりに砲兵以外のどれにも勝つとか、細かいルールがいろいろあって面倒なゲームだったから、小さい子供はなかなか入れてもらえなかったものだが、そんな遊びまで向田さんは知っていた。とにかく、なんでもよく知っているというか、覚えているというか、妙な人だったが、その夜一晩かかって〈軍人将棋〉の駒の種類と相互関係を全部思い出した記憶力と執念深さには呆《あき》れた。

あれは異能か、それでなければ病気である。

だから、貫太郎命名の際に、末広がりの立派な名前というので、昔の大将の名前を私と二人で列挙しあったときも、女の向田さんの方が私よりもたくさん思い出して私は面目をなくした。秋の一夜、私たちは向田さんの部屋で原稿用紙を広げ、覚えている大将の名前を端から並べていった。杉山元、田中静壱、畑俊六、山田乙三、板垣征四郎、寺内寿一、山下奉文、今村均、もう忘れてしまったがこの三倍ぐらいは二人で出しあったと思う。何の資料もなくただ思い出すのだからこれだけでも結構大変である。行きづまると向田さんは台所へ立って薩摩芋のレモン煮とか、顔を顰《しか》めるくらい酸っぱい梅干しとかを持ってくる。客人として訪ねて、あんなに居心地のいい部屋はなかった。肝心な話より、余談、雑談、無駄話の方が多くて能率の悪い部屋ではあったが、静かで楽しい部屋だった。知らない人がいきなりあの部屋へ入ってきたら何と思ったことだろう。大の大人が二人、梅干しを舐《な》めながら原稿用紙に昔の大将の名前を書いている。思い出せなくて女はいらいら爪を嚙み、男は投げやりになって大の字に寝ている。色気のイの字もなかったけれど、あれは本当にいい夜だった。

あんなに苦労して生まれたからだろうか、私は『寺内貫太郎一家』という題名が、自分の手がけたドラマのうちでいちばん好きである。媚《こ》びたところがなく、歯切れがいい。堂々と胸を張っているようで、ついでにお腹まで突き出してしまったような滑稽さがある。太った父親を中心に、家族がピラミッドの形に身を寄せ合っている姿が見えるようである。『あ・うん』『阿修羅のごとく』『冬の運動会』『幸福』……だいたい向田さんはタイトルをつけるのが上手だったが、数多《あまた》の名作の中でもこれが一等賞だと私は思う。

いまの大将は可愛げがないが、昔の大将はうっかりどこかへ置き忘れてきた忘れ物みたいで愛嬌がある。威張ってみてもあちこちに隙が見えるし、当時は凜々《りり》しかった軍服もいまでは小さくなってしまってお尻がほころびたりしている。やたら大きな声で号令をかけ、一、二、一、二、と行進してふと振り返ってみたら、誰もついてきていない。そんなおかしさと悲しさが昔の大将にはある。そう考えると、あのとき向田さんが昔の大将と言ったのは、単に名前のことだけではなく、あの愛すべき主人公のキャラクターを一言で言っていたのではなかろうか。二十年近くも経って間の抜けた話だが、いまになってそう思い当たるのである。

そう言えば、家族というものは〈軍人将棋〉に似ている。お互いに助けあっているかと思うと、誰かが敵方に通じていて背中から撃たれることがある。誰かは誰かには滅法強いが、誰かにはきっちり泣き所を押さえられている。騎兵みたいに小回りがきく奴がいる代わり、地雷のように普段はじっとしていても爆発すると怖い奴もいる。ゲームのルールをちゃんと守りながら懸命に戦っていても、のどかに休戦喇叭《らっぱ》が鳴り響けば、敵も味方もほっと安堵《あんど》の息をついて笑い合う。向田さんのホームドラマはいつでもそうだった。泣いたあとにはかならず笑い、しかし笑った顔の中に一人だけ怒った顔があった。だから、向田さんの書いた家庭の団欒《だんらん》は絵空事ではなく、いつもどこかにほろ苦い味が残る。切実でちょっと悲しい団欒だった。おかしくて、やがて悲しき団欒だった。

# 春が来た

ずいぶん前の話だが、作詞家の山口洋子さんが「秋庭豊とアローナイツ」というコーラスグループのために書いた歌に、こんな一節があった。

春が来たのに　さよならね……

前後の歌詞も、歌の題名も忘れてしまったが、このワンフレーズだけが、そこだけ切りぬいた新聞記事みたいに、いやにはっきり私の中に残っている。いい文句である。たかが歌謡曲と馬鹿にしてはいけない。わずか十一文字、たった一行の中に、黒ずんだ石のように重いかと思えば、たんぽぽの綿毛ほどに軽いようにも思える人生のやりきれなさが、すべてこめられている。春になったら、という約束を、私だって何度したかわからない。そして、数知れないそんな約束のうち、いったい幾つが果たされたことだろう。別にどっちかが不誠実だったわけではない。その都度春がやってはきたが、それなのに約束の場所に相手は来なかった。人生はそんなことばかりで、人はだんだんそれに慣れ、いつか約束を信じなくなり、春を待つことさえしなくなる。

向田さんが死んだとき、彼女の旅行鞄の中には、岩波文庫の『虞美人草《ぐびじんそう》』が一冊入っていたはずである。その中のところどころには、傍線や書き込みがあったはずである。台湾旅行から帰ってきたら、向田さんは私のためにこの小説を脚色してくれる約束だったからである。本当は書いてから出かけることになっていたのだが、例によってちっとも書かない向田さんは、旅先で構想をまとめてくると言って楽しそうに旅立って行った。

漱石をやりたいと言い出したのは向田さんだった。なんとか『吾輩は猫である』をやりたいと私が言ったのに、『虞美人草』がいいと言い張ったのも向田さんである。明治のあのころの、高等遊民という不思議な人種を二人とも面白いと思い、私が教師とか、美学者とか、少し人生に疲れはじめた高年齢の「猫」の人々でそれをやりたいと思ったのに対し、彼女は『虞美人草』の若者たちの危うい知的生活に興味を持ったのである。結局は女の我儘《わがまま》が通って、私たちの新春スペシャルドラマは『虞美人草』

に決まり、さっそく配役の作業に入ることになったのだが、作中の人物たちの年齢とおなじ年ごろの俳優を当てはめてみると、とても稚《おさ》なすぎて役の重さを支えきれない。

「――安図尼《アントニイ》が羅馬《ロウマ》でオクテヴィアと結婚した時に――使のものが結婚の報道《しらせ》を持って来た時に――クレオパトラの……」

「紫が嫉妬で濃く染まったんでしょう」

「紫が埃及《エジプト》の日で焦げると、冷たい短刀が光ります」

こんな禅問答みたいな漱石の会話が、どう逆立ちしたっていまの二十二、三の俳優たちにできるわけがない。向田さんと二人、知恵をしぼった挙げ句、できあがった『虞美人草』の配役は次の通りだった。

藤尾……………桃井かおり
甲野さん………松田優作
宗近君…………小林　薫
小野さん………津川雅彦

藤尾の母……加藤治子
孤堂先生……中村伸郎
小夜子………佳那晃子
小野の父……大滝秀治

いずれも原作の年齢よりも、ほぼ十歳上の配役になっているが、向田さんはご満悦だった。特に松田優作が出てくれたのをとても喜んで、旅行に行く前に一度会って話をしたいというので、八月はじめの一夜、私は優作とかおりを連れて向田さんの部屋を訪ねた。〈大きいのね〉初対面の挨拶をする優作を見上げて、向田さんは嬉しそうだった。実際、二人の身長の差は三十センチ以上もあって、みんな笑ってしまった。向田さんは優作にお酒をすすめながら言った。〈この人が甲野さんなのね〉彼女がおなじことを言ったのを、私は覚えていた。『寺内貫太郎一家』の配役が難航して、ついに扮装テストまですることになり、小林亜星さんが坊主頭に半纏《はんてん》をつけて向田さんの前に現れたとき、〈この人が貫太郎なのね〉そう言って彼女は亜星さんと握手した。その人が気に入って、嬉しくなったときに出る向田さんの台詞なのだった。〈台湾へ行く前に、どうしてもあなたに会いたかったの〉

若かったころの十年という年月は、なんだかいやにゆっくりした歩みで、もどかしく思うことさえあったが、このごろの十年は何かに追われるように忙しい。そしてどんどん人が死ぬ。いったいこの十年の間に何人の友達がいなくなったことだろう。自分自身にあまり不安や恐れのないときは、人が死ぬとあんなに悲しかったのに、今日《きょう》日《び》ではそんな不幸な報《しら》せにあまり驚かなくなったし、あまり悲しいとも思わなくなった。十一年前のあの夏の一夜、お互いはじめて会ってあんなに嬉しそうだった向田さんと松田優作が、いまは二人ともいなくなってしまっているのも、なにやら不思議な気がするといった程度で、さほど恐ろしいとも、儚《はかな》いとも思わない。そう言えば、『虞美人草』のために向田さんの部屋に集まり、それについてみんなで夜更けまで話し込みながら、私の中には妙な希薄感があったのを思い出す。いま、こうなったから言うのではない。実際こういう仕事が実現するときは、もっと気分が重たく、うまく足が前へ進まないぎくしゃくした感じがあるものだが、あの夜はさらさらと澄んだ水が流れるように気持ちがよすぎた。ちぐはぐしたものが何もなかった。あれは、みんなで幻について話していたのだ。だから、向田さんも優作も、かおりも私も、あの晩あんなに明るく笑い、お互い優しく思い合えたのだ。

『虞美人草』は幻に終わったが、私たちはその年の暮れ、別の形で死んだ向田さんと仕事をすることになった。昭和五十七年のお正月に放送された『春が来た』がそれだった。『虞美人草』のメンバーのうち、かおり、優作、加藤が残り、新たに三國連太郎と杉田かおるが加わった。働きのない父親の周りに、無気力な母と長女と次女がいる。女は三人とも長い月日のうちに艶《いろ》がくすんでしまい、お互い言葉少なに傷つけあっている薄暗い日常である。ある日、長女の前に一人の青年が現れ、彼が家に出入りするようになって、重苦しかった家庭が次第に華やいでいく。長い長い冬だったのが、いつしかほんのりと春めき、母は古い化粧道具を取り出したり、いままで構わなかった家の掃除をしはじめる。姉娘の肌がきれいになり、妹の洋服の色も明るくなって、そんな女たちの変貌に誘われるように、父親も生気を取り戻したように見える。ウィリアム・ホールデンとキム・ノヴァクが昔やった『ピクニック』というアメリカ映画をヒントに、向田さんが『小説新潮』に書いた短い小説のドラマ化である。弔《とむら》い合戦などという古い言葉が出たりして、けれど誰もがそれぞれ向田さんのことを胸の中で考えながら、私たちは『春が来た』を丁寧に作ったつもりである。原作のつづきはこうなっている。かおりと優作は結婚することになり、結納が交わされ、母親は式の日に着る裾模様を肩に羽織って姿見の前で幸福にほほえむ。そのとき突然、蜘蛛《くも》膜下出血の発作に襲われて母は死ぬ。それをきっかけに春の陽は翳《かげ》りはじめ、二人はなんとなく別れていく。どうしても別れなければならない理由はない。強《し》いて言えば、男が惹《ひ》かれたのは、母親をも妹をも含めた女たちの華やぎであって、姉娘そのものではなかったということだろうか。そのうちの一人がいなくなったことで、どこかに小さな風穴が空《あ》き、男も女も、よくわからない不安にとりつかれたのかもしれない。男と女の間は、それくらい微妙なものであり、またそれほど曖昧で不確かなものなのだ。撮り終わって、私の中に軽く痺《しび》れるような苦みが残った。向田さんは、人が言うほど善人ではないし、幸福を描く作家でもない。私は一月の炬燵《こたつ》にもぐって『春が来た』の放送を観ながら、そう思った。

ドラマの題字は、生前の向田さんを可愛がり、『あ・うん』の装丁もしてくれた中川一政さんが、童子のいたずら書きのように暖かい字を書いて下さった。その一政さんも、先だって一世紀近い命を終えられ、いま、私の部屋に残された題字が額装してかかっている。ひとりの夜などぼんやり眺めていると、『春が来た』の後に《のに、さよならね》と書いてあるような気がしてならない。

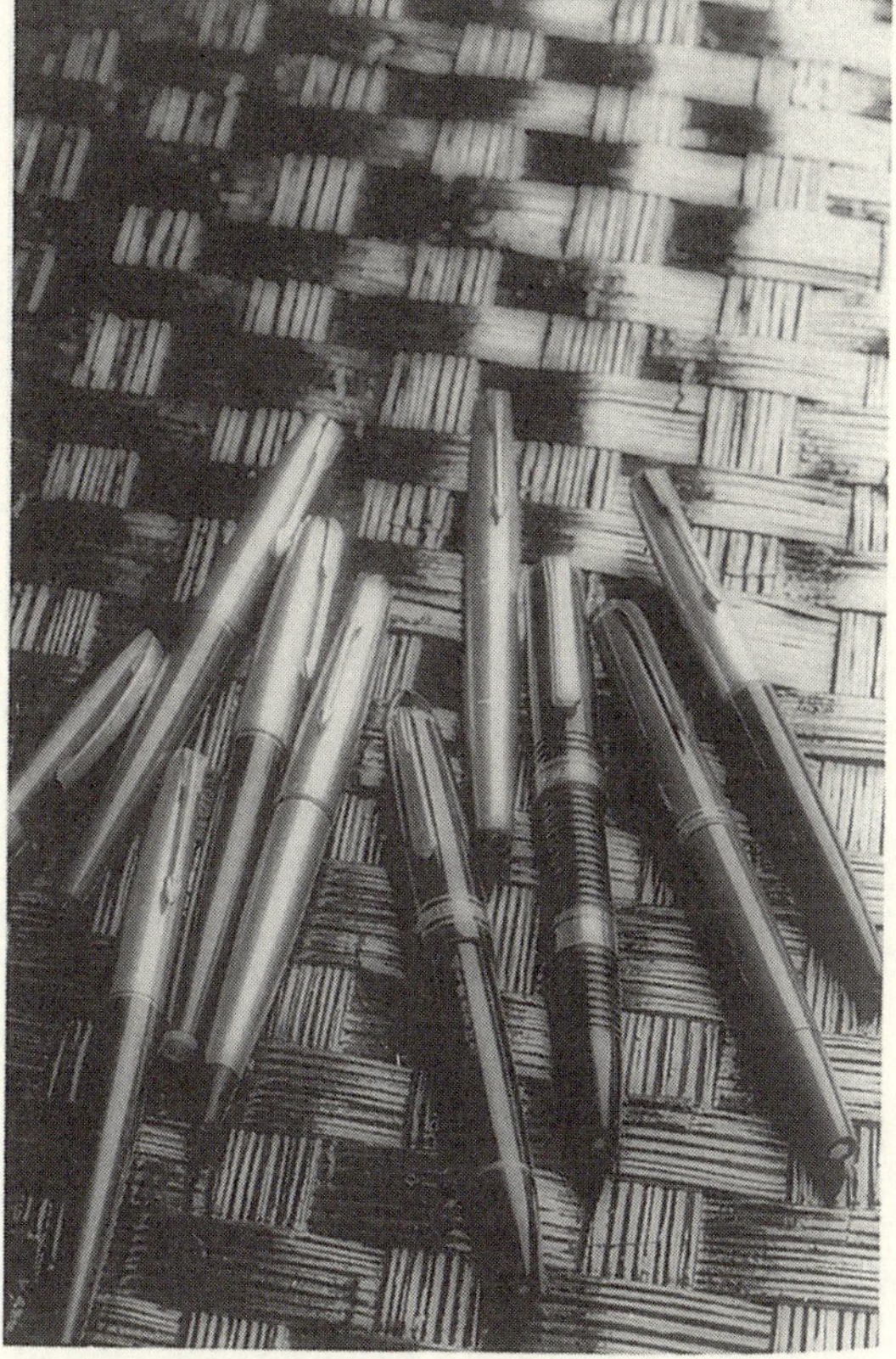

亡くなった梅田晴夫という粋人は
ペンや万年筆の研究家としても有名だったが、
その人によれば、シェークスピアの全作品中に〈ペン〉という言葉は
十九カ所にわたって現れているそうである。
その中に〈ペンを噛む〉という表現があって、
それは激しい痛恨の気持ちのヨーロッパ的言い回しであると
書いてあったが、私は向田さんの唇の端が、
薄いブルー・ブラックに染まっているのを何度か見たことがある。
爪を噛んでいたのはよく見かけたし、
子どものころ癇性で鉛筆を噛んだという話も聞いたことがあるが、
あの人は万年筆も噛んでいたのだろうか。
人間ポンプみたいな人である。

# 私立向田図書館

わからないことは何でもあの人に訊《き》いた。訊けばたいていのことは教えてくれた。博覧強記というのとは、ちょっと違う。いま少し現実的というか世話というか、向田さんの知識は暖かい温度のようなものを感じる知識であった。それに、何のために知りたいかを承知してくれた上での教え方だったから、余計な手間が省けて助かった。知りたいことだけを手短かに話してくれて、その後に手紙の追伸のように気のきいたワンポイントの付録が付いている。たとえば〈左義長《さぎちょう》〉という言葉について訊いたとする。一月の十五日は、日本の古くからの風習で、正月に使った門松や注連縄《しめなわ》、お飾りに書き初めなんかを寺社の境内に持ち寄って焼く。これが〈左義長〉で、地方によっては〈どんど焼き〉とも言う。ここまでなら誰だって教えてくれる。向田さんはこの後がいいのである。「別に関係ないけど、この日は〈女正月〉とも言うのよ。お正月の間台所で忙しかった女たちが、ようやくほっとして女だけで御馳走を食べてこっそり新しい年を祝うの。知らなかったでしょ」。これが向田邦子の付録だった。たいてい最後に、ちょっと得意そうに「知らなかったでしょ」が付く。たしかに知らなかった。教えてもらってよかったと思う。〈女正月〉……向田さんに似合った静かで味のある言葉である。

別に向田さんの部屋まで出向いて訊くわけではない。電話である。出先で手元に資料がなくて、それでもどうしてもある知識が必要なことが私たちの商売にはよくある。そんなとき向田さんに電話する。作家というものはだいたい家にいてくれるから便利である。田沼意次《おきつぐ》と意知《おきとも》はどっちが父親でどっちが息子だったとか、マグナカルタは西暦何年かとか、つまらないことでもあの人は面倒がらず教えてくれた。それも簡潔にして要を得ていて、付録まで付いているのだから図書館などへ行くよりよほどいい。二十年、私立向田図書館のテレフォン・サービスにはずいぶんお世話になったものである。あの人がいなくなって、私がいちばん困ったのはこのことだった。向田さんが足腰立たなくなって、どこへも遊びに行けなくなって、図書館のお婆さんになってくれたら、どんなに便利だったことだろう。「五分したら、かけ直して」というのが多かった。その五分の間に調べてくれるわけである。いったいどこにそんな本を持っていたのだろう。私はあの人のアパートの広い仕事部屋とトイレしか入ったことがないから、私の知らないどこかの部屋にそれはあったのだろうが、それにしても何かを訊いて判らないということはまずなかった。書庫のような部屋でもあったのだろうか。人の目に触れるところには難しい本や立派な本は決して置かない人ではあった。よく作家の書斎というのを写真で見たりすると、『江戸風俗事典』とか『南方熊楠《みなかたくまぐす》全集』とか大層な本が書架に並んでいるものだが、そんな本はあの人の部屋には一冊もなかった。むしろ『冠婚葬祭の手引き』とか『艶歌百選』とかいう下世話な本と、あとは雑誌、週刊誌の山である。どちらかと言えば、ルポライターの仕事部屋の趣だった。らしいものと言えば、俳句の歳時記と明細な地図入りの『東京の歴史』、それに雑誌『太陽』の別冊が何冊か、そんなものだったと思う。だいたい本棚、書架がない。机の上の山積みと、床に散乱である。それなのに鷗外の『元号考』と言えば、五分後に電話でわかりやすく教えてくれる。〈ほととぎす〉には古来幾通りもの書き方がある。時鳥、子規、不如帰、沓手鳥、蜀魂など。こういう難しいことになると、向田さんは「私も知らなかったけど……」とよく前置きした。本当は知っていたのかもしれない。知っていたのだろう。そこら辺りが粋だった。そしてごく小さな、しゃれた付録のときは「知らなかったでしょ」と威張ってみせる。あんなに気持ちのいい図書館はどこを探したって、もうない。

少し大袈裟《おおげさ》かもしれないが、こういうのが知性のはじまりなのではなかろうか、と考える。知識とか教養とかいうものは、立派な箱に入っているのを大仰《おおぎょう》に取り出されると白けてしまう。そんなものなら要らないや、と僻《ひが》んでみたくもなる。その点、あの人の知性はいつも微笑《わら》っていた。角《かど》を殺《そ》いで円《まろ》やかな教養だった。だから、あの人の知識には肌触りや、匂いや、色合いといったものがあった。何でもすぐに忘れてしまう私だが、向田さんに教わったことだけは、不思議にいまでも覚えているような気がする。

どうして若いときにもっと勉強しなかったのだろうと五十を過ぎて悔いている。私は一応ちゃんとした大学を出てはいるのだが、ほとんど講義に出なかった。つい最近、納戸《なんど》の古いものを整理していたら、表紙の色の変わった大学ノートの間から文学部の講座の一覧表が出てきた。「西洋美術史」「ラファエル前派の運動」「十九世紀ドイツ浪漫派の文学」……どの文字もキラキラと輝いて見えた。いまになって少しずつ本を買い込んで、老眼鏡で不自由しながら読んでいることは、みんな三十数年前に学校でちゃんと教えてくれていたのである。あのころは、若いということにあまりに忙しすぎた。無為に過ごすことも含めて、時間がいくらあっても足りなかった。言い訳めくが、それはそれで良かったのだと思う。あとは、仕方なく空洞のままにしておいたこの胸の中を、その後の人生でどれだけ埋められるかである。むろん埋めつくすには、淋しいことにもう時間がなさすぎる。生まれてから死ぬまで、どうしてこうも時間が少ないのだろう。きざなことを言うようだが、少なくとも知的に生きようとするとき、人生は倍の時間が要る。

そんなことを向田さんと話したことがある。あれは直木賞を貰《もら》ってすぐのころだったろうか。その夜は珍しく二人とも神妙だった。何の話からそんな方へ行ったのかは忘れたが、いつの間にか長年の自分の無知、不勉強、ついついの手抜き、そのための誤魔化し、そういう恥についてお互い正直に告白しあうという妙なことになってしまった。向田さんとは飽きもせずいつも夜明けまで話したものだが、話の中身はほとんどつまらないことばかりだった。まじめだったのはこの夜と、あの人が医者に初期の乳癌を告げられたときと、たった二回だけだった。その晩、いまは書くよりも、読みたいとあの人は言った。天から降ってきたみたいに文学賞を貰って、なんだか足元の水がざわざわと騒ぎ立ちはじめて、これを鎮《しず》めるためには読まなければいけない。切実な顔だった。目もいつもみたいに笑っていなかった。私も、別に賞を貰ったわけでもないのに、そんな気持ちになっていた。胸の中の空洞がふいごのように音をたてて鳴っていた。

実人生が何にも勝る勉強、仕事も生きた勉強……理屈をつければ言い訳はいくらもできるし、またそうやって生きてきた。忙しさや人生を口実に、口当たりのいい本や、手軽に見られる映画ぐらいでお茶を濁してきた。けれどその夜、私の中に様々な本のタイトルが渦巻いて流れた。『二都物語』は読んだけれど、『天路歴程』は読んでいない。ドストエフスキーは眉間《みけん》に皺《しわ》寄せて読み耽《ふけ》ったのに、ツルゲーネフは馬鹿にしていた。『トリストラム・シャンディ』は買うには買ったが一頁も開いていない。『トム・ジョウンズ』だってそうだ。岩波文庫で四冊、ただ並べてあるだけで、フィールディングという名前を思い出すのがやっとである。佐藤春夫は芥川の半分ほども読んだだろうか。牧野信一は『鬼涙村』と『ゼーロン』だけ、葛西善蔵なんて一冊も読んでいない。

向田さんの方は、学生のころ読んだものをもう一度、この年齢《とし》、いまの気持ちで読みたいと言った。ずいぶん沢山の本を挙げたように思うけど、漱石と鷗外、外国ではプルースト、それからヘミングウェイと言ったのを覚えている。読んでいないのはダンテの『神曲』、これは五十年の間に何度買っても読まなかったから、これからもきっと読まない、と変に自信ありげに言っていた。そして、その夜の共通の反省は、二十歳を過ぎたころ、本はもういいと思ってしまったということだった。私も向田さんも、小学生のころから父親の本棚の本を手当たりしだいに読んでいた。大人の目を盗んで、それだけに結構気を入れて読んだものだ。そのころに本の面白さを知って、それからは図書館に通ったり、乏しい学生のお小遣いで文庫本を買ったり、十年以上も本の虫みたいになっていると、あるとき本はもういいと思ってしまうのである。昭和のはじめ生まれ、あのころの中流家庭育ちの一つのパターンかもしれない。いつもは、あれも読んだこれも読んだという自慢話ばかりだったのに、その夜は二人とも妙に地味になってしまった。いつごろ本の面白さに目覚めるか、それによって人はずいぶん違ってしまう。そう言って、あの人は爪を嚙んだ。

それから死ぬまでに、向田さんがどれくらい漱石やプルーストを読み直したかは知らない。しかし、あの神妙な夜の明くる日、向田さんは『鷗外全集』や、膨大な『失われた時を求めて』をこっそり取り寄せたのではあるまいか。そうして誰も入れない奥の本の部屋で、ゆっくりページをめくり、新しい紙の匂いを胸に吸い込んで幸せだったのではなかろうか。そんな気がする。そんなせっかちで、短絡的で、可愛い人だった。

何でも知っていた向田さんは、とても便利だった。私たちは私立向田図書館と言って重宝したものだ。けれど、知らないことがいっぱいあって、五十を過ぎてから焦《あせ》っている向田さんを知って、私はもう一つこの人のことを好きになった。

# ゆうべの残り

まだグルメだのなんだのと言われはじめる前の話である。昭和四十九年、私は向田さんと組んで、『寺内貫太郎一家』という連続ドラマを作っていた。ホームドラマだから家族がご飯を食べるシーンが何せ多い。中でも朝ご飯となると、全回のほぼ半分は朝食の場面から始まったのではないかと思われるくらいよく出てきた。普通なら〈家族がそろって朝食をとっている〉と書いてあるところを、向田さんは違っていた。その朝の献立がいろんな形で芝居の中に関わっているのである。たとえば、貫太郎の機嫌があまりよろしくない朝、糠《ぬか》漬けのお新香の漬かりが悪いと言って妻の里子に怒鳴る。「俺は朝、キリッとした漬け物食わないと一日気持ち悪いんだ！　その上、茄《な》子《す》の色も良くない、古釘を一本、糠味噌の中に入れとくといいんだ」などとわかったようなことを言う。婆さんは婆さんで、箸の手元が覚束《おぼつか》なくて、味噌汁の里芋をお膳の上に取り落とす。拾おうとするのだが、塗りのお膳だから滑って逃げる。ようやく箸で突き刺して「だから里芋は嫌なんだ」と不貞腐《ふてくさ》れる。お手伝いの美代子は長葱《ながねぎ》が苦手だ。口うるさい婆さんの目を盗んで箸でよけていると、目ざとく見つかって「葱を食べないから頭が悪いんだ」と嫌味を言われる。毎週そんなシーンが出てくると、消え物（劇中の食べ物のことをこう言う）の係が、献立を明細に指示して欲しいと言ってくるようになった。向田さんにそれを伝えたら、翌週からそのシーンの最初のト書きに、〈寺内貫太郎一家・今朝の献立〉と銘打って、〈鯵《あじ》の干物に大根おろし、水戸納豆、豆腐と茗荷《みようが》の味噌汁、蕪《かぶ》と胡瓜《きゆうり》の一夜漬け〉などと書いてくるようになった。なんの変哲もないようで、いかにも日本の朝という感じがある。色が見えるようであり、香りが匂ってくるようである。

朝のシーンの献立を書くために、昔の自分の家の食卓を思い出すのが楽しいと向田さんは言っていた。目をつぶると昭和のはじめの向田家の団欒《だんらん》が見えてくるらしい。種が尽きると、お母さんに電話してメニューを思い出してもらい、そのついでに昔話になるのが楽しいとも言っていた。母娘は似た者と言うが、あの人のお母さんというのもやたら物覚えのいい人で、五十年前の亭主の給料をいまでも覚えている。昭和十一年に宇都宮から東京の目黒に越したら、サラリーが三円しか上がらないのに、物価が倍近く高くて困ったなどと、まるで昨日のことみたいにこぼすのである。だから当時の献立のことだって、こと細かに覚えていたに違いない。私たちスタッフも出演者たちも、今週はどんな献立かしらと楽しみにするようになった。しかし、夕飯ならともかく、朝の献立にそんなに種類があるわけがない。窮した挙げ句かどうかは知らないが、ある日台本をもらったら、いろいろといつものようにメニューが並んだ最後に、〈ゆうべのカレーの残り〉と書いてあった。

　これにはみんな感心した。貫太郎も婆さんも、「そういうの、あったあった」と懐かしそうである。「あれ、どういうわけか、一晩たつとうまいんだよな」と変に興奮するのは若い周平で、「私は冷たいまんまが好きでした」と目を輝かせるのは十七歳の美代子だった。大正生まれの里子さんは、その一つ一つにうなずいては笑い、いつの間にか泣いている。〈ゆうべのカレーの残り〉、これがホームドラマだと私は思った。みんなが台本を見てびっくりし、感動し、一瞬の虚を衝《つ》かれて泣いたり笑ったりした、この嬉しさのようなものを、どうしたらテレビを観ている人たちに伝えることができるだろう。考えた末、私はその週の献立をそのままテロップで朝食のシーンに出すことにした。覚えている人もいるだろう。〈貫太郎一家・今朝の献立、ほうれん草の胡《ご》麻《ま》和え……ゆうべのカレーの残り〉。反響が凄かった。写し忘れたから教えて欲しいという電話が、放送の明くる朝から夜遅くまで鳴りつづけた。料理番組でもこんなことはまずない。でも、もし最後の〈ゆうべのカレーの残り〉がなかったら、こんなに電話は鳴っただろうか。照れずに言えば、〈ゆうべのカレーの残り〉には小さな人生の真実がこめられていたのである。決して悪いことばかりじゃない人生の、ささやかな輝きがそこにはあったのである。

いまでも、朝の食卓の隅に遠慮がちに置いてある〈ゆうべのカレーの残り〉を見ると、「貫太郎一家」のあのころのことを思い出す。考えてみれば、向田さんや私がまだ子供だったころから、向田さんがいなくなってずいぶん経った今日まで、何十年にわたって私たちは〈ゆうべのカレーの残り〉を食べつづけているわけである。おかしくなり、切なくなり、そのうちなんだか涙ぐんでしまう。

朝の御飯を食べていると、子供たちの誰かが急に思い出す。「ゆうべの精進揚げ、残ってなかった?」「あ、それ、ぼく!」。何も今朝の食卓がさびしいわけではない。ゆうべたくさん食べたくせに、ほんの半人前残っていると聞くと無性に食べたくなる。ゆうべのカレーの残りだって、たいていは茶わん一膳分か二膳分。それを兄弟が目の色変えて奪いあって親に叱られる。だから母親は、ゆうべの残りをとりあえずは捨てないでおく。誰かが思い出してリクエストすれば台所へ取りに行き、さもなければ子供たちが学校へ行っていていない一人の昼御飯のとき、自分で始末する。私たちが子供だった昭和十年代、どこの家でも見られた風景である。

私の家で人気があった〈ゆうべの残り〉は冬の朝の魚の煮物、一晩のうちに煮凝《にこご》りになって見るからに冷たそうなあれである。あのころの台所は寒かったから、鰈《かれい》も鱈《たら》もただ置いておけばそうなった。汁が固まってゼラチン状になっているのが、色とい い艶といい、鼈甲《べっこう》細工の櫛や帯留めに似ているので私たちは〈べっこ〉と呼んでいた。煮直せば融けて元にもどるのに、私たちはそうはしなかった。まず〈べっこ〉だけを口に入れる。舌の上に乗せているとだんだん解けてきて、口の中に醤油の味が広がりはじめる。それが頃合いで、まだ冷たさの残っているのをつるりと呑み下す。みんなで箸を突っ込んでそうやっているうちに、茶の間の温度で鰈の身の方もやわらかく食べやすい状態になるのだった。

ゆうべの残りは食卓の付録だった。しかし付録の楽しみというのも人気があって、その朝の気分によっては争奪戦になったものだった。これが夕食だと、里芋の煮っころがしが一つだけ残って「誰か食べてしまいなさい。残り物には福があるのよ」と言われても、みんな頑《かたく》なに首を振る。仕方がないから母が最後の一つを口に入れる。たった一晩のことで、その日の残りと、ゆうべの残りは、ずいぶん違うものである。

家族そろっての朝の食卓には、ほかにもいろんな〈ゆうべの残り〉があったものだ。ゆうべ、夕食のときに些細《ささい》なことで父親に叱られて、しなければ良かった口答えをしてまた叱られて、謝るきっかけが見つからないまま、父は足音荒く自分の部屋に入ってしまった。うろうろしていると、母が口の形だけで「明日でいいから」と言ってくる。そして翌朝、家族が席に着きおわるころ、父が朝刊片手に茶の間に入ってくる。ゆうべのことがあるから、みんな静かである。母が味噌汁をよそいながら、軽く促すように私の名を呼ぶ。私はちょっと坐りなおして父に頭を下げる。下手な台詞を言うとまたしくじるから、黙って頭を下げるだけである。兄も姉も、いつだって子供たちはみんなこうして危機を脱してきた。そのためのセレモニーである。父がいっしょ盛りのお新香にわざと乱暴に醬油をかける。家族たちが小さな非難の声をあげ、それからみんなで笑い、セレモニーはいつものように終わる。〈ゆうべの残り〉の〈べっこ〉が口の中で解けていくように、ゆっくりとわが家の団欒が戻ってくる。ふと食卓の父の前を見ると、母のテクニックなのだろう、小鉢に父の好物の烏賊《いか》の墨づくりが出されているのだった。

人の世の毎日は〈ゆうべの残り〉を引きずりながら、次の日へ、また次の日へとつながっていく。朝日の中で解けていくものもあり、何日も何日も暗く滞るものもある。昨日いいことがあったからといって、今日もそうとは限らないことは子供の私たちだって知っていた。いやなことばかりということだって、何度あったか知れない。ただ昔の父や母、昔の大人たちは、そういうとき、私たち子供にそんな日々を賢く乗り越えて行くことを、いろんな形で教えてくれていたような気がする。向田さんも、結局父親から教わったのは、人生悪いことばかりじゃない、というたった一言だったと言っている。いいことを教えてくれたものである。あの人が終生持ちつづけたあの不思議な明るさは、きっとその一言からきたものだろう。昔の親はちゃんとしていた。いま、つくづくそう思う。

私たちのころは〈ライスカレー〉と言っていた。いまは〈カレーライス〉である。でも〈ゆうべのカレーの残り〉は、いまも昔も〈ゆうべのカレーの残り〉である。

# おしゃれ泥棒

毎年、命日の八月ごろになるとかならずどこかの雑誌が〈向田邦子特集〉というのを出す。一周忌とか三回忌とかいうのならわかるが、毎年である。三島由紀夫だってそんなことはなかった。売れると思うから特集をするのだろう。大したものである。わたしが言うのも変なものだが、向田邦子に成り代わって読者の方々にお礼を申し上げたくなる。

そういう中で、いろんな向田さんゆかりの人たちが、生前彼女から何をいただいた、送ってもらったという思い出話をしている。絵だとか茶碗だとか、手に入りにくい昔の本だとか、ときには豪勢にエメラルドの指輪なんてのもある。いまとなってみれば、どれもさぞかしいい思い出であろう。羨《うらや》ましい。私など、どこを探したってあの人からもらった物など出てきはしない。それどころか、奪《と》られてばかりいた。〈取られた〉などという生やさしいものではない。奪われたのである。

欲しいと思ったものを、人から奪れるようでなければ人間一流じゃない。向田邦子はこんな恐ろしいことをよく言っていた。言っていただけでなく実践もしていた。さすが実践女子大出である。私の被害品の筆頭は、何といっても万年筆である。そのころ私は、握りがほどよく細く、重みが適当で、握りの部分の金属の彫り込みのせいで手が滑らないレディス・パーカーを愛用していた。別に物を書く商売ではないが、流行《はや》りのボールペンというのがなんだか気に入らなくて、頑固に万年筆に執着していたのである。いま思えば、ボールペンや鉛筆に見向きもしなかったのが私の不運だった。万年筆には、ちょうど使いごろというものがある。おなじタイプでも手になじむまでに時間がかかるし、ペン先がほどほどに摩滅して滑るでもなく引っかかるでもなくなるためには、実際何千文字かを書かなければそうはならない。だから、具合がちょうど良くなると嬉しくなって、さして用もないのにあちこちに手紙を書いたりする。どうしてわかるのか、そのころになるときまって向田邦子の魔の手が伸びてくるのである。「ね」「なんでしょ」「いま万年筆持ってる?」「持ってますけど」「貸して」「…………」「貸して」。私はおずおずと大切に育てたレディス・パーカーを差し出す。さらさらさらと、彼女は自分の原稿用紙の上に二、三行いたずら書きをする。とても書きよさそうである。「とてもいいわ」「でしょ」「ちょうだい!」。

いつもそうだった。理不尽な話である。何の負い目もないのに、私の万年筆はその日から向田邦子の所有物になる。善良な農民たちが汗を流して穀物を育て、それが豊かに実ってさあ収穫というころを見計らって襲ってくる『七人の侍』の野伏《のぶ》せりとそっくりである。そしてこの野伏せり、一応は言うのである。「その代わり、この部屋にあるもの、なんでも持ってっていいわよ」。持って行くものなどありはしない。壁の〈僧敲《そうはたたく》月下門《げっかのもん》〉という中川一政さんの書を欲しいと言ったってくれるわけがない。「そう。じゃ、こんどなにか御馳走する」。これで終わりである。もちろん御馳走のことは、すぐに忘れてしまう。

けれど、しばらく経って原稿をもらいに向田さんの部屋へ行くと、机に猫背になって必死に書いている。握りしめているのは嘗《かつ》ての私の万年筆である。なんとなくほっとしてしまう。それでも未練がましく訊《き》いてみる。「書きやすいですか?」「いいわよ、最高」。こうして、いったい何人の気の小さい男たちが騙《だま》され、奪われたことだろう。私は向田邦子との二十年の間に、すくなくとも十本の万年筆を強奪されている。いまでも思い出すと腹が立つ。が、こうなると半ばマゾヒズムの世界で、奪られることを覚悟の上で、私は新しく万年筆を買ってきては日夜書きやすくなるまで育てるのだった。

向田さんの乗った飛行機が墜ちて、向田さんはいなくなった。その年の暮れに文春から追悼のグラビア誌が出た。遺《のこ》された身のまわりの物を撮った写真の中に、小包みの紐《ひも》で束ねた数十本の御用済みの万年筆の束があって、その中に忘れもしない私のレディス・パーカーが三本ばかりあった。私は執念深いからちゃんと覚えていた。あの黒ずんだのは、いちばん最初の被害品、気持ち太めなのは「貫太郎一家」のころ、それから先は涙で見えなくなった。私が向田さんのことで泣いたのは、たぶんこのとき一度だけである。

万年筆のほかに私が向田さんに奪われたものと言えば、〈話〉である。私のした話を脚本の中で使うということである。いつものように二人で馬鹿話をしていると、突然真顔になって「いまの話、ちょうだい」というのがよくあった。会話に著作権はないのだから、黙って使えばいいものを、律儀に断るところが向田さんらしい。と言っても、あまり上等な話を私がするわけがない。たとえば、日の丸の旗はデパートの何売場に行けば売っているかとか、銀座界隈《かいわい》のデパートで、一日中地下の食品売場を流して歩く有名な婆さんがいて、試食品という試食品を軒並み食べ歩いているという話とか、草野球でセカンドへ盗塁した奴が滑り込んだ拍子にコンタクト・レンズを落としてしまい、敵も味方もセカンド・ベースに集まって地面に這《は》いつくばって探しているうちに、グラウンドの使用時間が切れてしまった話とか、まったく文芸的ではない話ばかりだったが、向田さんはそんな下らない話に限って欲しがった。そしてしばらくして放送された彼女のドラマを見ると、その話がなんともうまく、おかしく、ときに物悲しく使われていて感心するのが常だった。見るからにいい話というのは嫌いだった。粗忽《そこつ》で、馬鹿まる出しみたいな話で下世話に笑わせておいて、最後のワンシーンで嘘のように洒落て幕を引いてみせる手際は、熟練の泥棒のようにみごとなものだった。向田さんは、身軽で可愛いおしゃれ泥棒であった。

本当に役にも立たない話ばかりしていた私たちだったが、それでもときには、二人とも黙り込んでしまうみたいな話に、ゆくりなくも出会ってしまうことがあった。私は欲が深いから、ドラマにならないかしらと、さりげなく言ってみたりする。向田さんは少し悲しそうに首を振る。本当にいい話は、芝居にも小説にもならないと言うのである。人生にはかなわない。とてもかなわない。でも、そういう話にもしかして自分が登場することだってあるかもしれないんだから、そう思えばいいじゃない。そう言いながら、やっぱり悲しそうだったのは、書くということが人生にかなわないことが口惜《くや》しかったからなのか、それとも、いい話がいつも自分の人生の脇をすり抜けて行くのが淋しかったからなのか、私にはいまでもわからない。覚えているのは、うつむき加減のあの人の、不幸な横顔だけである。

欲しいと思うものを、奪れるようでなければ人間一流でないと言っていた向田さんが、たった一つ、奪れなかったものがある。他人の幸せである。さびしい恋をしていた。あの人の恋は、みんなそんな恋だった。ここで自分の気持ちを通したら、きっと誰かが一人不幸になる。そういう赤提灯の歌謡曲の世界で泣いていた。ちっともおしゃれでない殺伐とした風景の隅っこで、じたばたしていた。なんとなく、私は知っていた。なんとなく、私が知っているということを彼女も知っていた。私にも他人に言えないいろんなことがあった。私たちが実に長い間、とりとめのない世間話や昔話ばかりして暮らしたのは、その辺を、二人息を合わせて避けていたということかもしれない。あの人もそうだったとは言わないが、私の方はあの人と終わりのない話をしている間、肩の荷物の重さを忘れていたような気がする。

人の万年筆を奪るのは上手だったが、恋については素人みたいに下手な人だった。泥棒の七つ道具どころか、テクニックの一つも持ち合わせていなかった。それはたとえば、おしゃれ泥棒とは似ても似つかない、白鉢巻きに竹槍かかえた、戦時中の女学生のようだった。竹槍で人が殺せるものじゃない。ましてや他人の幸せを掠《かす》め盗《と》ることなどできようはずがない。そんな気弱な泥棒だった。泣き虫の泥棒だった。

しかし、所詮《しょせん》は人の幸不幸、他人の私に推し量れるものではない。向田邦子という人は、あれで結構いろんな人が言うように、ケ・セラ・セラの陽気なおばさんだったのかもしれないし、自身で常々言ってたように、めんどくさいから結婚しなかったのかもしれない。こっちの趣味で人のこと、いかにも意味ありげに、深刻ぶってあれこれ言うのも品がない。あの人もよく言っていたではないか。お互いに、自分の頭の蠅《はえ》を追いましょう。

# 三　蹟

こんな商売だから出勤するのは昼過ぎである。前夜の仕事が終わったのが午前二時とか三時だから仕方がない。一応は会社にデスクというものがあって、一応はまずそこに坐ることになっている。デスクの上にはその日の郵便物が置いてあって、まずそれを読むことから一日の仕事は始まる。日に十通から二十通の郵便物のうち、このごろは半分以上がワープロの文字で表書きが書いてある。結局は全部に目を通すのだが、封を切る順はワープロのものは後になる。つまり、手書きのものを先に読むことにしている。せめてその日の最初の仕事を、メカニックではないもので始めたいのである。

水茎《みずくき》のあともうるわしくという文字には、当節まあお目にかからないが、それでも優しく流れるような文字に出会うとほっとするものがある。そういう文字だと中の文面からも、その人の声が聴こえてくるような気がする。手紙の表に書いてある自分の名前にしても、縦書きできれいに書いてあると、なかなかいい名前だと思ったりするが、ワープロの横書きだと情緒のない軽い名前に見える。私の父は、私が生まれたとき、あれにしようかこれにしようかと筆を片手に私の名前を思案したに違いない。これにしようと決めてからも、苗字とのバランスを考えたりして何度も紙に書いてみたことだろう。だから筆書体の縦文字で書くとおさまりが良く落ち着くのは当たり前である。

私や向田さんが子供のころは、学校で習字の時間が毎週あったし、正月の書き初《ぞ》めなんかもずいぶん時間をかけて書かされたものである。精神を集中するために、寒い一月の朝、まだ暗いうちから起こされて板の間に正座し、まず硯《すずり》の墨をする。墨汁というものも売ってはいたが、気持ちをこめて墨をすることが美しい字を書く始まりだと言って、私の家ではとうとう買ってもらえなかった。火の気がないから手はかじかむし、慣れない正座の足はすぐにしびれる。小学校一年の冬、私は〈フジサン〉という片仮名の四文字をいったい何百回書かされたかしれない。手を抜こうにも、母が背後に仁王立ちである。あのときくらい百五十センチに満たない母が大きく怖かったことはない。

それがつい最近になって、いまや九十二歳になったその母が、あの年の書き初めが確か田舎の親戚に預けてあると言い出して、半信半疑で問い合わせたら、戦争が激しくなった昭和十八年に父親の大礼服とか家族の写真とか、記念になるものといっしょに、母は私たち姉弟《きょうだい》の書き初めを疎開させていたことがわかった。しばらくして田舎から送られてきた私たち三人の書き初めは、母が昔してくれたのだろう、簡単ではあるがちゃんと表装してあった。五十年ぶりに見る自分の子供のころの字は、筆の勢いがあってなかなか元気な字であった。懐かしさより先に、あの冬の寒さが思い出された。兄のは〈善隣友好〉、姉のは時節柄〈海行かば水漬《みづ》く屍……〉、そして私の〈フジサン〉。みんな大人になったいま書いているよりいい文字である。変な甘えや色気がなくて、まっすぐで力がある。文字というものも、年とともに老けていくものなのだろうか。私は少し悲しくなった。

昔、小野道風、藤原佐理《すけまさ》、藤原行成《ゆきなり》の三人を三蹟《さんせき》と言った。平安のころの筆の達人である。ほかに三筆というのもあって、こっちの方は嵯峨天皇、空海、橘逸勢《はやなり》の三人だそうである。習字の時間に何度も教えられたのでいつまでも覚えている。春の水が流れるようないい字と言えばいい字だが、みみずが這《は》っていると言われればそうとも見える。しかし千年もの間、三蹟だ三筆だと言い伝えられているからには、桁はずれに上手だったのだろう。そのパロディーとして、三悪蹟とか、三悪筆というのも、以前はよく言われたものである。自分たちのまわりから、字がひどい、字が下手だという人を三人選ぶわけである。

私たちは、仕事柄たくさんの脚本家の字を見てきているが、つい三悪蹟を選びたくなるような、読むのに難儀する文字を書いてくれる人がいる。その筆頭が向田邦子という人だった。死者の名誉ということもあるから一応弁護すれば、下手というのとはいささか違うような気がする。しかし、とにかく判読困難な字なのである。ただでさえ遅い向田さんの本がようやく届いたのだから、一刻も早く読んで諸準備にかかりたいのだが、何せ常人では読めない不思議な字なのである。そこで私たちは、その生原稿を右から左、青山にある印刷屋にとるものもとりあえず送り込む。そこの禿《はげ》の親爺《おやじ》がどういうわけか、器用に向田さんの絵とも記号ともつかない字を判読するのである。石原慎太郎が左手で書く象形文字を読める人が、この世に一人だけいるという話の類《たぐ》いである。本当は〈第一企画印刷〉という立派な名前なのだが、私たちは感謝の心をこめて、その親爺のことを〈向田印刷〉と呼んでいた。

このごろのいわゆる丸文字というのを、私はちっとも嫌いではない。皮肉ではなく、若い女の子の書く舌ったらずの文章に似合った可愛らしさがある。けれど、あれは横書きでないと、およそ様《さま》にならない。あの子たちの丸文字は、不思議なことに横に流れているのである。だいたい漢字にしても平仮名にしても、筆で縦に書くように作られているものだが、丸文字は漢字の角《かど》を取り、曲線化することによって、一つの文字から次の文字への横の流れを作っているのである。だから、昔の習字の教育を受けた人がたまに横書きにしたときの妙なぎくしゃくした感じが、丸文字の縦書きにもあるということになる。それとは別に、だんだん文字というものが記号化しはじめたのも事実である。話し言葉が多様化したのと逆に、文字でものごとを表現しようとする情熱のようなものが、いつのまにか冷めてきて、表現というよりも必要にして十分な記録としての意味しか持たなくなってきているとも言える。ほかの言葉に言い換えてみるとか、次のセンテンスへの接続を工夫するとか、声に出して読んだときのリズムを考えるとかいうことへの興味はほとんど失われている、と言ってもいい。だとすれば、見た目の文字の流れなどあまり意味がないということになる。これから先、文字への関心はもっと薄れていくのだろうか。

日本だけかと思ったら、英語もそうらしい。知人の若いアメリカ人、この男は知的な職業についているのだが、彼がときどきよこす手紙の文字は、言わばわが国の丸文字とおなじである。丸っこくて、笑っているようなローマ字である。その上、女学生の丸文字よりも流れがない。最近、ニューヨークでオークションにかかったアメリカ第三代大統領トーマス・ジェファーソンの肉筆書簡というのを写真で見たら、昔、私の姉がやっていた英ペン習字のお手本のようにきれいだった。巧拙《こうせつ》と言われるとわからないが、一字一字ちゃんと読めるし、品もあるようだし、何よりも気持ちよくゆったりと流れている。一八一八年に書かれた、ユダヤ人に対する偏見を戒めたものというから二百年近くも昔のものだが、これを見て当今の文字を嘆いている老人がアメリカにもいるのではないかと、ふと思っておかしくなった。

自分のことを棚に上げる名人の向田さんは、他人の文字についてもいろいろとうるさかった。字の品格は、その人の人格に一致するとか、下手でも教養は文字ににじんで出るものだとか、だいたい自分に有利な発言だったが、あの人がいちばん好きだったのは、先だって亡くなった中川一政画伯の字だった。二、三枚買って部屋の壁にかけていた。「私、あの人の字の方が好きなの」とよく言っていたが、それは嘘で、絵の方はとても手が出なかったのである。しかし、確かにいい字だった。一言で言えば童子のいたずら書きである。遊んでいる字である。これくらい自由を楽しんでいる字はそうない。春の陽炎《かげろう》のような字があると思えば、木枯らしみたいに辛い字もある。もう草臥《くたび》れて歩けないという文字もあるし、昼寝しているような長閑《のどか》なものもある。

じっと見ていると、一文字一文字が思い思いの方角へ歩き出しそうに思えてくる。書いてある中身がまた面白いし、いい。〈汝は帝王なり。ひとり生きよ――プーシキン〉というのがある。どういう意味かわかりかねるが〈おまへとおれのちがひ〉というのがある。〈敵は幾萬ありとても〉というのもある。向田さんは、この人の字を見ていると、可愛くて頬ずりしたくなると言っていた。あの人が死んで、玄関の壁に遺された〈僧敲月下門《そうはたたくげつかのもん》〉という画伯の書をぼんやり眺めていて、私は思った。向田さんが書きたかったのは、この文字のような本だったのである。

字の話はあまりしたがらなかった向田さんだったが、あの人が生きている間にいちばんたくさんしたことと言えば、やはり字を書くことだったのではなかろうか。あんなに字を書くことを面倒がっていたけれど、いちばん好きだったのはそのことだったとも思う。でなければ、あんなにいろんな所で、たとえば汽車を待つ駅のホームで、空港のカウンターで、トタン屋根の〈向田印刷〉の奥の炬燵《こたつ》で、原稿用紙にかじりつくみたいに字を書くわけがない。もし、字を書くことが好きなという意味での昭和の三蹟を選ぶことがあるなら、誰をさし置いても、あの奇態な字の向田邦子を推薦したいものである。

「一輪差しがたくさんありますね」と言ったら、
「一輪しか買えないのよ」と不機嫌そうに言っていたが、そうではない。
〈花は一輪〉という美学があの人にはあった。
だから、あの人の机の上の一輪差しには、
なよなよとした寂しい花というのがなかった。
それはいつも凜としていた。
凜として部屋の空気を澄ましていた。
花は、向田さんにとって、心和むものではなく、
ともすれば萎れそうになる気持ちを引き締めるものだったのかもしれない。
だから、あの人は思い切りよく毎日花を取り替えていたのではないか。
私には、青山通りの花屋から出てくるあの人の朝の姿が見えるようだ。
後手に花を隠して、人目がないところでは、
今朝の一輪を歩きながら陽にかざしてみる。
これで今日一日、なんとかなる。
たぶん、これで一日、なんとかなる。

# 触れもせで

　変な話だが、ある程度親しくおつきあいしている女の人について考えてみると、長い間に一度や二度はその人の体のどこかに触ったりしたことがあるものだ。このごろでは日本でも、男と女が別れ際に笑いながら握手したりとか、嬉しそうに肩を抱き合ったりとかしているのを時に見かけるようになったが、やっぱり何となくぎごちなく見えるのは、こっちの臆した気持ちのせいばかりでなく、どこかそんな風習がもう一つ似合わないものが日本人にはあるのかしらと思ってしまう。それにしても、偶然ということになれば話は別で、たとえば炬燵《こたつ》の中でふと指と指が触れてしまったとか、テーブルの上の灰皿をたまたま同時に取ろうと手を伸ばしてお互いの肩がぶつかったとか、そんなことは意識する方がおかしなことで、誰だって日に二、三度はやっていることなのだが、私は二十年の間に向田さんの体のどの部分にも、ただの一度も触ったことがない。恥にもならない代わり、自慢にもならない話ではあるが、考えてみると不思議な気もする。男と女ということを、ひょいと飛び越えたところでつきあっていたのか、妙に男と女であり過ぎたのか、どっちだったのだろう。

くどいようだが考えてみて欲しい。冗談めかして女の人の手を握ったとか、ちょっと品の悪いからかい方をしたら女の子から肩のあたりをぶたれたとか、任意の人について思い出してみれば、誰だってかならずそんなことがある。それがこんなに長い間親しくしていて、いくら考えても向田さんについてはそういう記憶がないのである。毎晩のように仕事だか遊びだかわからない、いい加減な話を二人でしていたし、いまだから言うけど、単身向田さんのアパートに泊まってしまったことだって何度もある。毛布をかけてもらったこともあるし、向田さんが朝のパン屋へ走って、いっしょに洒落た朝食をとったことだってある。それなのに、である。何も私は、邪気のない友情をひけらかしているわけではない。ただ、不思議だと思うのである。原稿の書き過ぎで肩が凝ると向田さんが言っても、私は気軽に揉《も》んであげようという気になったことがない。その代わり、帰りしなに私の洋服の肩にゴミがついていても、あの人は注意してくれるだけで、決して手を伸ばして取ってくれようとはしなかった。もちろん二人とも昭和のはじめの生まれである。しかし、七歳にして何とやらの明治生まれでもない。だから、うぶだったわけでもないし、嫌らしいことを考え過ぎていたわけでもなかった。あの人が生きているときは、そんなこと意識したこともなかったのに、いなくなって十年経ったら、おかしなもので急に気になって仕方がない。いま、向田さんの何が懐かしいと言って、そのことがいちばん懐かしい。

だから、いったい向田さんが暖かい手をしていたのか冷たかったのか、やわらかだったのか骨ばっていたのか、私は知らない。潤いのある肌だったのか、乾いていたのかもわからない。髪はいつもしっとりと重たげだったといまでも思い浮かべることができるが、どんな感触だったのだろう。死んだ女の人の体の触感について、あれこれ想像してみるなんて品がないとは思うけど、決して知る機会がなかったことを悔やんでいるわけではない。もし、向田さんが今日まで生きていたにしても、私とあの人の手がたまたま触れ合うということはやっぱりなかったと思うのだ。

私は別段、向田さんと理解し合った仲だったとも思っていないし、人の知らないあの人の顔をこっそり見たこともない。ただ二十年もの間、仲良くしてもらっただけの話である。だいたい、いろんな大学に研究会があるほど優れた人だったとは、いまでも思っていない。向田邦子の文学だとか、その精神の暗部とか難しい漢字で書いてあるのを見ると、何かちょっと違う、と思ってしまう。おとしめるつもりは毛頭ないが、奉るのもかえって気がひける。私が好きだった向田邦子が遠くなってしまう。私にとって向田さんは、偉い人でもなく、取り立てて優しくしてくれた人でもなく、かと言って嫌な人でもなく、どこにでもいそうで、どこにもいない、そんな人だった。つまり、二十年、体のどこにも一度も触ったことがないという、その程度の人だった。だからこそ、いつまでたっても思い切れない人なのかもしれない。

熱い肌を幾度合わせたって何もわからない人もいる。指一本触れもせず、十年経ってしきりと恋しい人もいる。いまさらのように、人と人って何だろう、と考える。

私が向田さんの体のどこにも、指の先にも触れたことがなかったのとおなじように、あの人の作品の中の人物たちも、なかなかお互いに触れ合おうとしなかった。もっとも、これは私が撮った作品に限っての話で、たとえば『隣りの女』のように、ドキッとするようないろっぽい場面が出てくるものも幾つかはある。壁ひとつ隔てた向こうから、男が女の耳もとで上越線の駅の名前を上野から順番に囁《ささや》く声が聞こえ、やがて壁が揺れはじめるという『隣りの女』は、テレビドラマの男と女のシーンの白眉《はくび》だった。しかし、これも直接的に男女が触れ合うわけではなく、あのときのくぐもった声が途切れ途切れに聞こえてくるというのだから、一種の〈触れもせで〉と言えなくもない。たぶん女の体を指でなぞりながら、隣りの男は谷川岳の山容《さんよう》を女に話して聞かせる。山はみんなおなじに見えるけど、丁寧に一歩一歩のぼってゆくとそれぞれ違う。なだらかな裾野《すその》があって、思いがけないところに窪地《くぼち》がかくれている……。この方が赤裸々なベッドシーンより、どれほどセクシュアルかしれない。声というものは怖い、と私は思った。十代のころ、兄の本箱にあったアンリ・バルビュスの『地獄』という小説がそうだった。やはり下宿屋の壁の穴に耳をくっつけて隣りの男女の声を聞く話である。少女の声や衣擦《きぬず》れの音に、私は体中が熱くなった。そのころは、いまみたいに性描写が自由な時代でなかったから、そんな程度で紅潮したのかとおかしくなる一方、聴覚からの想像だったからあんなにも興奮したのかもしれないと、四十年たったいま思ったりもする。もしかしたら、早熟の向田邦子も、あのころバルビュスをこっそり読んでいたのではあるまいか。それほど当時は有名な本だったのである。それにしても、『隣りの女』のあのシーンは凄《すご》かった。《沼田《ぬまた》、後閑《ごかん》、上牧《かみもく》、水上《みなかみ》、湯檜曾《ゆびそ》、土《ど》合《あい》……》。いまも、夜中に壁の向こうから根津甚八の低い声が聞こえてきそうな気がする。

私が向田さんとした仕事の話に戻れば、たった一つ男女のからみがあったのは、私たちの最後の作品になった『源氏物語』がそれだった。けれど、これにしたところで、源氏と女たちがお互い十二単衣《ひとえ》で達磨《だるま》のようになって抱き合うわけだから、あまりいろっぽいとは言えない。《藤壺、大きくのけぞり、体が弓なりになる。源氏、はげしく抱きすくめる》とは書いてあるが、この先、女の着物を脱がせたら二十分はかかりそうである。だが、私にはこの方がよかったという思いがいまでもある。これ以上描写しなくて済んで、ほっとした覚えがある。愛のシーンを書いてもらえなかったので僻《ひが》んで言い訳するようだが、あの人とは、それでよかったのである。それがよかったのである。たとえばそういう場面を撮って、上手だと賞《ほ》められても気恥ずかしかっただろうし、貶《けな》されれば、されたで腹が立ったことだろう。と言って、私はあの人を女としての部分で見ていなかったわけでは決してない。むしろ、あんなに女らしい人はいないと思っていた。ただ、作品とか会話とかでそういう関わり方を、なんとなくしたくなかったのである。向田さんだって、私のことをちゃんと男だと思ってくれていたはずだが、片方になんとなくであれ、そんな意識があると、そこは長年つきあった呼吸というもので、生臭い話には間違ってもならないものだ。だから、仕事の上ではもちろんのこと、普段の、牛の涎《よだれ》の垂《た》れ流しみたいな私たちのお喋《しゃべ》りの中にも、お互いのその手の話はまずなかった。三十から四十を過ぎた男と女である。一つや二つ、お互い思いあぐねていることもあったと思う。聞いてもらえば、少しは胸のうちが軽くもなろう、ということだって幾度かはあったろう。でも、私たちが夜を徹して話したのは、『荒城の月』の〈めぐる盃〉を子供のころ〈眠る盃〉だと信じていた話だとか、戦前に『間諜《かんちょう》暁に死す』という映画があって、それを「浣腸《かんちょう》暁に死す」だと思って悩んだ話だとか、とにかく呆《あき》れるくらいに他愛のないことばかりだった。こうして十年経ってみると、飽きもせで、触れもせで過ごしたそんな無駄な時間が、たまらなく嬉しく思えるから、人生は妙だと思う。

もし、あなたのまわりに、長いこと親しくしているくせに、指一本触ったことがない人がいたら、その人を大切にしなさい。

# 青空、ひとりきり

顔であれ声であれ、姿やちょっとした仕草であれ、よく似た人というのはいるもので、たとえば長門裕之とサザンオールスターズの桑田佳祐を一度ドラマで親子にしてみたいと、彼らのどっちかをテレビで見るたびに私は思う。そう言う私自身だって、なんの変哲もない顔だと自分では思っているが、加藤和彦に似ていると言われたことがあるし、ビートたけしがまだ売れていないころ、最近は漫才もやっているのかとからかわれたこともある。広い世間だから、そんなことは誰にだってあることだろうが、考えてみると向田さんが誰かに似ているという話を私は聞いたことがないし、実際そういう人に出会ったこともない。生前、自分では〈私の顔は覚えにくい顔〉と言っていた。〈特徴と言えば、声ぐらいね〉とも言っていた。なるほど、いくらか甲高い声と、朝から慌てているような喋《しゃべ》り方は、あの人独自のものだったと懐かしく思い出す。だが、顔ということになると、いそうでいない。血を分けた妹さん二人だって似ていることは言えない。

ところがつい先ごろ、思いがけないところで向田さんに似ている人を発見した。映画の中でである。香港映画のヒロインが、あれっと思うくらいあの人に似ていた。その役柄が女流作家ということもあったろうが、それだけではない。顔や姿や、髪型に着ているもの、さらには歩き方まで似ているのである。日本での公開タイトルは『レッド・ダスト』、原題は『滾滾紅塵』、紅い風塵が大河のように流れて行くといった意味だろうか。〈滾滾〉は〈こんこん〉と読み、大きな水が流れる様をいう。水が湧くのは〈渾々《こんこん》〉で、これはよく使われるが、〈滾々〉の方は知らなかった。杜甫の詩に《不尽長江滾々来》というのがあるらしいし、映画の題名になるくらいだから、中国では誰でも知っている字なのだろうが、この場合は、一人の恋する女が、歴史の大きな流れに押し流されようとしながら、自分の思いを貫いていくということだと思う。

時は一九四〇年ごろ、日中戦争が始まって間もなく、女流作家のチャオホアが雨の夜たまたま出会った男と激しい、運命的な恋に落ちる。しかし、その男は占領軍である日本政府に雇われている文化検閲官であり、中国人にとっては言わば漢奸《かんかん》だった……。というのがメロドラマのはじまりで、それから国内争乱の時代まで、二人は引き裂かれたり、またあぐり会ったり、いろいろまだるっこいし、彼女の書いている小説と二重構造になっているので判りにくいところもあるのだが、とにかくチャオホアは、優しいけれど意志が弱く、なんだかもう一つ煮え切らない男を愛しつづけるわけである。三十半ばだろうか、このブリジット・リン（林青霞）という香港の女優が向田さんに似ているのである。いろんな人が向田さんについてよく言うことだが、取り立てて美人というわけではないけれど、何かの拍子にびっくりするほど綺麗だとか、男の子みたいに闊歩《かっぽ》しているのを見慣れていて、時にドキッとするくらい女っぽいとか、顔形よりはむしろ、そんなところがそっくりなのである。まだそれほど売れる前、年齢で言えば四十ちょっとのころのあの人が中国旅行しているのを見ているようだった。あの人もよくふんわりと柔らかそうな肩掛けをしていた。あの人もよく風の中で笑っていた。

そんなことを思いながら見ていると、ストーリーがよく判らなくなる。とても絵が綺麗な映画なので尚のこと、ぼんやり他のことばかり考えてしまう。だいたい私はいつも、あまり熱心な観客とは言えない。映画を見ながら半分は他のことを考えている。『少年時代』では自分の疎開していたころの惨《みじ》めな小さなストーリーが次々と頭の中に浮かんだし、『ダンス・ウィズ・ウルブズ』では大草原を駈けるケビン・コスナーを眺めながらジョン・ウェインの西部劇を年代順に数え上げていた。だから『滾滾紅塵』の間中、私はほとんど向田さんの顔とチャオホアの顔を重ね合わせ、丈の長いスカートをひらめかせて春の川岸を走る林青霞の姿に向田さんを思い出していた。ただ、困ってしまったのがラブ・シーンだった。向田さんのそういう場面を見たことがないのは当然のことながら、だからと言って呑気《のんき》に見物していられない妙な気持ちである。どうも腰が落ち着かないというか、誰に見られているわけでもないのに、そわそわしてしまう。似ているのが気になっているうちに、いつの間にかあの人を見ているように錯覚してしまっているのである。この面映《おもは》ゆさとも、具合の悪さともつかない気持ちをうまく説明することはできないが、そんな中で私は明らかに動揺していた。向田さんはこういう恋をしていたんだ、と思ってしまったのである。若いころ不幸な恋をしていたとか、何年もの間、自信を持てない男の人を励ますのに疲れてしまったとか、どんな親しい人にも話せない苦しい思いをしているとか、あの人自身の口からいくつかそんな話を聞いたことがあるが、それはこういうことだったんだと、私はいままでモヤモヤと縺《もつ》れていた赤い糸が突然ほぐれたように思ったのである。そう言えば、苛《いら》立《だ》ったこんな顔も見たことがある。変にはしゃいでいるこんな日もあった。いつもはお喋りのくせに、黙って人の話にうなずいてだけいるこの顔も見た覚えがある。……あの人がいなくなって十年の月日が経ち、たまたま見た外国の映画の中でその人のくやしい気持ちを知らされた不思議を、いったい私はどう言えばいいのだろう。

チャオホアが十年思い切れなかった怯懦《きょうだ》な男に扮しているのは、チン・ハン（秦漢）という俳優で、だいぶ以前に日活にいた葉山良二にちょっと似ているところがある。黒いしっとりと重そうな髪がパラリと額に垂れている。育ちの良さそうな優しい顔つきだが、うらぶれて頬がこけ、不精髭《ぶしょうひげ》が伸びると艶っぽい翳《かげ》りが漂う。もうこれっきりと思っても、あの弱々しい目が気にかかって、つい後を曳《ひ》く。いまではもう流行《はや》らないのだろうが、古典的な二枚目のパターンの一つである。口ではウィリアム・ホールデンだとか、アレック・ギネスだとか洒落たことを言っていたが、向田邦子という人は、存外こんなタイプに弱かったと私は思っている。あの人の人生の時々に現れた彼らは、どの人も多かれ少なかれ、そんなところのある男たちだったとも思う。それも、申し合わせたように何か一つずつ厄介な荷物を背負っている。またかと自分で呆《あき》れながら、あの人は出口のない薄暗い洞穴《ほらあな》へ、昂然《こうぜん》と胸を張って入って行った。誰にも言わないから、誰も止めることができなかったのだろう。けれど、止めたって止まる人でもなかった。そんな因果な人だった。

自分がそうだったからかもしれないが、他人の色恋には決して口を挟《はさ》まなかったし、立ち見はしても助言など間違ってもしない人だった。私は別にその種の話を好きでも嫌いでもないが、どう思い出しても向田さんと、誰と誰がどうのという話をした記憶がない。私自身にいろいろ面倒があったときでも、冷淡と言っていいくらい知らん顔だった。見て見ぬふりというのではなく、見ようともしない。人の世の薄闇は、所詮《しょせん》一人で入って、一人で出てくるしかないのである。ふと思い出すのだが、いなくなるちょっと前も向田さんはやっぱり棲《す》みなれた薄闇の中にいたような気がする。仕事や遊びのせいではない疲れが、歩き方や物言いの中に見てとれた。孤《ひと》りのあの部屋で、あの人はチャオホアのように、ベッドと壁の隙間《すきま》にちぢこまって頭を抱えていたのだろうか。いくら火を焚《た》いても寒くて、水色の肩掛けの上にもう一枚、黒い肩掛けを重ねていたのだろうか。

最後の旅に出る前、なんだか浮き足立っていたみたい、とあの人と長い間親しかった女友達が呟《つぶや》いたことがある。私はうなずいた。私もそう思っていたのである。体が泣くという言葉がもしあるとするなら、最後はそんな感じだった。雨の坂道を、五歳の女の子が泣きながら走っているようだった。それはきっと、あの人の薄闇に関わりがあるように思えてならなかった。小説で賞を貰《もら》った騒ぎもようやく静まり、呼吸を整え、洋服を爽《さわ》やかな秋の色のものに取り替えて、という矢先に何を思ってかいきなり駈け出して、それきり帰ってこなかった。あの慌てようはいったい何だったのだろう。自分の気持ちを自分で抑えきれなくなり、あの人の趣味ではない心急《せ》いた状態のまま、飛行機に飛び乗った姿を見るに見兼ねて神様は、そんなに辛いならこっちへおいで、と青空の上から呼んでくれたのだろうか。

思い出すなら楽しいことがいい。辛いと言えば誰でも辛い。本当のところ、あの人がどうだったということをあれこれ考えてみたところで、あの人が近くなるわけでもないし、遠くなってしまうこともない。『滾滾紅塵』という映画で、思いがけずよく似た哀しい人に出会ってしまったが、あれはやっぱり他人の空似だったのだ。

こんな割り切れない気持ちのときは、陽水でも聴いてみようか——。

楽しいことなら何でもやりたい
笑える場所ならどこへでも行く
悲しい人とは会いたくもない
涙の言葉でぬれたくはない
青空　あの日の青空　ひとりきり

宋胡録と書いて〈スンコロク〉と読む。
寸胡録と書くこともある。
タイのスワンカロークという土地の窯で産し、
日本に入ってきたのは桃山時代らしいが、
元来は皿とか小鉢のような日用品だからそう高いものではない。
高くないから向田さんが八十個も買えたのである。
向田さんは一輪差しや水差し、灰皿なんかに使っていたが、
これらについては謂れや能書きをわざと言わないから、
私たちは高価なものをさり気なく、
つまりあの人らしく粋に使っているのだとばかり思っていた。
鑑定家に見てもらったら、
八十個の中に、二、三点、値のあるものがあったというが、
そういうものは別の部屋に隠してあったのだろう。
私は見せてもらった覚えがない。

# 弟子

もう七、八年前になるが、笠智衆さんに珍しく連続ドラマに出てもらったことがある。『花嫁人形は眠らない』という、たいした筋もない家庭劇で、笠さんにお願いしたのは、田中裕子と小泉今日子の姉妹のお祖父ちゃんの役であった。「これが多分、私のやる最後の仕事になるでしょう」と、どこか遠いところを見るようなあの目でおっしゃるので感動したが、その後も次々と仕事をしていらっしゃるようで何よりである。どうも「これが多分……」の台詞も、あちこちでおっしゃっているらしい。仕事に入るたびに、そういう覚悟でということなのか、そう言って楽しんでいらっしゃるのか知らないが、八十も半ばを過ぎていると聞けば、とにもかくにも偉いものである。寿命は神様が決めて下さるもの、と惚《とぼ》けていらっしゃるが、自分なりの健康法もいろいろあるらしく、たとえば行き帰りに決して車を使わない。バスに電車を乗り継いで大船のお宅までポクポクとお帰りになる。鎌倉に住んでいる私の同僚のプロデューサーが、ある日、獲れたての鯛が手に入ったのでそれを持って笠さんの家にご機嫌伺いに行ったことがある。「これはこれは何よりのものを」と大変お喜びになり、日当たりのいい縁側で四方山《よもやま》話をするうちに健康の話になり、「長寿の秘訣は？」と月並みな質問をしたところ、「三浦くん、それは魚を食べないことです」と真面目な顔でおっしゃったそうである。

その笠さんとの仕事の最後の日に、私は『東京物語』の写真集にサインをお願いした。大きなガラス窓から春の日差しが気持ちよく差し込むテレビ局の化粧室で、笠さんはニコニコ応じてくれた。本の扉に、まず大きく私の名前を書く。しっかりした楷《かい》書《しょ》の字である。それから、その日の日付。次にご自分の署名と思ったら、何の迷いもなく〈小津先生〉と大書されたのでびっくりした。そして、そこで筆が止まった。何か考えていらっしゃる。例の遠くを見る目である。首をかしげる。ひとしきり思案して、おもむろにおっしゃった。「デシのデは、どんな字でしたかな？」。私はポカンとした。「シショウとデシのデです」。私は妙に恐縮しながら〈弟〉という字を教えてさしあげた。笠さんは大きくうなずいて、〈小津先生〉の後につづけた。〈の弟子、笠智衆〉。

サインを頼まれるといつもそう書くらしい。別に免状をもらったわけでもないし、弟子にしてやると言われた覚えもないが、本人は弟子のつもりなのである。小津安二郎さんの生前は叱られそうなので我慢していたが、亡くなってからは、遠慮しながらそう書いているという。そう書くことで自分に誇りを持ち、同時に自戒する。「人間、年齢《とし》をとると、だんだん怠けものになります」。だから、いつもカメラの向こうに怖い師匠がいて、自分を睨《にら》んでいると思って芝居をすることにしている。テレビのスタジオドラマは、だから苦手だという。カメラが五台もいて、みんなこっちを向いている。「小津先生が五人もいるから、疲れます」。

映画の世界と違って、私たちの方には師弟関係というのがあまりない。特に私の若いころはテレビドラマの量産時代だったから、きまった人に付くということもなかったし、たとえこの人ならと思ったところで、ゆっくり教えを乞う暇などなかった。そのうちこっちも生意気ざかりで、いっぱし一匹狼を気取って青臭い映像論など口走るようになり、先輩の作品を腹の中だけでなく顔に出して冷笑しはじめる。いま思うと気恥ずかしくなるのだが、あのころの私たちはみんなそうだったように思う。新鋭とか気鋭とか言われることにこっそり憧れていたのだろうが、何せテレビドラマというもの自体、まだはっきりした形を持ったものではなかったし、高々十年の歴史では、巨匠もいなかった代わりに新鋭もいないのである。それでも、台詞一つにしてもわざと意味ありげに持って回り、殊更《ことさら》難解めいた終わり方で人を煙に巻くことばかり考えていた。一人で踊って一人で有卦《うけ》に入《い》り、一人で疲れていたわけである。けれど、そんな空々しさの中で、正直言って不安だった。気取りであれ独り善《よ》がりであれ、自信があるときはいい。思いあぐね、迷ったとき、手土産一つ持って訪ねていける人が欲しかった。傍《そば》にいてくれるだけでいい、という歌謡曲の文句通りの気持ちである。手前勝手な話だが、こんなときに師匠と呼べる人のいない淋しさだった。昭和三十年代の終わり、私はようやく隆盛の気配を見せはじめたテレビ界の中で行き暮れていた。

森繁さんに会ったのは、ちょうどそんなときであった。雲の上の人だった。先だって、森繁さんが文化勲章をお受けになったお祝いの集まりのとき、ある若い女優さんが私たちが話しているところへ来ていろいろと喋《しゃべ》っているうちに、その女優さんの口から〈お二人の世代〉という言葉が出てきて愕然《がくぜん》としたことがある。なるほど、二十歳そこそこの人から見れば、五十代も七十代もさして変わらないのかもしれない。それは逆に、私たちの方から見れば、いまの二十代の人も三十代の人も、大雑把《おおざっぱ》におなじ世代のように思われるのと変わりがないことなのかもしれないのだが、私にしてみれば、森繁さんとの二十いくつの年齢の差は大変なことで、ましてはじめて口をきいてもらったあのころは、文字どおり雲上人《うんじょうびと》だったのである。映画スターであり、名人であり、怪物だった。その人がホームドラマのお爺さんになるという。『七人の孫』という源氏鶏太さんの小説のドラマ化で、二時間ドラマ全盛のいま思うと不思議な気がするが、これが連続ドラマとしてははじめての一時間ドラマだったのである。つまり森繁さんを迎えて、連続ドラマのワイド化に踏み切ったわけである。森繁さんのお祖父ちゃんに孫が七人いて、中でいちばん小さいのがいしだあゆみ、当時十五歳だったという。それなら、あのとき森繁さんはいくつだったのだろうと思って勘定してみて驚いた。矍鑠《かくしゃく》としていたとはいうものの、どこかもの悲しく、それでいて妙に可愛い、あの白髪白髯《はくはつはくぜん》の老人の正体は、なんと四十九歳だったのである。

意地悪なところはあるし、偏屈のふりはしてみせるし、最初はあまり好きになれなかったとか、台本にせよ脚本にせよ、〈台〉や〈脚〉なんだからと言ってどんどん自分で直してしまうのが不遜に思えたとか、森繁さんについてはこっちが素直になれるまで、ずいぶん時間がかかったような気がする。何しろ当方、深刻好きで、お尻の先の青い文学少年崩れである。あんな軽口の胡散《うさん》臭さに心を許してなるものかという構えがあった。本当は感じるところがあったのに、あんな下世話な人情芝居に流されてたまるかという、やはり身構えた矜持《きょうじ》もあった。あのころの私は、お芝居を漢字や横文字で考えていたのだろう。ところが森繁さんのお芝居は平仮名だった。たとえば、誰もいっしょに遊んでくれなくて淋しいお祖父ちゃんが、一人雨の窓を見ているというシーンを、あの人は、日当たりのいい縁側で、田舎から出てきた愚鈍なお手伝いが嫌がるのを無理矢理押えつけて、襟足《えりあし》を剃《そ》ってやるという芝居に変えてしまうのである。けれど、この方がずっと可笑《おか》しかったし、悲しかった。あるいは、こんなこともあった。便器を製造している会社の創業者であるお祖父ちゃんは、会長に祭り上げられてからも商品の工夫に熱心である。書斎で本を西洋便器の形に積み上げて坐り心地の研究に余念がない。という場面で、森繁さんはどうしてもその本が漱石全集でなければ嫌だと言い張るのである。それも、あのころなら誰にも見覚えのある岩波書店版の、篆書体《てんしょたい》で漢詩が書いてある装丁のものでなければ困るというのである。それも本番当日の思いつきだから大騒ぎになった。けれど言い出したらきかない。結局、小道具係が古書店を駆け回って間に合わせたが、これはちょっと他の人には考えられない非凡な着想だと、いまでも私は感心する。その非凡さをうまく説明することはできないが、とにかく可笑しいのである。しかも、上等の可笑しさだと私は思った。この話には、まだつづきがある。せっかく苦労して探してきたんだからと、その漱石全集をアップにしようとしたら叱られた。あれは多分、漱石だろうと思うからいいんだと森繁さんは言う。これは少なくとも漢字やローマ字の発想ではない。平仮名の上手さであり、味である。

というようなことがいろいろあって、私はいつの間にかあの人の弟子になっていた。笠さんとおなじで、お墨付きを頂いたわけではない自称弟子であり、押しかけ弟子である。そして、門下の相弟子が向田邦子という人だった。この人も、いつしか自分でその気になって、勝手に弟子を名乗っていた口だった。よく弟子どうしで話したものだが、向田さんも師匠と知り合ったころは、やっぱりあの胡散臭さが引っ掛かって仕方がなかったそうである。しかし、いかがわしさとか、インチキ臭さとかには、たまらなく魅きつけられるものがあるらしい。だんだんそれの中毒になり、そのうち逆に取り込まれ、ついにはあの曖昧《あいまい》さが好きでたまらなくなったと向田さんは言っていた。悪く言えば〈際限のないいい加減さ〉、良く言えば〈余白の魅力〉というのが二人の弟子の師匠寸評だった。二人とも、師にはよく笑わされ、よく泣かされ、その代わり三歩下がってよく悪口も言った。そして同門ではあったが、向田さんは師から、人生という古畳の目の隙間《すきま》に隠れている真実を掬《すく》い上げることを正しく学び、ついて回って良い意味の遊びをちゃっかり覚え、しかし師の猥褻《わいせつ》さは賢く捨てて出藍《しゅつらん》の誉れと言われ、相弟子の私は今日もうろうろと行き暮れている。

雁の別れ

「癌《がん》かもしれないの」。いきなり言われて、私は何のことか判らなかった。「かも、じゃなくて癌なの」。夜中に人を呼びつけておいて、鳥づくしでもあるまいし、雁だの鴨だの、この人は何を言っているのだろう。めずらしく蒼い顔をしている。「誰にも言わないで」。ようやく判った。乳癌の初期だという。窓のガラスが厚いので、音が聞こえないのに、風が見えるような秋の夜だった。向田さんの部屋は、いつもは暖かい湯気に煙っているような部屋なのに、その日は空気が変に澄んでいた。坐るとすぐに、花林糖《かりんとう》とか薩摩《さつま》芋《いも》のレモン煮とかが次々と並ぶはずなのに、テーブルの上にはお茶しか出ていない。そのお茶も、もう冷めている。今日ばかりは居心地の悪い部屋だった。

そういうわけで、すぐに病院に入らなければならないから、『寺内貫太郎一家』の最終回の台本が書けないというのである。私たちは、その年の春から三十回の連続で、前年の好評に応えて「貫太郎一家」の続篇をやっていて、それもあと一回で大団円というところまで来ていた。遊ぶ時間の欲しい向田さんは、シリーズのドラマというと大抵の場合、誰かもう一人の脚本家と組みたがったものだが、この「貫太郎一家」に限っては彼女のお父さんがモデルなだけに一人で全回書いていたのである。「あなた書いて」。怒ったような言い方だった。「他の人は嫌、あなた書いて」。そう言って下さるのは光栄だが、これは困ったことになった。「私、手伝うから。これから、やろ」。つまり、いっしょに最終回のテーマとか構成とかを考えて、あとは書けというのである。向田さんは怒っている。声も、いつもより半音ばかり高い。私はなんにも悪いことをしていないのに、与えられた原稿用紙と鉛筆の前に正座していた。

普段、あんまり病気に罹《かか》らないので恥ずかしいと言っていたくらい元気な人だった。鼻風邪でもひこうものなら、そこら中に電話する人だった。それが一足飛びに癌とは、神様も気紛《きまぐ》れだと思った。軽い肺浸潤《はいしんじゅん》ぐらいだったら、きっと大喜びしただろうに、とも思った。どこの医者へ行ったとも、どんな症状だとも、向田さんはそれ以上病気の話は一切しなかった。やっぱり周平が石屋を継ぐことにしようかとか、お手伝いの美代子が郷里へ帰る汽車の中で終わろうかとか、いつになく真面目にドラマの話しかしなかった。いつもなら、すぐに話が脇道に逸《そ》れ、余談が余談を呼んで仕事はどこかへ行ってしまうのに、思いつめたように「貫太郎一家」のことばかり喋《しゃべ》っていた。余談の代わりに、その夜あったのは、沈黙だった。話はすぐに途切れ、何を喋っても空々しく思えてきた。二人とも、本当は別のことを思っていたのだろう。病院で癌を宣告されたその夜に、ドラマの筋を正気で考えるなんて、おかしなことである。相棒が癌だと聞いて、ラストシーンはそうしましょうなどと相槌《あいづち》打ったら、それも変な話である。結局、こんなときは黙るしかないのだ。二人で黙って、お互いとことん滅入《めい》るしかないのだ。「貫太郎」は宙に浮いたまま、私たちはお茶ばかり飲んでいた。味も香りもないお茶を何杯も飲み、何度もトイレに立った。その夜は、猫のマミオも鳴かなかった。

あのころはまだ、朝の牛乳配達が壜《びん》の音をカチャカチャ言わせていたのだろうか。そんな音を聞いたような気がする。一晩カーテンを閉めないままの窓が白みかけていた。街路樹の木の葉が風に舞う向こうに、青山墓地が見えて私はドキッとした。ドキッとして振り返ると、向田さんはソファに端然と坐ってきれいだった。疲れた顔だったが、伏し目がちできれいだった。私と目が合うと、どうしてかニコッと笑って台所へお湯を沸かしに立って行った。ボッというガスの音がする。長い夜が終わろうとしていた。こうやって何でも終わるのだ。とにかく終わることは、終わるのだ。私はそれでいいが、向田さんはいろいろ忙しくなる。入院の支度とか、猫の預け先の算段とか、約束していた原稿の断りとか、黙って考え込む暇もないことだろう。それをあの人は、順序よくテキパキとやってのけるだろう。まるで友達の入院の段取りをつけるみたいに――。そう思ったら急に涙が出てきた。私は、少なくともあの一夜だけは、あの人を愛していたのだと思う。

その夜の仕事は宙ぶらりんのまま終わった。『寺内貫太郎一家』の最終回は、なんだか気の抜けたものになってしまった。適当にお茶を濁したというのではなく、どうしても魂のようなものが籠《こ》もらないのである。どんなに一夜漬けの書きなぐりでも、あのドラマだけは向田さんのものだった。三週間入院して向田さんは出てきたが、別段それ以前と変わった風には見えなかった。相変わらずせっかちに仕事や遊びに励んでいるように傍目《はため》には見えたが、あの人の中では何かがゆっくりと変わっていたのだろう。けれど、手術がどうだったとか、今後どうだとか、例によって一切言わないからこっちも訊《き》かない。そのうちに、忘れてしまった。だから、深刻になったのはあの晩だけで、労《いたわ》ったり気を使ったりした覚えがまるでない。もっとも、あの人が誰に対してもおなじだったかどうかは判らない。仲間や友達といったっていろいろある。女どうしと男友達とではずいぶん違うだろうし、年齢の差によって甘えたり見栄を張ったりということもあるだろう。だから、思い切りいまの不安をぶつけた人もいたかもしれない。私はすぐに忘れたが、ずっとそのことを思いやっていた人がいたのかもしれない。もしそうだったら、良かったと思う。もしそうでなかったら、つまり、病気のことを告げた際のあの人の表情や口調が、私へのそれとみんなおなじだったとしたら、あの人は悲しい人だったと思う。それは、不治の病よりよほど不幸なことだ。

テレビは残らないから好きだ、と向田さんは言っていた。消えて行くから面白い。幻だからアラを探す暇もない。でもそれは悔しまぎれの逆説だと思う。自分でもよくその手のことを口にしていたから、私には判る。その場で消えていくことが素敵なわけがない。徒花《あだばな》の美学なんて、悪いジョークだ。だから、どうせ書くのなら、何かの形で残したいと向田さんが思うようになったのは、何も自分の病気を知ってはじめてということではあるまい。もともと読むことも好き、書くことも好きな文学少女崩れである。映画雑誌の編集や、ラジオやテレビの本書きが寄り道だったとは本人も思っていなかったが、向田さんの中の、もう一人の文学少女が寂しがりはじめたとでも言おうか、活字幻想のようなものが、もやもやとあの人に蘇《よみがえ》ったのだろう。『銀座百点』に「父の詫び状」を書きだしたのは、あの夜から半年ぐらい経ったころだったと思う。

どこで覚えたんだろうと感心するほど、はじめからコツみたいなものを心得た、いい文章だった。山本夏彦さんが〈突然あらわれて、ほとんど名人である〉と書いているのを読んで、私はふと向田さんがどこかへ行ってしまいそうな、そんな寂しい予感が少しだけしたのを覚えている。

私たちが子供のころは、〈癌〉という言葉はあまり一般には使われていなかった。〈ガン〉と言えば〈雁〉を思うのが普通だった。向田さんとも、癌の話はしたことがないが、雁の話ならしたことがある。鷗外の『雁』である。下谷《したや》無縁坂に住む囲われ者のお玉という女が、毎日顔を合わせる岡田という医学生に好意を持つが、たった一度の機会をほんのちょっとした偶然で逃がしてしまい、そのまま一生会うこともなくなったという、鷗外にしては柔らかで、哀感のある小説である。そのラストシーン、岡田たち三人の学生が不忍池《しのばずのいけ》で獲った雁をぶら下げて無縁坂を上がってくると、暮れかけた坂の上に女が立っている。その晩お玉は旦那が遠出、手伝いの女に暇を出して岡田を待っていたのである。両者はなにごともなくすれ違う。《女の顔は石のやうに凝つてゐた。そして美しく睜《みは》つた目の底には、無限の残惜しさが含まれてゐるやうであつた》。もし友人たちといっしょでなかったら、お玉と岡田はその日結ばれ、ふたりのそれからは変わったかもしれない。岡田は午後の散歩の際に不忍池で戯れに石を投げ、それがたまたま一羽の雁に命中して殺してしまった。その話を聞いた友人たちが雁で一杯やろうと、日が落ちるのを待って雁を拾いに行ったのである。岡田の投げた石が雁に当たったのが、お玉の不運だった。こんな無言の別れのシーンを書きたいと向田さんは言った。『第三の男』の、冬枯れの長い道の別れよりいいとも言った。けれど向田さんは、それよりお玉という女が好きらしかった。お玉は単に哀れな女ではなかった。悔しいという気持ちを忘れない、気の強いところのある女だった。だから私と向田さんは談合の上、おそらく本当は〈なごりおしさ〉と読むのだろう〈残惜しさ〉を、〈くやしさ〉と読むことにした。往来の真ん中で、しっかりと見開いた目に〈悔しさ〉を籠《こ》めて、瞬《まばた》きもせず男とすれ違うお玉の昂然《こうぜん》とした姿には、何かあの人の心を揺さぶるものがあったのだろう。——そしていま私は考えるのだ。私たちの前からあの人という雁が飛び立っていなくなったのは、どこから、どんな石が飛んできたのだろう。雁は、もう帰ってこない。

雲と隔《へだ》つ　友かや雁《かり》の生きわかれ　　芭蕉

# アンチョコ

変なことをよく知っている人だった。たとえばペテン師のペテンというのは、中国語の〈弸子〉(pêng-tzu)が訛《なま》ったものだと教えてくれたのは向田さんだった。何がどう訛ったのかよく判らないが、本来の発音よりも訛った〈ペテン〉の方がずっとペテンという感じがすると二人で感心したものだった。語源を教わったお返しに、あれは多分あの人がいなくなったその年だったと思うが、『ユリイカ』という雑誌に、種村季弘さんがとても面白いペテン師列伝を書いていることを教えてあげたのだが、読んだのかどうか、とうとう聞かずじまいだった。今世紀のはじめごろ、プロイセンのケペニックという町の、浮浪者に近い一人の初老の男が、ある日何を思ったか古着屋で大尉の制服を一式買い込み、丸一日の間、正規の軍隊を指揮してしまったといったおかしな話なのだが、向田さんはこの話がいたく気に入り、そういう話を書きたいと妙に感じ入った様子であった。余談になるが、種村さんの『ぺてん師列伝』(青土社)

は、他にもいろんな不思議な詐欺師の話が集められていて、おなじ著者の『贋作者列《がんさくしゃ》伝』に劣らず面白い。

アンチョコという言葉をいっしょに調べたこともあった。いまの若い人たちは、あまり使っていないようだが、私たちの世代にはお馴染みの言葉である。教科書の要点をまとめた俗に言う虎の巻のことだが、これも〈安直〉が訛ったものらしい。変な言葉は、みんな訛りからきているのだろうか。それなら〈虎の巻〉はどうして虎なのだろう、ということになって、これもそのとき調べたような気がするが、忘れてしまったので『広辞苑』を引いてみる。《六韜《りくとう》の虎韜《ことう》巻から出た語で、兵法の秘伝を記した書。転じて安直な学習書》とある。六韜は太公望が撰《せん》した兵法書で、虎の他に竜韜巻、犬韜巻、獣韜巻など全部で六巻あるという。何のことかよく判らないが、という具合に芋蔓式《いもづるしき》に調べて行くというのは、暇なときは結構面白いもので、向田さんと私が顔を合わせるときはだいたい暇をもてあましていたから、よくそうやって遊んだものである。あの人の部屋には、その程度の遊びにはうってつけの本が揃っていたから都合がよかった。辞書類はもちろんだが、簡単に要点が記されている、つまりアンチョコのような本をあの人はたくさん持っていたのである。たとえば、高校生の受験用の『国語総合便覧』という小冊子。これには、平安時代の女官の装束《しょうぞく》の種類から清涼殿の平面図、勅撰《ちょくせん》和歌集の一覧に枕詞、およそ国語については、よくこんな薄い本にと思うくらい、何から何まで出ているのである。あるいは『わかりやすい冠婚葬祭の手引き』。これさえあれば、ホームドラマの嫁入りなどすぐできる。というと、向田さんの蔵書を馬鹿にしているようだが、あの人の狡《ずる》いのは、上等な本は私たちが出入りしない奥の部屋にしまってあるのである。別にケチなのではない。照れているだけの話である。そして、みんなの目に触れるところには、わざと料理の本とか、レース編みの本とかが広げられている。いかにもあの人らしいではないか。

辞書を引いても、アンチョコで探しても判らない言葉というのもある。確か何かエッセイの中でも向田さんは書いていたが、〈おぼくさん〉というのがそれだった。私はそんな変な言葉は聞いたこともなかった。昔はどこの家でもやっていた、毎朝ごはんをお櫃《ひつ》に移すとき真鍮《しんちゅう》の容器に盛って仏壇に上げるあれのことを、向田家では〈おぼくさん〉というそうである。そう言われて思い出してみたら、私の家では〈ぼっけはん〉と呼んでいた。こんどは向田さんが、そんな妙な言葉は聞いたことがないという。あれは絶対〈おぼくさん〉である。二人でてんでに辞書を抱え込んで〈おぼくさん〉と〈ぼっけはん〉を調べたが判らない。しかし何となく語感が似ているということになった。語源はもしかしたらおなじなのかもしれない。というところで、その日は手打ちをしたのだが、どうも気持ちが悪い。私は親姉兄に確かめてみたが〈ぼっけはん〉は〈ぼっけはん〉のままだった。けれど私には向田さんへの意地がある。恐らく北陸地方の呼び名だろうと見当をつけて、わざわざ郷里の富山の国語の先生に問い合わせた。返事はこうだった。多分、多分であるが、〈仏餉《ぶつげ》さん〉の訛ったものであろう。〈はん〉は関西でいう〈ご寮はん〉の〈はん〉らしい。私は満足した。次の夜、向田家を訪ねて研究成果を発表したのは言うまでもない。しかし、敵もさるものだった。〈おぼくさん〉は〈御仏供《おぶく》さん〉の訛ったものだというのである。私たちはお互い笑ってしまった。妙な言葉は、やっぱり訛りと縁が深い。

実際、向田さんは脚本やエッセイを書くのに、アンチョコで重宝しているのも本当だった。けれど、これらのアンチョコには逆の効用もある。いわゆるネタに困ったとき、テーマがうまく見つからないとき、そんなときパラパラめくっていると、ひょいと何かが浮かぶことがある。不思議な連想からおかしな話が突然生まれることがある。たとえばの話、さっきの『国語総合便覧』の中の十二単衣《ひとえ》の絵を眺めていて、「貫太郎一家」の婆ちゃんが和洋とりまぜ、ありとあらゆる衣類を身につけている図を向田さんが思いつく。それから家族に冷たくされたと僻《ひが》んだ婆ちゃんが、身上《しんしょう》一切を体に巻きつけて家出を試みるという話の発端ができる。それさえ決まればあとは楽なもので、毎週見て下さった方には申し訳ないが、テレビドラマというものはだいたいこんな風にしてできるのである。本来はシナリオ・ライター、つまり向田さんが次回のテーマや骨組みなどを考えておく約束なのだが、まずあの人は予習をしてこなかった。行き当たりばったりの、出たとこ勝負がモットーで、それどころか「たまにはあなたも考えなさいよ」などと居丈高《いたけだか》になったりするから始末が悪かった。しかし、できていないものは仕方がない。そこで家中のお菓子をテーブルに並べ、大きな魔法瓶を傍《かたわ》らに置いてのアンチョコのめくりっこになる。いったい二十年近くの間に、何十回そんなことがあったろう。暇だったのか、好きだったのか、多分両方だったのだろうと思う。

いちばんよく使ったのは、歳時記と歌謡大全集だった。この二冊は、言ってみれば話の泉だった。もしかしたら、この二冊の中には、人生のすべてがあるのではなかろうか。歳時記というのは、春夏秋冬、たとえば三月なら〈雛《ひな》〉〈桃〉〈東風《こち》〉〈啓蟄《けいちつ》〉という風に、俳句の季題とそれを用いた例句が載っているあれである。因《ちな》みに、〈啓蟄〉というのは土の中に冬眠していた蟻や地虫が穴を出てくることを言い、《啓蟄や石売れて行く園かなし》という草秋の句をはじめ約十句が並んでいる。向田さんの部屋にあった歳時記が、虚子の編したものだったか秋桜子のものだったかは忘れたが、いずれにしても相当古いものだったし、つれづれに眺める頻度が高かったのか装丁が弛《ゆる》みかけていた。俳句が好きだったとは思えないが、あの人が歳時記を好きだったのはよく判る。この中には、日本に昔からある行事とか習慣、それらの古い呼び名、言い回しとか、あの人の好きそうな言葉がいっぱいあった。一月のページには〈左義《さぎ》長《ちょう》〉〈女正月〉〈小正月〉、二月は〈針供養〉〈青海苔《あおのり》〉〈猫の恋〉、四月〈入学〉〈草餅〉〈木瓜《ぼけ》の花〉、これらの中でも〈女正月〉とか〈針供養〉のような、いつかは忘れ去られるに違いない言葉をいとおしみ、少しでも生き延びさせたいという暖かな気持ちがあの人にはあった。だから〈辛抱《しんぼう》〉〈昵懇《じっこん》〉〈じれったい〉〈依怙地《いこじ》〉のような、一昔前の日常語とおなじように、エッセイや脚本の中で意図的に用いたのだった。これらの言葉には、人肌の温もりに似た体温のようなものがある。忘れたくない日本人のいいものがある。

歌謡大全集というのは、書店の棚にトランプ遊びや手品の本なんかと並んで置いてある、流行歌の本である。戦前から今日までのヒット曲、それも艶歌が主に集められている。あまり歌ったのは聞いたことがないが、向田さんは実によくそういう類いの歌を知っていた。時代の出来事といっしょに覚えていた。けれど、このアンチョコがどういう風に役立っていたかを私は知らない。それは向田邦子の秘密である。誰だってそうかもしれないが、あの人にとっても、一つの歌にはそれぞれ幾つもの思いがあったのだろう。ほとんど聞こえるか聞こえないかぐらいの声で『雨に咲く花』を口ずさみながら、何か思い出し笑いをしていたこともあった。小畑実の『星影の小径』をいやに長いことハミングしていたのは、何かわけがあったのだろう。きっとその何かが、生きていることのいちばん大切な部分と、意外な関わり方をしているのだ。使いなれたアンチョコがないと、試験の前は落ち着かない。他人の借り物は、おなじようでどこかが違う。安直と言われても、これが鞄《かばん》の隅に入っていると、いい点がとれそうに思うのがアンチョコの嬉しさである。生きていたら、いまごろ向田さんは大家になっていたかもしれない。しかし、それでもあの人のアンチョコは歳時記と歌謡大全集、きっとその二冊で堂々と営業していたことだろう。

# ミス・メモリー

あんなに記憶力のいい人はいない、というのが定説になっていた。特に昭和十年代、つまりあの人の幼年から少女時代についての記憶は凄《すご》かった。もう埃《ほこり》まみれになっていなければおかしい数十年前のものたちが、あの人の手で箱の底から取り出されると、新品同様にピカピカ輝いて見えるのが不思議だった。いっしょに手に取っていとおしみたくなるような、柔らかで暖かい色の記憶だったからだろう。マニアックで角の立った記憶ではなかったということだ。嫌味な記憶魔というのがときどきいる。『カサブランカ』の中の役名と俳優名を端から並べたて、ついでに撮影技師の名前まで教えてくれるといった手合いである。感心するより先に不愉快になってしまう。その点、向田さんの場合は博覧強記というのとは違っていて、知らないことは見事に知らなかった。たとえば、警察組織については、自分でも告白しているが全く無知に近かった。警官と刑事の違いが判らない。警視庁と警察庁はあの人にとって同一である。これは時代がさかのぼってもおなじことで、一度だけ捕物帳を書いてもらったら、与力が同心にペコペコ頭を下げていた。

ヒッチコックのイギリス時代の作品に『The Thirty-Nine Steps』というのがある。私が生まれた一九三五年の制作で、わが国で公開されたときの題名は『三十九夜』であった。この映画の中にミスター・メモリーという寄席芸人が、スパイ事件の鍵を握る人物として出てくるのだが、この男は寄席からのどんな質問にも即座に答える異常な記憶人間なのである。英国憲法の第五十八条と言えば、その条文をスラスラ暗唱してみせるし、倫敦塔《ロンドンとう》の高さはと訊《たず》ねれば何フィート何インチと正確に答える。日本にはこの手の芸人はいないが、欧米ではそんなに珍しくはなかったらしい。結局、このミスター・メモリーは、書類や写真にすると証拠が残るということで、某国の国防機密を文章で暗記させられているのだが、こういう意外な着想はヒッチコックらしくて面白い。この類いの暗号トリックはヒッチコックの好みで、『バルカン超特急』では教え込まれたメロディーを譜面にすると、お玉杓子《たまじゃくし》が暗号になっていた。

向田さんは、ある種のミス・メモリーだった。だから、昔の話をすると際限というものがなかった。そのころのこの人は四つか五つのはずなのにと首を傾《かし》げるくらい、当時のことに大人っぽい記憶を持っていたのである。ミスター・メモリーにも覚えるコツがあったように、向田さんには思い出すコツのようなものがあった。数字や記述ではなく、匂いとか感触とか、温度とか音で思い出すのである。そういう感覚をまず思い起こして目をつぶると、だんだん周囲の物や人が見えてくるそうである。なるほどと思う。あの人の話や書くものには、確かにそういった感覚の記憶についてのものが多かった。たとえば、お祖母さんに手を引かれて松茸《まつたけ》を買いに行った夜道でラジオの東海林《しょうじ》太郎の歌を聞いた話というのがあるが、まずミス・メモリーが思い出すのはラジオの音である。その音を反芻《はんすう》していると、住宅街の家々の黄色っぽい電気の光が見えてくる。お祖母さんのカサカサした掌の感触が蘇《よみがえ》る。あれは確か松茸を買いに行ったのだ。なぜそんな夜遅くに松茸なんか必要だったのだろう。そうだ、お父さんの大切なお客さんが突然見えたのだ。という順番である。

匂いにまつわる話というのもあの人の得意なレパートリーだった。どういうわけか、私は向田さんとあのころの汲《く》み取り便所の話を何度もした覚えがある。汚穢屋《おわいや》さんが帰ったあと、汲み取り口のドクダミの葉が白くなっていたのは、石灰を撒《ま》いたからだとか、汲み取り券という十枚つづりの切符があって、一枚ずつミシンの目が入っていたとか、変なことをあの人は本当によく覚えていた。そういうのも、あの人は目をつぶってまず匂いを思い出すのである。すると見えてくるのである。いつもくる汚穢屋さんは麦藁《むぎわら》帽子をかぶり、地下足袋《じかたび》を履いて、紺色の酒屋の前垂れを腰に巻き、匂いを誤魔化すために巻き煙草をくわえて作業をしていた、という具合に描写がはじまる。その小父さんはよく日に焼け、顴骨《かんこつ》が高い人だったという。私にも、それに近い記憶があるにはあるのだが、あの人のようには、どうしても浮かんでこない。ただただ、感心して聞いている。

母親の鏡台にも匂いがあった。鬢《びん》つけ油と白粉《おしろい》の匂いである。昭和十年代と言えば、私の母も、あの人のお母さんも若かった。その母親の鏡台の上や、抽斗《ひきだし》の中に何があったという話でも私は降参した。そう言われてみればあったあったというものを、向田さんは次々と思い出すのである。ヘアピンの種類に白粉の容器の図案、髪にウェーブを出す鏝《こて》の形に、抽斗の底に敷いてあった油紙……私が〈ウテナクリーム〉というのがあったと言うと、あれは〈ウテナクレーム〉だと言い張ってきかない。私だってたまには自信と意地というものがあるから、その日賭《かけ》をした。明くる日、あの人は意気揚々と昭和のはじめの『主婦の友』のコピーを持って現れ、私は千円取られて悔しかった。その広告にはアール・デコ風の文字で〈ウテナクレーム〉と確かに書いてあったのである。ところが、つい最近の話、調べることがあって昭和九年の『新青年』

という雑誌を見ていたら、〈淑女のお肌にウテナクリーム〉とあるではないか。しまったと思った。昭和のはじめと言っても、年代のちょっとした違いで商品の名称が変わったのだろうか。いずれにしても、あの賭は引き分けだったのである。

あの人が子供のころについて呆《あき》れるくらいよく覚えている理由は、もう一つあると最近思うようになった。私などは親元を離れて何十年にもなるし、それぞれ別に暮らしている姉や兄と顔を合わせることだって、年に数えるほどしかなくなって久しい。ましてや、四人顔が揃ったのは、この十年のうちで母の米寿《べいじゅ》の祝いのときぐらいのものである。いまでも、お正月には一族郎党打ち揃ってという家族の話を聞かないでもないが、だいたい子供たちが四十、五十になれば私なんかのケースが世間の通り相場ではなかろうか。ところが、生涯独身だった向田さんは、たとえば私と比べてずいぶん長い時間、親や弟妹といっしょに生活しているのである。本天沼の実家を飛び出して、霞町のアパートで一人暮らしをはじめたのだって、自立した女には珍しく『七人の孫』を書くようになったころ、三十五歳になってからだった。お父さんの仕事の都合で、鹿児島だ宇都宮だと、日本中飛び回っていた忙しい家族だったから、家の状況はその都度変わってはいたが、一つ屋根の下の顔触《かおぶれ》はかなり長きにわたっておなじだったのである。つまり、記憶は中断されていないのである。記憶というものは、言ってみれば人と物の記憶である。みんな大人になって、相応に容姿が変わったところで、お互いよく見ればあのころの黒子《ほくろ》、あのころの癖、母の使っている手鏡はもう何十年前のものだろう。向田家は戦災を免れたから、子供のころ見慣れた家具や什器《じゅうき》も家の中には幾つもあったという。つまり、ある昔のことを思い出すのに、あの人の場合、思い出しやすかったのである。

その上、記憶は絶えず反復されていた。向田さんは地方の特産品を貰ったからと言っては実家に帰り、調べることがあると口実を作ってはお父さんの本棚を眺めに戻った。みんなが顔を合わせて食卓を囲めば、近況の報告がいつの間にか昔話になっている。小さいころ海苔《のり》巻《まき》の端っこが好きだった話に、目刺しが嫌いだった話、記憶はやっぱり中断されていないのである。いまでもそうなのだが、向田家の人々は、お母さんも妹さんたちも、あのころの話をするのが好きである。特にお母さんのせいさんというのが長女に劣らぬミセス・メモリーで、昭和五年、宇都宮支店のころのお父さんの月給が百十円だったとか、昭和十四年、鹿児島で一日釣り舟を借りると十円で餌代が二円だったとか、主として金銭にまつわる記憶が人並みはずれているのである。ミス・メモリーこと向田邦子は、こうした脇役にも恵まれてもいたのだった。家族がしよっちゅう昔の思い出話に興じるということは、とにもかくにも幸せなことだと思う。一人一人、胸のうちを開いてみれば、それぞれ血を分けた家族にも言い難い不幸を抱えていることもあろう。笑い転げながらも、心の半分では思いあぐねてもいよう。けれど、その束の間の団欒《だんらん》には、向田邦子的表現で言えば、白湯《さゆ》を飲んだときのような暖かい安堵《あんど》がある。あの人は、折りに触れての血族との会話に救われ、支えられていた。

だから、向田さんがもし結婚して子供を産んだりしていたらどうだっただろうと考えることがある。そうすれば、そこから新しいもう一つの家族の歴史が始まる。杜絶《とぜつ》はしないだろうが、古い歴史は中断する。日々の煩雑に紛れて思い出すことは少なくなり、古い家族たちの団欒は間遠くなる。間遠くなって、やがてその輪郭が私のようにぼやけてくる。いったい、どっちがいいことなのか私には判らないのである。あの人自身、そのことをどう思っていたか、それも判らない。向田さんは最後までミス・メモリーであった。向田家の娘だった。

MINOLTA

五十を過ぎてからケニアやアマゾンへ出かけて
撮ってきた写真はなかなかの出来だったらしいが、
本当のところは撮るのより撮られる方が上手かった。
玄人はだしのポーズをとった写真がたくさん残っている。
どれも、いわゆる〈お澄まし顔〉という奴である。
シャッターが押される直前まで忙しく喋っていて、
その瞬間だけ黙り、直後にまた早口に喋りはじめたに違いない、
といったそのときの様子が想われて面白い。

# 小説が怖い

あまり年齢の若いエッセイストというのはいないらしい。そう言えば新進のコラムニストとは聞くが、気鋭のエッセイストと書いてあるのを見ればなんだか変な感じがするだろうと思う。エッセイストを訳して随筆家と言うと尚のことそうである。いまよりずっと平均寿命の短かった大正や昭和のはじめでも、二十代の随筆家と言われた人はいないようである。やっぱりその人の生きてきた年数とか、人生経験ということなのだろうか。もっとも、エッセイを随筆と安易に訳してしまうことにも問題はあるのかもしれない。随筆というと、たいして用のなくなった老人が竹林に降る時雨《しぐれ》を眺めながら筆をとっている図を想ったりする。中学のときに習った《つれづれなるままに、日くらし硯《すずり》にむかひて、心に移りゆくよしなし事を、そこはかとなく書きつくれば……》のせいだろうか。

向田さんがいつごろからエッセイを書きだしたか正しくは知らないが、評判をとった「父の詫び状」の連載が『銀座百点』ではじまったのは昭和五十一年、あの人が四十七歳のときだった。テレビの脚本に忙殺されていて〈つれづれなるままに〉などと洒落ている暇もなかったし、〈日ぐらし硯にむかふ〉時間もなかったはずだが、前年乳癌の手術を受けたことがあの人の気持ちに不安な何かを囁《ささや》きかけ、それが向田さんにエッセイの筆をとらせたように思われる。と言うと、なんだか人生の暗いもの、重いものについて書くのがエッセイと思われそうだが、あの人の場合はあっという間に消えていくテレビドラマの儚《はかな》さが急に寂しくなって、活字として残るものが欲しくなったのだろう。そのとりあえずのものがエッセイだったとは言わないが、少なくともいきなり小説に手を染めるよりは気が軽かったのかもしれない。そしてこの形式は、たまたま向田邦子という人にたいへん似合っていた。長さといい、自由さといい、テレビに抱いていた知的欲求不満を少しは解消できる点といい、あの人の好みに合っていたのである。私は、向田さんが昨日までの水着とは違う新しい水着を付けて、嬉しそうに泳ぎだしたように思った。スイスイと泳ぎながら、こっちに向かって手を振っていた。その姿を見て私は、これは遊びのためでも美容のためでもなく、本気で水泳選手になるつもりではないかと思った。

ちょっと気になったので、名エッセイと言われるものを遺《のこ》した人たちの年齢を調べてみた。手当たり次第にいく。まず永井荷風の『麻布襍記《ざっき》』〈襍〉は〈雑〉と意味も読みもおなじだが、荷風はよくこの字を使っている。これが書かれたのが大正十三年、四十五歳のときで、五年前に麻布に居を構えて偏奇《へんき》館《かん》と名付け、そこに独り老人のように暮らしていた日常を、菊が盛りを過ぎて山茶花《さざんか》が咲いたとか、新聞を毎日とるのは馬鹿馬鹿しい、天下の情勢など市電の停留所に貼ってある夕刊を立ち読みすれば足りるとか、ボソボソと呟《つぶや》いているような随筆である。次に吉村冬彦こと寺田寅彦の名作『続冬彦集』は、作者の四十代終わりから五十五歳までの作品集で、詩と科学がお互いの境界をスルリと脱けて結び合い、ひんやりと美しい世界を現出させている。おなじ科学者の随筆としては中谷《なかや》宇吉郎《うきちろう》の『冬の華』が昭和十三年、この人はちょっと若く三十八歳、女流では森田たまの『もめん随筆』は四十二歳、名人と言われた内田百閒《ひゃっけん》『百鬼園随筆』四十四歳、という具合にだいたい四十代半ばを過ぎると、周囲からエッセイでも書いてみないかと勧められ、本人もその気になるのかもしれない。

父が好きだったに違いない、私が子供のころ、父の書棚に吉田絃二郎という人の本が上から三段目あたりの一段全部を占めるほどズラッと並んでいたのを思い出す。並べてあるだけという本が多い中で、この人のものだけは栞《しおり》が挟《はさ》んであったり、中の文章に赤鉛筆で傍線が引いてあったりしたから、珍しく父が気を入れて読んでいたものと思われる。上から三段目というのは、取り出すのに便利な高さだった。『小鳥の来る日』とか『武蔵野にをりて』とか、『草光る』に『木に凭《よ》りて』、みんな似たような題名で、どれにもその肩に随筆または感想集と書いてあった。これらが私の読んだ最初のエッセイだった。いま、たまたま手元に『武蔵野にをりて』がある。昭和八年に改造社から出たもので、定価八十銭と奥付にある。《日に日に武蔵野の原を埋めて草紅葉も燃えてゆく。秩父あたりの山は真っ白な雪につつまれた。……小寿鶏《こじゅけい》が笹の中をあさっては菜畑のあたりに出て来る。霜にすがれた小草の中に虫を啄《つい》ばんではククと鳴く。冬の朝にふさはしい寂びを感じさせる》。全篇ほとんどがこうした自然描写と、大自然の中にある人間の孤独の詠嘆である。子供の私は、随筆とは空の色や、風に揺れる枯れ木の枝や、落葉を踏む音を写生することだと思った。でも、それなら吉屋信子の方が上手だとも思った。おなじ父の本棚にあった『海の極みまで』を、私はこっそり読んでいたのである。小学校に上がって作文というと、私は吉田紘二郎を思い出した。思い出して武蔵野を自分の家の小さな庭に置き換え、椎《しい》の林を裏庭の痩せた金木犀《きんもくせい》にアレンジして吉田紘二郎的自然描写をした。上手だと先生に賞《ほ》められた。

最後に、独りぼっちが寂しかった、などと書き加えるともっと賞められた。私は作文とは随筆だと思った。

向田さんは小説を書くのを怖がっていた。書くことがないとも言っていた。怖がっていたのは本当だが、書くことがないというのは嘘だった。怖いからそう言っていたのである。なんとなくではあるが、あの人の怖い気持ちが私には判る。自分のことを書くのは、自分の中身を白日の下に曝《さら》すようで怖いのではないかと考えるのが普通のように思われがちだが、実は逆なのだ。いまの日常であれ過去であれ、自分だけの領分だと開き直ることができる。全部背負い込むことができるというのは、潔く責任を引き受けているようで、逃げ道がちゃんと用意されている。ところが、小説はフィクションだというのは、ちっとも逃げ道になっていない。小説という形式を選び、そう宣言した瞬間に、それはその人個人のものではなくなっているのである。どっちが上等という話ではなく、背負う荷物の種類と重量が、まるで違うのだ。これが小説の秘密であり、怖さなのだ。つまり、気軽に小説は書けないということである。だから、モンテーニュを墓から呼び出して、わが国のいわゆる私小説というものを読ませたら、これはエッセイだと彼は言うかもしれない。

そういう意味で、三人称の形にはなっていたが、そして直木賞を貰いはしたが、『思い出トランプ』を向田さんは小説だと思っていなかった。あの人の小説幻想との間にはかなりの距離があった。けれど、怖さを飛び越えて、あの人は小説を書こうとこっそり決意したのだろうと思う。逃げ道を自分で塞《ふさ》いでしまうことにはなるが、長篇を書こうとしていたのがその気持ちの現れだった。その矢先の死であった。悔しかっただろうとも思う。しかし、意地悪なようだが、どこかでホッとしたのかもしれない、とも思う。

向田邦子が怖がっていたように、エッセイは小説ではないが、作文でもない。それならエッセイとは何だろうと思うと、よく判らなくなる。モンテーニュだラムだと言えば大層なことになるが、かと言ってそこらの雑誌に氾濫している誤字だらけの雑文をエッセイと言われても、それはちょっと困ると言いたくなる。だいたい、こうやって私が向田さんについて書いているのも、分類すればエッセイということになるのだろうが、作文じゃなかったのかと言われたら、返す言葉に困ることだろう。これは日暮れの袋小路と思ったら、夷斎石川淳先生の名言を思い出した。正確には川本三郎に教わったことを思い出したのだが、《随筆とは、博《ひろ》く書を探し、その抄をつくること》

というのである。ずいぶん大胆な定義だが、なるほどと思う。何かが見えるようである。普通なら、つい〈書と人を探し〉としたくなるところを、迷いもなく書に限るのが石川淳らしい。川本三郎もエッセイを書いていて、この言葉が気になって仕方がないと言っていたが、忘れない方がいいと思う。少なくとも、広義に解して理知的であれと自分に言い聞かせ、心して損はない。

昔、昭和のはじめの広告を見ていると、本のジャンルやキャラクターがちゃんと明記してあって面白い。小説なら小説で〈明朗諧謔《かいぎやく》小説〉とか〈社会風刺小説〉とか銘打ってあるし、随筆にも〈人生教訓随筆〉や〈宗教随想〉などの種類がある。このごろのように、何の本だかよく判らないのが書店に溢《あふ》れるほど並んでいると、どうやって選んでいいものか迷ってしまう。書いている人を信用して買ってみれば、一年前の良心はどこへやらという悲しい思いをする。いっそ昭和初期のような分類をするとか、多少は無責任でも構わないから、ミシュランの星印でも表紙につけてくれないものだろうか。

それとも、いつか《博く書を探し、その抄をつくる》という本来のエッセイが現れるのを待とうか。

# 上手い

私たちのような商売は、なんだか自分でもよく判らないところがあるが、それでも三十年もやっていると、時に賞《ほ》められたりすることもある。その賞め言葉は大雑把《おおざっぱ》に言って二つに分類される。〈いい〉と〈上手《うま》い〉の二つである。〈いい〉というのは、たとえば「母親と娘の気持ちがよく出ていてよかったわ」の類いで、翻訳すれば〈考えさせられた〉〈身につまされた〉とか〈感動した〉ということになる。〈上手い〉の方が「さすが、ああいう世界を撮らせると上手いね」のように、どっちかと言えば職人的技術のニュアンスが含まれているようである。前者の場合は、しかし、脚本の功績が大きかったのかもしれないし、俳優さんのお芝居が見事だったのかもしれない。僻《ひが》むわけではないが、演出ということで、みんなを代表して賞められたと思った方がよい。それに〈いい〉という言葉には、何かこっちを気恥ずかしくさせるものがあるし、観た人の趣味趣向によってもずいぶん違うから、手放しで喜んでいいものか、いつもためらってしまう。その点、〈上手い〉は判りやすい。たとえばサッカーのボール・コントロールと同じで、巧妙なドリブルで相手バックスを躱《かわ》して行けば、それはとにかく〈上手い〉のである。英語の〈skillful〉に当たるのだろうか。私の自尊心は正直なところ、〈上手い〉と言われる方を喜ぶようである。子供っぽいと思われるかもしれないが、私たちのような商売はそんなところで保っているのだ。物書きだってそうだろうと思う。表向きは〈いいもの〉を書きたいなどと言っていて、内心は〈上手い〉と言われたくてしようがないのである。ちっともいけないことだと思わない。日本の文化には妙な精神主義があって、〈上手い〉から顔をそむけたり、眉を顰《ひそ》めたりして冷ややかな傾向があってよくない。

〈上手い〉と言われたいと常々思っているから、他人がそう言われているのを聞いたり、自分でもそう感じたりすると妬《ねた》ましいし、時には腹が立つ。向田邦子という人は、そういう意味で妬ましく、腹の立つ人だった。私のために書いてくれる本の場合、明らかに私をそういう気持ちにさせようとしているのではないか、と邪推したくなるようなことが何度もあった。いまから思えば考え過ぎなのだろうが、そのころは口惜しかった。脚本と演出という違う仕事だからでは済まないのである。〈上手い〉と言えば『寺内貫太郎一家』のときに、こんなことがあった。——遠縁の三十女が、ある事情があってたまたま寺内家に身を寄せている。人妻でありながら若い男と間違いを犯して婚家先にいられなくなったのである。そんなことがあって、ちょっと投げやりになっているのが変にいろっぽい。その女に長男が熱病みたいにとり憑《つ》かれてしまう。結婚したいなどと口走るものだから、貫太郎は激怒し、一夜当人たちも含めて家族会議が開かれる。泣いたり喚《わめ》いたりがピークに達したちょうどそのとき、突然家中が停電になる。水を差されて一同がポカンとするところが、まず上手い。妻の里子のため息と、貫太郎の荒い鼻息だけが闇の中に聞こえるというのである。思い直した貫太郎は蠟燭《ろうそく》を持ってこいと叫ぶが、生憎《あいにく》切れてしまっている。ようやく円筒形の懐中電灯が一本、茶簞笥《ちゃだんす》の引き出しから見つかって、チェアマンの貫太郎に渡され、会議は再開されるのだが、貫太郎、この懐中電灯をどうするかというと、発言者の顔をその都度一人一人照らすのである。そして自分が怒鳴る番がくると、律儀にその光を自分の顔に向ける、とト書きに書いてある。私は大声で笑い、それから感心してしまった。こんな可笑《おか》しな本ははじめてである。やがて電気が点《つ》く。誰かが思わず小さな笑いを洩《も》らす。隣の誰かが、もう少し声にして笑う。危うい崖っぷちまで行っていた家族の気持ちがフッとほぐれる——。上手いと思った。この上手さは何なのだろうと思った。そして私は、相手に悟られないように降参した。

けれどテレビドラマというのは、どこからどこまでが誰の領分か、したがってうまくいった場合に誰の手柄かはっきりしないから、間違って得をすることがよくある。実際、いまの話でも、懐中電灯のシーンが卓抜だ、上手いと私が賞められたこともあったのだ。もしこれが、ただの家族会議として書いてあったのを、私がリハーサルの演出で停電を思いつき、懐中電灯の芝居を考えたのなら、それはほとんど私の功績でもあり、私が賞められて当然だろうが、この名場面は全く向田邦子ひとりのものだった。もし、間違って私が賞められたことが、向田さんの耳に入ったらどうだっただろう。私は、口惜しがったと思う。怒ったとも思う。あの人も、〈上手い〉ということに拘《こだわ》り、それに矜持《きょうじ》を持っていた人だった。あの人こそ、〈上手い〉と言われるのが何より嬉しい人だったのである。

あの人のエッセイをはじめて読んだのは、いつごろだったろう。『銀座百点』でたまたま見かけて上手いなと思ったので、顔を合わせたときそう言ったら、何やらムニャムニャと誤魔化されたような覚えがある。別に悪いことをしているわけではないのに、少し慌てぎみだった。いつもこっちの空き地のグループで遊んでいた子が、あっちの子たちといっしょにいるのを見つかった、そんな感じだった。それから後も、あの人の方からエッセイの話を持ち出すということは、まずなかった。きっと私たちに気を遣っていたのだろう。なんでも器用にやってのける人だったが、一人だけ脱けるみたいなことだけは、誰よりも下手だったのである。「生まれつき遊ぶのが好きだから、いつも意地汚く最後まで残っちゃうの」と口では言っていたが、自分だけお先にということができない人だった。だから、どんなに大変な締切を抱えていても、みんなで遊んでいるときは決して時計に目をやらなかった。そうして、夜が白みだしたころ、一人の部屋で鉢巻きをして、敵討《かたきう》ちみたいな形相でエッセイを書いていたのだろう。

だからずいぶん長いこと、あの人がちゃんと気を入れてエッセイを書いていることも、それがあちこちで評判になっていることも、私は知らなかった。『銀座百点』に連載したものが一冊の本になった『父の詫び状』を貰ったときだって、〈向田邦子作文集〉ができたくらいの感じだった。本人が常々作文と言っていたからである。その作文集のくれ方だって、いかにも向田さんらしかった。以前に資料として貸していた二、三冊の本といっしょに状袋《じょうぶくろ》の中に、つまり、返ってきた私の本の中に押し込んであったのである。署名もなく、〈謹呈　著者〉の紙片もなく、それはぶっきら棒な『父の詫び状』だった。

「父の詫び状」という題名がまず上手いと思った。妙な古さが上手いのである。いまどき〈詫び状〉だの〈果たし状〉だの、浪花節《なにわぶし》でしかお目にかからないボキャブラリーではないか。〈状〉が手紙という意味に使われるのは、年賀状に挨拶状ぐらいのものである。けれど、その古さがしっとりとした重みになっている。末広がりに地面に足がついている。一寸見《ちょっとみ》は男の作家のタイトルである。そして何となく、この中には大切なものが詰まっているような気がする。探していた忘れ物がみつかるのではないかと思わせる。とにかく、上手いのである。終わりまで一気に読んで思ったのは、やはり〈上手い〉ということだった。こういう物の見方、感じ方、いまと昔の自由な行き来、使われている言葉の品位、いつか見た風景の懐かしさ――それらは普段の話や脚本で私たちは慣れていたが、この本ではじめて向田さんに触れた人には、きっと風のように感じられたことだろう。しかし風を感じさせるのは、やはり〈上手い〉からなのだ。

向田邦子のエッセイも小説も、その文章はすべて男言葉である。たまにごく軽い文章で〈です・ます〉に出会うこともないではないが、主にこの人は〈である〉で通している。〈である〉〈であった〉が男言葉だということではないが、〈である〉に似合う直截《ちょくせつ》で簡潔な文章なのである。女の人の常套《じょうとう》手段である形容が少なく、言葉で情感を出すことをあえて抑えている。その代わり、書いてある気持ちが目いっぱい女なのである。一言で言えば、これが向田邦子の〈上手さ〉ということではなかろうか。細かいことまで数え上げれば、その上手さは際限がない。読むたびに思うのだが、書き出しが上手い。《生れて初めて喪服を作った》(『隣りの神様』)、《お正月と聞いただけで溜息が出る》(『お軽勘平』)、《はじめて物を拾ったのは七歳の時である》(『わが拾遺集』)、どれも一息に言い切って小気味いい。釣られて目が次の行へサッと行く。そして、タイトルと書き出しの一行との按配《あんばい》が絶妙である。〈神様〉という題に、わざと反義語に近い〈喪服〉を持ってくる。〈お正月〉と〈お軽勘平〉は、どういう関係があるのだろう。〈物を拾う〉というどこか後ろめたい行為に、格式高い勅撰和歌集を組み合わせる。〈拾〉という字がなんとも可笑しい。これを〈上手い〉と言わなくて何と言おう。

向田さんの上手さについて書いていると、自分が嫌になる。くどくど持って回って、比喩《ひゆ》や形容ばかりの自分の文章が嫌になる。自分が〈上手さ〉に拘っているだけに、自分より〈上手い〉人について書くのは面白くないし、損だと思う。目利《めき》きの山本夏彦氏が《向田邦子は突然あらわれてほとんど名人である》と書いているのを読んだことがある。私なら、こんなふうに言われたら、嬉しさのあまり死んでしまったことだろう。

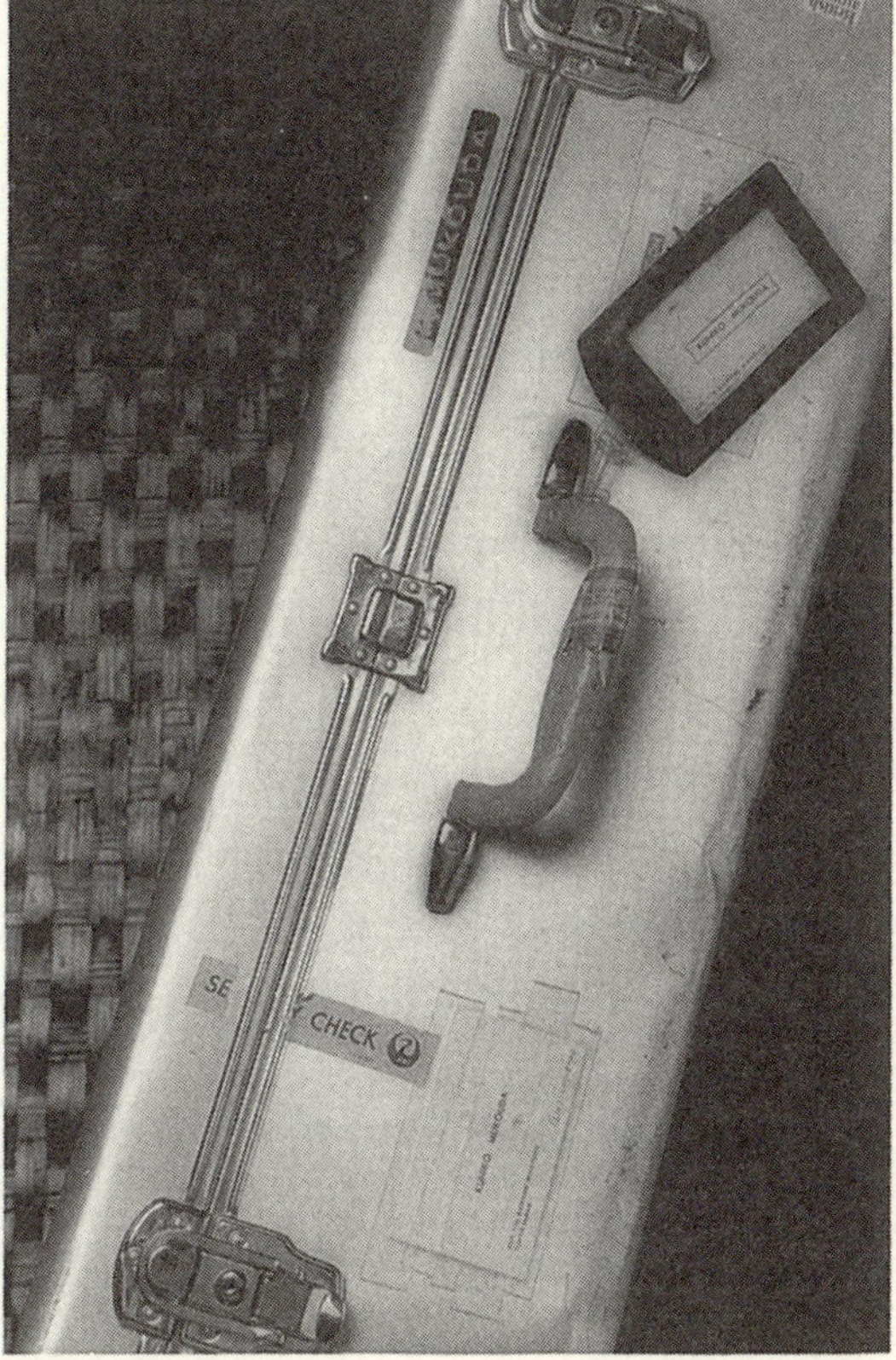
SE
CHECK

飛行機が目的地に着いて、
税関に入る前にそれぞれの荷物を受け取りに行く。
ちゃんと出てくるかどうか不安なのか、みんな小走りである。
太いベルトに乗って、
どれも似たような大きな旅行鞄が廻りながらつぎつぎに出てくると、
誰もが迷わず自分の鞄に駆け寄るから不思議である。
近くへ寄れば、名札などついているだろうが、
遠目でよくわかるものだといつも感心する。
昨日買った毛皮や時計が、透けて見えるのだろうか。

# 恭々《うやうや》しき娼婦

いきなり変なことを言うようだが、向田さんという人は、男が女を買うということ、あるいは女が体を売るとか、春を鬻《ひさ》ぐとかいうことが、本当のところどういうことなのか、判っていなかったような気がする。単に知識ということだけから言っても、あの物識《ものし》りで聞こえた人が、この方角には極端に弱かった。最後まで、昔の女学生並みだったのではなかろうか。ふだんの話の中でも、話題がそっちの方へ行くと妙に狼狽《ろうばい》するようなところがあった。気に染まなかったり、面白くなかったりしても、あからさまに避けたりしないで、どんな話の中にも上手に入れる人だったのに、ソープランドや昔の遊廓《ゆうかく》の話になると、ふと気がついたようにお茶をいれに立ったりするのである。だいたい女の人がいるのに、そんな話題へ持って行く方がいけないといえばいけないのだが、別に私たちだって、しょっちゅうそんな話ばかりしていたわけではないし、わざとしたわけでもない。それに考えてみれば、そういう話題の中に女の人が自然に、スマートにいられたら、その人は既に女ではないのかもしれない。けれど、私たちの商売は、場合によってはその辺を避けて通れないところがある。簡単な話、向田さんが脚本を書いて私が撮る売笑婦の物語だって、あり得ないとは言えなかったはずである。幸い私と向田さんは茶の間でご飯を食べるドラマばかりやっていたから、面映《おもは》ゆい思いをしなくて済んだが、たとえその類いの話をやる機会があったとしても、私たちの仕事は多分うまくいかなかったと思う。

うまく言えないが、あの世界だけは特別である。色とか匂いとか湿度とか、決して他の場所にはないものがあるし、それはしかるべき所を見学したってとても判るものではない。夜が明けたというのに、もうその日の終わりがそこまで来ているような、あの朝の物憂さ、肌に染み込んだ何だか得体の知れない黒い粒々のようなもの、微かな消毒液の変に化学的な匂い、そして男と女の不自然な饒舌《じようぜつ》に、その後の沈黙、そんなもの知らなくても生きていけると言えばそれまでだが、知ったからには、その後、知らないふりしてはいられないものが、そこにはある。人間にはああいう時間もあるということは、とても嫌なことかもしれないが、やっぱり人間だということで、それを特殊で片付けてしまってはいけないと思うのだ。

だからと言って、そこを小走りに通り過ぎた向田さんにケチをつけているわけではないのだが、あの人にそういうことに対する生理的で頑《かたく》なな潔癖感があったのも事実である。その部分で、私たちは川の向こうとこっちにいた。それは最後まで、どっちからも飛び越せない深い川だった。二人ともそれが判っていたから、私たちは黙るしかなかった。どっちが上等という問題ではなかっただけに、黙るしかなかったのである。誤解されると困るのだが、これは女を買ったことがあるとか、体を売ったことがないとかいう話ではない。洗っても擦《こす》っても落ちない粘っこい汚辱《おじょく》を、身につけたまま生きられるかどうか、愛《いと》しいと思うかどうか、もっと言えば、生々しい性の匂いの中で死ねるかどうかということなのである。向田さんは五十何年のあの人の人生の中で、いくつも地獄を覗《のぞ》いてきたと思う。人の心の奥底の薄闇も垣間《かいま》見たと思う。それも確かに汚辱である。自分で自分が嫌になるほどの恥辱だったに違いない。しかし、それとはちょっと違うのだ。苦しかったとは思うが、それはやっぱり川の向こう岸の苦しみなのだった。向田さんがいなくなって十年、ようやくその辺りがぼんやりとだが見えてきたような気がする。

けれどあの人には娼婦《しょうふ》の資質があった。それも、良き時代の、良き娼婦の資質である。向田さんの作品の中では、男はいつももったいないくらい女に気を遣われ、大事なところできちんと立てられていた。気が弱く卑怯《ひきょう》で、そのくせ狡猾《こうかつ》なのに、結局のところ女にいい思いをさせてもらっていたというのがよくある。尽くすというのとはちょっと違うが、あの人の女たちは文句を言ったり、罵《ののし》ったり、そんな遠回りをしながらも、とどのつまりは男を気持よくさせてしまうのである。最後まで女が自分の我を通し切る話があっただろうか。男が完膚《かんぷ》なきまでに打ちのめされる結末があっただろうか。嬉しいことに、どんなだめな男にもちゃんと優しい逃げ道が用意されているのである。あの人には、いつも男を愛しいものとして見る甘い目があった。気持ちよくさせてやりたいという本能的な願いのようなものがあった。優しさでもなく、献身でも奉仕でもなく、あえて言えばサービスという片仮名がいちばん似合いそうな何かを感じとるのは私だけだろうか。向田さんの作品の女たちは、そういうテクニックさえも身につけていたように思うのである。

これは娼婦の資質である。そして娼婦の美点はたった一つ、まるで生まれつきのように、男がいい気持ちになってくれるのが嬉しいということである。そのためになら、どんな技巧をも惜しまないし、ときに商売の勘定を忘れそうになることさえあるのである。けれど彼女たちは、忘れそうにはなっても、貢いだ挙げ句に騙《だま》されることは決してしない。娼婦たちが決まった花代を受け取るように、向田さんのヒロインたちもちゃんと男たちから頂くものは頂いている。それは金銭に換算できない、思い出であるとか、悔いであるとか、言葉にしない愛であるとか、曖昧なものである場合が多いが、それでも彼女たちが報われないということだけはない。だから向田作品の女たちには、一見小気味よく強《したた》かで、裏へ回るとさり気なく男を立て、それでいて何かいいものを最後には手にしているという三重構造がよく見られるのである。

あの人が川を飛び越えられなかったのは、あの人にたった一つだけ女の道徳律のようなものがあったからだと思う。改まって言うほど大したことではない。それは、同時に複数の男と体の関わりを持たないという、古いと言えば古い、当たり前と言えば当たり前のルールである。けれどあの人の書いたものの中に、それが平気な女は頑固に出てこない。男については、許していたとは言えないが、少なくとも寛大ではあった。あるいは、そこのところで向田さんは、男と女の間に一本の鋭い線を引いていたように思う。あの人が女学生のように売春宿の話から逃げたのは、そういうことのできる男というものが、女学生のように判らなかったのである。許せないと思いながら、許し切れないのに愛してしまう自分も、おなじように判らなかったのかもしれない。そう言えば、あの人の女たちは、どの人物もそこでうろうろ堂々巡りを繰り返し、一度ふっ切れてはまたおなじところへ逆戻りしていたではないか。

二人、三人の男と寝る素人女は不潔だが、千人の男と寝た娼婦は聖女である、と太宰か誰かが言っているが、これは男の論理であり、ロマンティシズムであり、男にしか言えない身勝手な言い訳である。女には、少なくとも向田さんにはこのフレーズの前半は判っても、後の半分は判りにくかったに違いない。つまり、あの人には太宰のような男は、愛することはできたにしても、理解することは難しかったのだ。夏の反物をよそから貰ったから夏まで生きてみようなどと女々《めめ》しく呟《つぶや》く男には弱かったが、何日ぶりかに女のところから帰って妻子といっしょに桜桃を食える男がどうしても判らなかったということである。男と女というものは、存外そんなものである。川一つ隔てただけで、向こう岸はよく見えるのに、いったいあっちの地面がどんな感触なのか、乾いているのか湿っているのか見当もつかないのだ。女の岸から見れば、こっちで地獄だ地獄だと深刻面してのたうち回っているのが子供っぽく見えるのだろうし、男の岸から眺めれば、あっちのため息が愚かに思えて当たり前なのである。

あの人との二十年近い仕事のつきあいの中で、たった一度だけ昭和のはじめの娼婦たちの話をやりかけたことがある。そんなことを考えたのだから、まだそれほどは親しくなかったころだと思う。言い出したのは私の方である。二・二六事件の首謀者の一人と、玉の井の女の話だった。昭和維新が何のことやらさっぱり判らない愚直な娼婦たちと主人公の青年将校が、蹶起《けっき》の前夜、赤い灯青い灯の売春窟の一部屋で、酒を酌《く》みかわしながら《汨羅《べきら》の淵に波騒ぎ、巫山《ふざん》の雲は乱れ飛ぶ……》という歌を歌うのがいいシーンだと思ったのだが、いろいろ話しているうちに、何だか『忠臣蔵』の四十八人目の男みたいになってきてやめてしまったが、そう言えばいつもと違ってギクシャクしたものが、その夜私たちの間にあったような覚えがある。二人には向かない話だったのだろう。無理してやったにしても、心のこもらない空々しい話になったことだろう。そういう話は、男と男でやればいい。いい気になって、感傷に溺《おぼ》れに溺れてやればいい。

娼婦の資質があんなにありながら、娼婦になれなかったのが向田邦子だった。そして娼婦と言えば、愚にもつかないことばかり話していた私たちが、珍しくサルトルがどうのという話になったことが昔あり、そのとき彼女は『恭々しき娼婦』が好きと言ったが、理由は聞かされずじまいだった。

# ラストシーン

ラストシーンの上手い人だった。だいたいの話を作ったら、次にまずラストシーンを考えたのではなかろうか。雪崩《なだれ》込むように見事に収斂《しゅうれん》していくラストシーン、意外なラストシーン、ちょっと捻《ひね》って一言も台詞のないラストシーン、向田さんから今度はどんなラストシーンが届くだろうかと私たちはいつも楽しみにしていたものである。ラストシーンがいい脚本はとても撮りやすい。終わり良ければすべて良しなのである。映画だって、古いところでは『モロッコ』からはじまって、『シェーン』にしたって『太陽がいっぱい』にしたって、いまでも心に残っている名画のラストはみんな良かった。あるとき、例によって役に立たない話で夜を明かしたとき、いろんな映画のラストシーンを端から思い出すというのを、向田さんとやったことがあるが、昔映画雑誌の編集部にいただけあって、あの人は実によく覚えていた。たとえば『ローマの休日』のラストは、もう誰もいなくなった広い記者会見場をグレゴリー・ペックが一人ゆっくり歩くのを、カメラはどんどん引いて……という風に言えても、『ピクニック』や『アラビアのロレンス』、あるいはモンタンの『恐怖の報酬』にヒッチコックの『鳥』まではなかなか覚えていないものだが、あの人はすべて知っているのである。これは単に記憶力がいいというのではなく、ラストシーンが好きなのだと私は思った。物事の終わり様《よう》に拘泥《こうでい》するのは、どちらかと言えば男のキャラクターだと思うが、向田さんは女にしては珍しく、ドラマのラストシーンに限らず、結末を気にし、その終わり方に拘《こだわ》っていたようだった。

エッセイや小説を読んでいても、最後の一行に神経を使っているのがよく判る。しかし、ドラマの場合と違って、まずその一行を考えてというのではなさそうである。勢いでそこまでやって来て、最後にくるりと振り返る、その呼吸からして、どうもラスト前四百字一枚ぐらいのところで考えたのではなかろうか。その辺で考えることで、仕掛けっぽく用意された感じを避け、同時に情感をうまくリズムに乗せながら、無理なく気が利いた最後の一行へ運び込むのである。そして、その一行を書くとき、向田さんは最初の書き出しをもう一度確かめたに違いない。対応というのではないが、生理的に同質のものがある。たとえば『思い出トランプ』の中の「はめ殺し窓」の冒頭は《家にも貌《かお》があり年とともに老けるものだということを、江口は知らなかった》で、最後は《江口はゆっくりと水を飲んだ》である。軽い食事の前にキリッとしたお茶を一口飲み、食後にもう一度先刻《さっき》のお茶で口元を引き締める感じがする。《入場券のはなしがいけなかった》、《時子はそれからゆっくりとりんごの皮を嚙んだ》。これは「りんごの皮」の最初と最後の一節である。どっちも一息で言い切って気持ちがいい。窓を開けたらサッと入ってきた風のようである。『思い出トランプ』は向田さんにしてはひんやりとして暗い話が多いが、書き出しと終わりの一行の風で、湿ったやりきれなさを吹き流している。なんでもない一行に見えて、これは大変な技術である。中でもいちばん上手いと思うのが『かわうそ』である。《指先から煙草が落ちたのは、月曜の夕方だった》ではじまり、《写真機のシャッターがおりるように、庭が急に闇になった》で終わる。ほんの短いこの二行が、一篇すべてを語って余すところがない。乾いて鋭い、一陣の風になっている。その上、見事に視覚的である。テレビ・ドラマの技法で言えば、いきなり指先の煙草のアップで入り、最後はヒキの絵の急速なフェイド・アウトである。私は『かわうそ』を読むたびに、映像の名人市川崑氏の映画を想う。氏の画面はたいていが一枚紗《しゃ》をかけたように、薄く靄《もや》っている。その画調で古くからの日本家屋を好んで撮るが、構図が鋭角的だから決してじめじめしない。意外なアングルから、あっと思うような和風の家の美しさを切り取って見せてくれる。自然に磨き込まれた廊下の光沢や、枯葉をのせた日本瓦、夕日を滲《にじ》ませた障子の白さにガラス窓の朝の輝き、こんなに鮮やかに日本家屋を撮れる人は他にいない。その氏の名作『おとうと』のラストシーンを覚えているだろうか。庇《かば》いあって生きてきた、たった一人の弟が息を引き取った直後、姉は全身から脱けていきそうな力を振りしぼって立ち上がり、素早く襷《たすき》をかけて葬《とむら》いの支度に部屋を出て行く。そのドアが閉まるか閉まらないうちに、あらゆる感傷を拒むように画面は〈写真機のシャッターがおりるように〉暗転するのである。

小説は書き出しで、エッセイは最後の一行だと思う。エッセイの書き出しがどうでもいいというのではないが、ときにはぼんやりした出だしの方がいいこともある。しかし、終わりだけは曖昧模糊《あいまいもこ》では困る。いったい何を食べたのかよく判らないというのがいちばん困ってしまう。それをきちんと判らせてくれるのが、最後の一行である。向田さんの場合、ラストに改行して短い一行というのがよくある。上手さに自信があるのだ。《子供を持たなかったことを悔やむのは、こういう時である》（『あ』）。《祖父の名前は岡野梅三といった》（『檜の軍艦』）。《彼女からは、その後、何の音沙汰もなかった》(『拝借』)。《それが父の詫び状であった》(『父の詫び状』)。数えはじめたら際《き》限《り》がないが、これらの一行に〈オチ〉の匂いを嗅ぎとるのは私だけだろうか。〈オチ〉は落語の〈オチ〉である。〈サゲ〉とも言い、噺家《はなしか》が一席うかがった最後に声のトーンをちょっと変えて、ほんの一節、気の利いた落着のようなものをつけることを言う。いつのころからか、その〈オチ〉を独立して楽しむようになり、客はその噺家が今日はどんな〈オチ〉をつけるかを期待して待つのである。それが、いわゆる〈コジツケ〉ならへコジツケ〉で客は喜ぶから、噺家のキャラクターによっては、わざと拙《つたな》い〈オチ〉をつけて受けを狙うこともある。つまり、もちろん芸のうちではあるのだが、そこには粋や遊びや生理的な快感が含まれていて、わが国独特の〈洒落〉の精神と言うこともできる。向田さんの最後の一行には、どうもそんな匂いがある。志ん生を愛し、小さんに喜んだ人だったから、むろん落語にも通じていた。その話の主人公を全篇〈祖父〉という普通名詞で通しておいて、これで終わりの一行で《祖父の名前は岡野梅三といった》と明かす『檜の軍艦』の手口がこれである。きちんとしているくせに何処か間の抜けたその名前が、なんだか無性に可笑《おか》しくなり、可愛くなり、他人のお祖父さんなのに懐かしくさえなる。手口と言うと聞こえが悪いが、手口も練達の士が使えば立派な芸である。あんまり賞《ほ》めてばかりだと腹が立つから、直木賞作家の二十数年前の恥部をお教えしよう。エッセイや小説ではない。テレビの脚本の話である。そのころの向田さんは、ちょっとでも面白いと思ったら、どんな話にでもすぐに釣られてやってきた。面白そうな話という中には、自分がまだやったことがないジャンルというのも含まれていた。向き不向きなど、それはそっちが考えること、私は面白そうなら何でもやるといった具合だから、そのときも捕物帳というだけで飛んできた。そっちの方面はまるで音痴の人だったから、まず与力と同心の上下関係を教え、江戸の奉行所には大阪のネオン街とおなじように北と南があることを教え、ついでに大岡越前がどんなに偉かったかも教え、とにかく脚本を一冊注文したのだが、これがとんでもない間違いだった。例によって約束の期日から大幅に遅れて、原稿用紙六十枚を抱えた向田邦子がやってきた。原稿を綴《と》じた表紙に「顎十郎捕物帳」と大書してあって頼もしい。「面白い？」「たぶん」。そう言い置いて彼女はそそくさと別の打ち合わせに出かけて行った。読みはじめる。確かに面白い。江戸の町に夜な夜な奇怪な事件が起こる。殺しの現場には梔子《くちなし》の花が一輪残されている。梔子は口無しである。面白い。『五弁の椿』みたいに、女が犯人だろうか。謎は謎を呼び、ヒロインに次々と魔の手が襲いかかり、すんでのところで主人公の浪人に救われ、あれよあれよのうちに主人公が呵々《かか》大笑して一巻の終わりである。「!?」。私はもう一度最初から読み返す。こんな本ははじめてだった。

下手人《げしゅにん》がいないのである。

本当の話である。その晩、さすがに私は電話で声を荒らげた。「下手人がいないじゃない！」。珍しく元気のない声で彼女は言った。「そうなのよ。どうしよう？」。捕物帳の〈オチ〉は意外な犯人である。推理の種明かしである。トリックを解明しなくていいなら、どんな密室殺人だって書けるではないか。その話をどう書き直し、どうやって撮ったか忘れてしまったが、いずれにしても、下手人のいない捕物帳を書いた人が、後年〈オチ〉の名人になろうとは、そのときの私にはとても考えられないことであった。

映画にも、小説にもラストシーンがある。エッセイにも、最後の一行がある。はじまったからには、終わらなければならないのだ。人の一生にしたっておなじだろうが、これればかりはいくら名人だって思いのままの〈オチ〉はつけられないのだから不便である。一生かかって、長い長いストーリーを書いて、末期《まつご》の刻《とき》になってこんなラストシーンのつもりじゃなかったとジタバタするのが〈オチ〉である。しかし、私は考える——妙なことを言うようだが、あの人のラストシーンは、なんだか周到に用意されたものだったような気がしてならないのである。どうしてかは判らないが、〈オチ〉の名人の、最後の芸に思えてならないのである。

# お母さんの八艘飛び

三年前、美空ひばりさんが亡くなったとき、森光子さんたち何人かであれやこれやと話したことがある。主に年齢《とし》の話であった。織田信長の時代じゃあるまいし、人間五十年なんて早すぎるとか、ひばりさんが九歳でデビューしたとき、篠ひろ子はまだこの世に生まれていなかったとか、五十二歳というひばりさんの没年をめぐって、不謹慎ではあるがいろいろ話が弾んだ。そのうち、それがゴルフのたとえ話になり、五十二を仮にパー・プレイとするならば、自分はアンダー・パーかオーバー・パーかで、みんな指を折りはじめた。つまり、私ならひばりさんより二つ上だからツー・オーバーであり、篠ひろ子は三十九で十三アンダーというわけである。私は少し落ち込んだ。確かに他人事《ひとごと》ではない。二つもオーバーしているからには、そろそろ後のことなど考えなければいけない。それぞれが、それぞれの思いで、ワン・アンダーだとか、ファイブ・オーバーだとか、自分のスコアを申告した。最後に、いままでうつむいて聞いていた森光子さんがポツンと言った。「あたし、予選落ち」。

私は感服した。ゴルフに通じている人だって、なかなか言えることではない。賢くて、センスがある。だいたい、失礼だがあのお年齢で、しかも女の人でプロゴルフの用語をこんなに洒落て使えるなんて、ちょっと考えられない。物識《ものし》りで有名な方ではあるが、この人はどうしてかスポーツにやたら詳しいのでびっくりすることがある。ゴルフであれ、野球であれ、トライアスロンであれ、男たちの話題の中に入って足手まといにならないばかりか、こっちが知らないことまで知っている。「十七番の、上《のぼ》って下《くだ》って最後にスライスするラインを直道はよく読んだ」などと言っている女の声がするので振り返ると、森光子さんなのである。だけど自分ではスポーツは何にもやらない。太陽が嫌い、したがってロケも嫌いのドラキュラ伯爵夫人のような人なのである。

向田さんという人も、スポーツに詳しかった。それも黙って聞いていると、女の人にできるスポーツは大概経験があるが、いまもやっているかの実践付きの話なのである。女学生のころ陸上の選手だった。バスケットも助っ人でよく駆り出された。テニス、水泳、スキーに乗馬、できないものがない。青山のマンションの廊下の隅にマクレガーのワンセットが置いてあるところを見るとゴルフもやるらしい。見るスポーツの知識も相当なもので、サッカーのオフ・サイドからクリケットのルールまで知っていた。いったい、いつ何処《どこ》で覚えたのだろう。桁はずれの博覧強記で聞こえる鴨下信一という人が、向田さんは女であんなに男のスポーツに通暁しているのだから、自分も和裁の勉強をしようと妙な一念発起をしたという話があるが、このお二人は趣味が知識という点で業界の双璧であった。二人ともスポーツに限らず、本当に何でも知っているので嫌になる。両氏が仕事の打ち合わせをしているのを横で聞いていたら、これが余談ばかりで、談論風発、博学を披瀝《ひれき》し合い、多識を称《たた》え合い、肝腎の仕事の方はちっとも捗《はかど》らなかった。

余談の話が出たので余談をするなら、この鴨下という人の絢爛《けんらん》たる知識の秘密にかねてから興味を抱いていた私が、たまたま書店で彼の姿を見かけたことがあった。ちょうど店内が具合よく混んでいたので、私は彼の背中に張りついて、いったいどんな本を買うのか確かめてみることにした。あの超博識の秘密の一端が判るかもしれないと思ったのである。――まず一階で『梁塵秘抄《りょうじんひしょう》』を書棚から抜き出す。仕事で何か必要があるのだろう。少し移動して西村寿行の新刊本、これは手に取ってパラパラめくっただけで買わない。二階へ上がる。洋書コーナーの大判で高そうな一冊を開いて執着している。背中からそっと覗《のぞ》いてみると、どうも西洋紋章学の専門書らしい。薔《ば》薇《ら》戦争のころのスチュアート家の紋章はライオンが右を向いているとかいないとかいう奴である。驚いたことに、しばらく考えてこれを買う。また一階に下りて実用書の前に立ち、『プレハブ住宅の建て方』という本を取ってカウンターへ寄り、サラサラと達筆で伝票にサインして悠々と店を出て行った。不思議な人は、不思議な本を買う。――この話を向田さんにしたら、目を輝かせて喜んだ。エッセイに書くというのである。しかし忘れてしまったのだろうか、先だって向田さんの全集が出たので調べてみたら、どこにもこの話は載っていなかった。

物識りが遺伝だという話はあまり聞いたことがないが、運動の才には天与のものがあると思う。向田さんの場合は、それをどうやらお母さんから受け継いだらしい。《私はチビである》(『臆病ライオン』)と自分で言っているほどではないにしても、確かに向田さんはあまり大きくはなかった。お母さんはもっと小柄である。しかしこのお母さんが、少なくとも往時は、機敏で反射神経に優れ、瞬発力があって力持ちだったという。娘の『身体髪膚《しんたいはっぷ》』という文章の中に、何か事があったとき、父親はただ棒立ちで大声に呼ばわるだけだが、母親の方は考えたり迷ったりするより先に体の方が動いているという話があるが、そんな場に何度も居合わせたせいか、向田さんには咄《とっ》嗟《さ》のときに嘗《かつ》ての父と母の二役をやってのけるところがあった。つまり、周りに的確な指示を与え、同時に行動に移っているのである。彼女がまだ霞町のアパートにいたころだから、もうずいぶん昔になるが、番組の打ち上げの流れで山本直純とか亡くなった細川ちか子さんとか、あの狭い部屋に十人ばかり、深夜お邪魔していたことがある。そこでちょっとした地震があったのである。まず狼狽《うろた》えて叫ぶのは直純である。釣られて大の男が何人もうろうろ立ち上がる。そんな中で細川さんは、貴族のように一人おっとり構えて何もしない。ほんのしばらく情勢を見ていたこの家の主は、これは大きいと思ったのだろう、すっくと立ち上がって、ドアを開けろ、ガスストーブを消せと凛とした声で呆然《ぼうぜん》としている男たちに下知《げじ》し、自らは身をひるがえして猫部屋に走るのだった。愛猫を抱えて向田さんが戻ったころ地震はおさまった。

あの夜、ゆったり座っている細川さんをハードルのように跳び越えて走った向田さんを忘れない。日頃のスポーツ自慢を認めないわけにはいかないくらい、それは鮮やかな姿であった。徒競走でも、誰よりもスタートが早かったという。これには、お母さんをはじめ、妹さんたちの証言もある。あの目で真っすぐにゴールを見つめ、先頭切って疾走する向田さんが見えるようである。しかし、ことスポーツに関するかぎり、あの人の話には相当の水増しや上げ底があった。百メートルの話はいつの間にか八百メートルになり、高松市民大会は香川県民大会に格上げされている。陸上競技、特に短距離については私にもプライドがあった。これは本当の話、中学生のころ裸足で百メートルを十一秒九で走ったことがあるのだ。だから黙って聞いてばかりいるわけにはいかない。走る話になると私たちはどんどんエスカレートした。勉強ができたという話をするのは、お互い恥ずかしいことだと思っていたが、体育なら誰に気兼ねもいらないという感じで、二人でずいぶん嘘をつき合ったものである。しかし、速いということについての執着と矜持《きょうじ》は、あの人の方が遥かに上だった。遅筆で有名ではあったが、それは書けないのではなくて、書かないのだというのが本当のところで、確かにあの人は書きはじめると迅《はや》きこと風のごとくだった。向田さんにとって、スピードは美学だったのである。

ところで、向田家には〈お母さんの八艘飛び《はっそう》〉という伝説がある。三人姉妹がまだ小さかったころのこと、本好きのお父さんの買い込んだ本がとうとう書斎に入りきらなくなって、庭に面した廊下にうずたかく積まれるようになり、その重みで床板がいくらか沈下するということがあった。どうもガラス戸や雨戸が浮く。家族が大工さんを呼ばなければと話し合っていた矢先、事件は起こった。ある日暮れ、お母さんが雨戸を閉めようと、まずガラス戸をくっていたら、突然そのうちの一枚がお母さんの体といっしょに庭側に傾いた。三姉妹の悲鳴——。そのまま倒れたら、沓脱《くつぬ》ぎ石でガラスは粉々に壊れ、お母さんの五尺の体はまともにその上に落下するはずである。ところがお母さんは、源九郎義経のようにヒラリと飛んだ。四散するガラスを眼下に見ながら、夕闇の中、六尺の戸一枚分の宙を見事に飛び、庭に下り立って、声もない娘たちに莞爾《かんじ》と微笑《ほほえ》んだというのである。——先だって今年八十四歳で元気なお母さんに、その話は本当かと確かめたところ、大きく頷《うなず》いてからつけ加えた。「私からすりゃ、邦子なんてノロマでしたよ」。

人生をヒラリヒラリと八艘飛んで、あの人はヒョイと消えてしまった。あんまり速くて、ゴールを駈け抜けたのかどうか、私たちの目にはよく見えなかった。でも、あんなに速いことが好きだったのだから、心残りはあっただろうが、そんなに悪い気分でもなかったのかもしれない。いま気がついたのだが、向田さんがいなくなったのも、ひばりさんとおなじ五十二歳のときである。そして私はおくれをとって、その年齢を五つもオーバーしてしまった。

# 三変わり観音

戦争が終わった年の夏から冬のはじめまで、父母の郷里の市からさらに二里ばかり北へ上がった村に暮らしたことがあった。近くに大きな川が流れていて、村の子たちが腰まで水に浸かりながら、太い鉄線の先を輪にした道具で鮎を叩いて獲るのを見て目を丸くしたり、夜中に弾けた栗の実が、激しい音をたてて屋根に落ちるのにびっくりして飛び起きたり、都会の生活しか知らなかった私には、田舎の風物が面白くて仕方がなかった。村のはずれに古い一向宗のお寺があって、私たちは図画の時間にそこへよく写生に出かけた。本堂を描く子に、鐘楼《しょうろう》を描く子、私はみんなとおなじ物を描くのが嫌で、参道から少し脇にそれた叢《くさむら》の方へ行ってみた。そこに、それだけポツンと建てられた貧しげな祠《ほこら》があった。周りには水引草や、キンポウゲに似た牡丹蔓《ぼたんづる》の花が咲いていている。祠の中には身の丈二尺ほどの、汚れた石の観音様がいて、なんだか悲しそうな顔をして私を見ていた。

身代わり観音というのだと先生が教えてくれた。何百年も前に、近くの沼に身投げしようとした可哀相《かわいそう》な娘を見て、その観音様が代わりに飛び込んでくれたのだそうだ。代わりに飛び込めば、どうして娘が幸せになれるのかは判らないが、それ以来、沼から引き上げられた観音様の霊験《れいげん》を頼んで訪ねる信者が後を絶たず、その悩みや病気を観音様はみんな身代わりになって引き受けてくれたという。よく昔話には聞くが、現物に出会ったのははじめてだった。私はこの観音様を描くことにした。先生がいなくなると、今度はこのお寺の老住職がやってきた。これは三変わり観音というのだ、とニコニコ笑いながら教えてくれる。一日に三度、顔が変わるというのである。自分は一日中ここにいるからよく知っている。いまは泣いているが、もうしばらくしたら怒りだす。そうして夜が明けると、何事もなかったように笑っている。だから三変わり観音というらしい。

私は住職説の方が面白いと思った。きっと光線の加減で表情が変わるのだろう。年月に風化して、ほとんどのっぺらぼうのくせに味な観音様である。どれが本当の顔かと訊《き》いてみたら、どれもが本当で、三つともが素顔だと住職は当たり前のように言う。そして最後に、坊やとおなじじゃハハハ、と哲学的なことを言って本堂の方へ戻って行った。

お坊さんには珍しく、さばさばしていて軽めだったせいか、それからもときどき三変わり観音の話といっしょに思い出す。あれから四十数年、自分でも泣いたり、怒ったり、笑ったりの百面相で忙しく生きてきたし、人の顔も、その表情も、何百何千見てきたが、それぞれが本当の顔で、どれもが素顔だという気持ちにはなかなかなれないでいる。ついつい一つの感情だけで動き、人も一面だけで受け取ってしまう。あんな田舎にいたけれど、あれはひょっとしてどこかの高僧の世を忍ぶ姿だったのではあるまいか。

向田邦子という人についていろいろ書いてきて、いったい私はあの人のそんなに幾つもの顔を知っているのだろうかと、ふと考えてしまう。特にどんな面をよく知っているということもないし、誰も知らないあの人の顔をたまたま見たということだってない。多分、誰もに見せていた顔を、私も長い間ずっと見てきただけである。つまり、ごくごく当たり前のおつきあいである。そんなことから言えば、私などより特殊な人間関係、たとえばあの人に愛された人、憎みあった人、心配された人、可愛がられた人――いくらもいるに違いない。あの人もそういう人の前では、激しく怒ったり、涙が出るくらい笑ったりしたはずである。それは私の知らない顔である。三変わり観音の三つの顔で言えば、笑い顔を知っているぐらいのもので、それだって心から笑った顔だったかどうか、よくは判らないのである。だいたい人前で気持ちの揺れをあからさまに見せる人ではなかったが、かと言ってそれを無理に覆い隠す風でもなかった。賢くセルフ・コントロールしているな、と思ったことは何度もある。大人の人間なら誰だって、多かれ少なかれ平素やっていることではあるが、向田さんの場合は、仕事も、私的に思うようにならないことも、人並み以上に煩雑で、一つ縺《もつ》れたら始末におえないものだったから、それは想像できないくらい大変なことだったように思うのである。

向田さんが一日の大半顔を合わせていたのは、私のような、ごく普通のつきあいの人間である。それらの人の前で、あの人は結局のところ、泣きも笑いも怒りもできなかったのではないか。内心には百の表情でも足りないくらいの思いがありながら、たった三変わりさえもできなかったのではないか。一日に一度は、お母さんか妹さんに電話をしてきて、何の変哲もない話をのんびりしていたというが、顔の見えない電話の向こうで、あの人は凄絶《せいぜつ》な百面相をしていたのではなかろうか。家族だけは特別だった。それでも、その家族にさえ三変わりの顔を見せられなかったのが、もしかしたら、私にとっての向田邦子のすべてなのかもしれない。ということは——もしかしたら私は、これだけの紙数を費やして、あの人の不幸について書いてきたのかもしれない。

そうなのだ。私は、あの人の不幸について書いているのだ。ただそれだけについて書いているのだ。

あの人のお母さんは、きれいに微笑《わら》いながら言う。あの子は幸せだった。いい友達に恵まれて、迷惑をかけても許してもらって、好きなことをして、大層な賞までいただいて——でも、お母さんは恐ろしいくらいの確かさで知っている。あの子はちっとも幸せではなかった——と。

どうしてか、終戦の年の空について向田さんと話したことが何度もある。抜けるように青いというのは、ああいう空の色をいうんだろうと私が言うと、赤とんぼが飛んでいてあんなにきれいだったのはあの年だけだったとあの人は言った。何かが終わった色だったのだろうか、それともこれから何かがはじまる色だったのだろうか、と私が文学的に言ったら、工場がみんな焼けて、人の数も減って空気がきれいになったせいだ、と向田さんは水を差した。そうしてしばらく黙って、それぞれの青い空を思い出した。空が澄んできれいだと、何もかもがきれいに見える。三変わり観音の周りに咲いていた水引草の花が、目が洗われるように瑞々《みずみず》しかったのも、あれはあの日の青空のせいに違いない。村の近くを流れていた広々とした川も、空を映してきれいだった。向田さんが見たのは、焼けて黒く煤《すす》けた電柱から垂れ下がった電線に止まった赤とんぼだったが、私の赤とんぼは二匹つながって川面に舞い下りてはツンと尻尾で水に触れ、それからまた青空に吸い込まれるように舞い上がって行った。

私は向田さんより幾つか年下である。おなじ青空を眺めても、私の目はまだ子供だったけれど、あの人はもう少し大人っぽかったのだろうと思う。でも二人とも、あんなきれいな空はなかったと思ったのだ。私と向田さんが、たった一つ素直に考えが一致したのは、二十年の間でこのことだけだったかもしれない。そして、それから私たちはタイム・マシンの話をした。何処へでも戻っていいと言われたら、どの時代へ行くか。二人とも、それはあの青空の日だった。昭和二十年という時は、私たちにとって一本のはっきりした線だった。曖昧な日には戻れない。戻るなら、あの線である。あの青空の下で、私たちは思ったはずだ――私たちは何にでもなれる。どんな人を愛することもできる。不幸になんか、なるはずがない。

そうして何十年かが経ち、あの日の女学生は、《人を殺したいと思ったこともなく、死にたいと思いつめた覚えもない。魂が宙に飛ぶほどの幸福も、人を呪う不幸も味わわず、平々凡々の半生のせいか……》(『卵とわたし』)と書くようになり、自分でまだ半生などと言っていたくせに、それから間もなく幸福も不幸も面倒くさくなったのか、そそくさといなくなってしまい、あの日十歳の小学生は、ふと気づいたら五十の坂も半ばを越えて、いなくなったその人のことをくどくどと書いている。

観音様の顔は、本当に日に三度変わるのだろうか。今年の夏は、何とか暇を作って確かめに行ってみようと思う。確かめるためには、あの叢《くさむら》に坐って一日過ごさなくてはならない。そんな間の抜けた一日もたまにはいいではないか、と思うようになった自分が可笑しい一方、その長い一日の間にやっぱりあの人のことを考えてしまうだろうな、と思うのである。

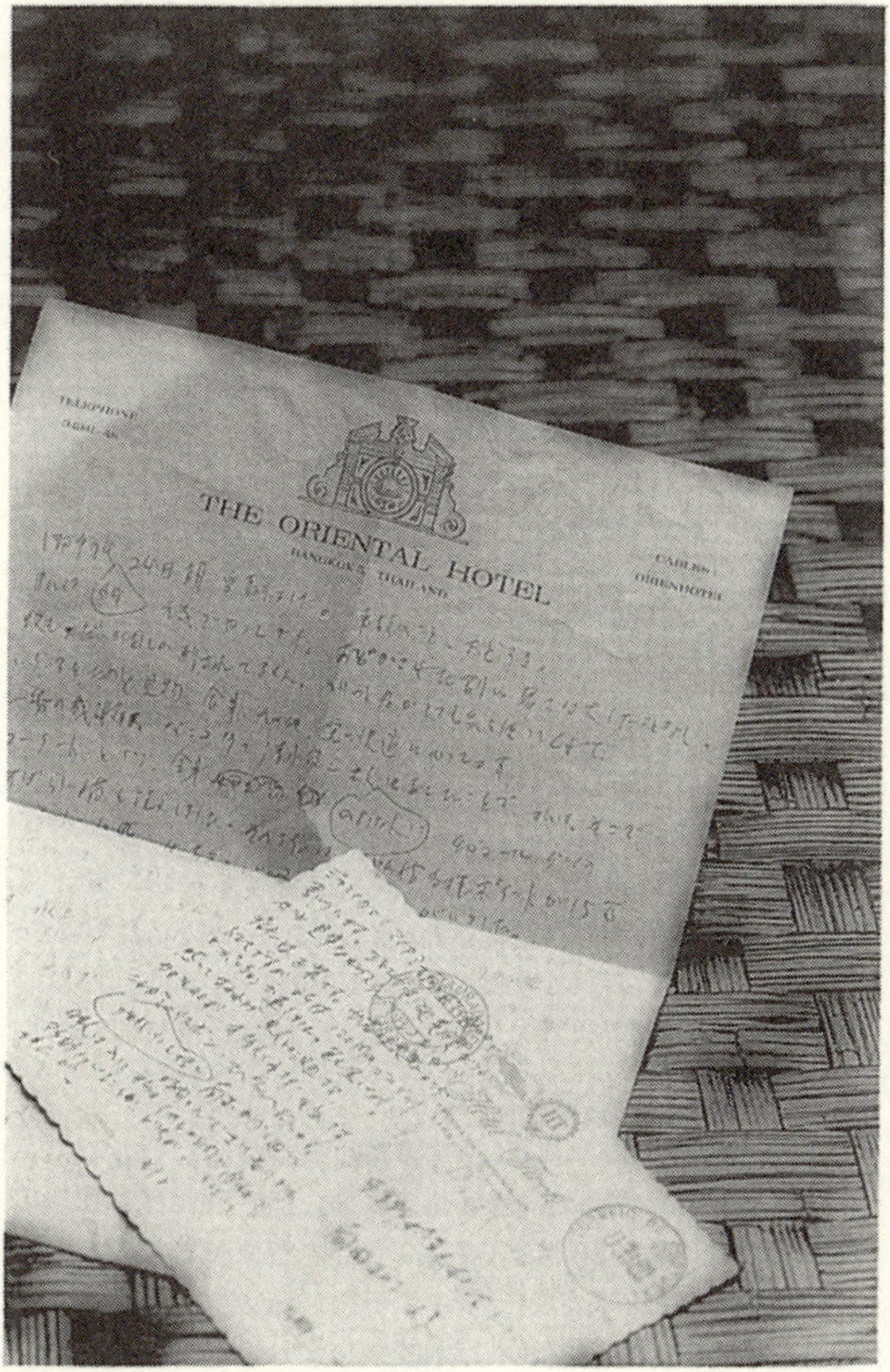
THE ORIENTAL HOTEL

筆まめな人だったらしい。
〈らしい〉というのは、私は向田さんから
手紙の一通も、葉書の一枚ももらったことがない。
もらわないから、こっちも書かない。
離れたところから、離れた気持ちを文字に託して送ったり、
それを読んでふっと小さく笑ってみるといった
趣のある間柄ではなかったらしい。
手紙というものは、どんな親しい間でも、
時候の挨拶が一応入ったりして、
ちょっとよそよそしいところがあって、いい。
行間に見え隠れするものがあって、いい。
そういう意味で、向田さんの手紙は天下一品だったろうと思う。
恋文なんか書かせたら、一葉だってかなわないだろうが、
この世に何人かそんな向田さんの手紙をしまい込んでいる人がいると
思うと、ちょっと悔しい。

# 死後の恋

あの日、激しい雨が降っていたと言う人がいる。でも、私にはそんな覚えがない。暑かった、それも、とても暑かったと言う人もいる。けれどそれも覚えていない。その日の夕方あたりから、いろんな人たちが黙りこくってやってきたらしいが、誰と誰だったか、その顔も朧《おぼろ》である。なんだかその日だけ、背の高い陽炎《かげろう》の柱にそっくり包まれた一日のようにぼんやりしている。慌ただしかったような、変に静かだったような、向田さんが死んだ日のことは、困ったことに、うまく思い出せないのである。

ただ、その日一日、火焔《かえん》山という言葉だけが、浮かんでは消え、また浮かんでは消えた。あの人の乗った飛行機は、近くに玉蘭とか、梅花湖とか、暁星山、あるいはちょっと離れて花蓮とか、きれいな名前の所がいくつもあるのに、選《よ》りに選ってどうして火焔山などという恐ろしげな山に墜《お》ちたのだろう。そう言えば、御巣鷹《おすたかやま》山や雫石《しずくいし》という地名にも、人の魂を吸い寄せる何かがあるような気がしてくるから不思議である。

私はどんな名の場所で死ぬのだろう。

天空に吹き上げる焔《ほのお》のような、真っ赤な針葉樹林が見えるようだった。小さな窓の中の視界に、それがどんどん近づいてくる。私の目は、あの人の目になっていた。思ったより辺りは騒がしくない。みんな、焔の色のあまりもの鮮やかさに見惚れて、声もないのかもしれない。この色は、いつか何処かで見た色だ。人は、誰もあそこへ還っていくのだろうか。

その日から一週間ばかり経った八月の末、私は台北から車で三時間ほど南へ下った現場へ行った。舗装はしてあるらしいが、振動の激しい埃《ほこり》っぽい路がつづいた。夏なのに花のない風景だった。林を出るとまた林で、空もあまり見えない。小さな村落があったので車を停め、どこかの家で花を分けてもらおうと思ったが、どの庭も乾いた草と木ばかりで、野の花さえ咲いていない。家の表に薄い茣蓙《ござ》を敷いて、老人たちが木の仏像を彫っている。手元を覗《のぞ》き込んでも、振り向きもしない。乾いた木の、貧しい顔の仏たちだった。通訳の話では、この辺りは農作物があまり育たないので、若者たちは都会へ働きに出て、残った老人たちがこうやって観光土産用の仏像を彫っているらしい。火焔山までは、まだ一時間余りかかる。

一つの斜面の樹木が、大きな鎌で薙《な》いだように、根元から五、六尺のところで伐《き》り倒されている。機体のほとんどはもう収容されていたが、その残部の整理のために、上半身裸の作業員たちが二十人ばかり、低い尾根の辺りでのろのろと働いている。座席の一部であるとか、窓が二つついた機体の側面であるとか、瘦《や》せた作業員たちはそれを運ぶのではなく、尾根から斜面へ足で蹴落とすのだった。命を失えばみんなそうなってしまうのか、貧弱な飛行機の亡骸だった。大空であんなにピカピカ光っていたのに、光沢など何処《どこ》にもない。乾いた埃の舞う中で、それらは悲しいくらい軽く、薄く、貧しかった。

　斜面の麓には、彼らの今日一日の労働の成果が積み上げられている。機体のどの部分か見当もつかないが、博物館で見た鯨の骨のような白い骨組や、溶けて丸められたワイヤーの束、その一枚だけいやに鮮やかなブルーのドア、そして、ちょうどそのドアの前に脱ぎ捨てられたように、ワインレッドのヒールの靴が片方、コロンと落ちていた。花のない国の、たった一つの花のようだった。

　それは、あの人と二十年近く話し合ったどの話とも無縁の風景だった。別に夢みたいな話ばかりしていたわけではない。でも、空だけは青いとか、何かいい匂いがするとか、気になる奴が一人こっちを見ているとか、どこかにかならず柔らかな救いのようなものがあった。けれど、今日のこの風景には、何もない。そんなに暑い午後でもないのに裸の男たちとか、物欲しげに上目づかいの仏像とか、降るのか降らないのかはっきりしない濁り空とか、あの人が好きだったものは、ここには何もない。ささくれ立って、ザラザラした風景である。選んだわけではないにしても、人はどうしてこんな所で死ななければならないのか。八月の薄曇りの空の下で、私はぼんやり昔どこかで覚えた小さな歌を思い出していた。それは、目の前の光景とはあまりに遠い恋歌だった。

旅にして仏作りが花売りに
恋ひこがれしといふ物語

人の一生、終わってみれば不思議なことに、どこかで辻褄《つじつま》が合って見えるものである。死ぬ前の日までうろうろと浮き足立ち、みっともなく這《は》いずり廻っていた奴でも、ふと静まってみれば、そこで終わってなるほどと思わせる収まりがあるものだ。おなじ世代で言うならば、酒の海に溺《おぼ》れて死んだ上村一夫もそうだった。短篇小説、一つずつ丁寧に積み上げて、もうこれ以上は崩れてしまうというところでフッと力が抜けた阿部昭もそうである。裕次郎もひばりも、みんな心の底ではその死に納得していたではないか。それが長患《ながわずら》いの果ての死であろうと、耳を疑う突然の死であろうと、よくよく見ると一生の最後の座標、きちんと定まっていていつも不思議である。言い換えれば、人はその日そうやって死ぬように生きてきているのだ。運命ということではない。寿命というのでもない。もっと無機的というか、数学的というか、はじまったものがきちんと終わるということなのだ。それは多分、あまりうまくは言えないが、いつまでも死にたくないと願い、それでもそこから逃れられないと知って、千々に乱れるからこそ、きちんと終わるのである。

ところが向田さんの死の場合、それがどうにも曖昧で困ってしまうのだ。なんだか、いつまで経っても終わってくれないのだ。よくできた推理小説を読んでいて、あるところから急に印刷が薄くなり、まだページ数はずいぶん残っているのにとおかしな気持ちになって、最後の行の辺りを電灯に透かしてみたら、《……ふと窓の外を見れば……》という文字がようやく読み取れてあとは真っ白、といった妙な終わり方なのである。つまり終わっていないのだ。落丁や乱丁ではなく、妙に気を持たせたところで、その後めくってもめくっても白紙がつづくのである。この白紙の部分に、きっと大切なことや、胸がドキドキするような面白いことが書いてあるに違いないのだが、いったいどうやって読めばいいのだろう。これは誰かが仕組んだ、大がかりな悪戯《いたずら》なのではあるまいか。

別の喩《たと》えで言うなら——とても精緻《せいち》な隠し絵がここにある。森の中に動物が十匹隠れているという。太い幹の洞に逆さになって兎《うさぎ》がいる。入り組んだ梢の枝に隠れているのは、栗鼠《りす》と梟《ふくろう》である。根っこに見えるのがライオンの尻尾、これで四匹。七匹まではすぐに見つかったけど、あとの三匹は何処にいる。絵を斜めにしても、逆さにしても判らない。こんなときの悔しさ、苛立《いらだ》たしさ、そして気持ちの悪さ、あの人の死はこれに似ている。あと一匹なら、放り出すこともできるし、本当は九匹なんだと自分に言い聞かせればそれでも済む。しかし、三匹見つからない気持ちの悪さは、どうにも始末におえない。——私は、こうして向田さんの遺《のこ》した隠し絵を、捨てきれないで持ち歩いているのだ。

夢野久作が昭和三年に書いた『死後の恋』という小さな小説がある。素材はアナスタシア伝説である。一九一八年、エカチェリンブルグで処刑されたロマノフ王朝最後の皇帝ニコライ二世とその家族のうち、末女のアナスタシアだけが生き延びたという伝説はかなりの信憑《しんぴょう》性をもって世に広まっていたらしい。実際、三〇年代ぐらいまでのヨーロッパには、しばしばアナスタシアを名乗る美女が出没したというし、それを題材にした小説なども数多く書かれたものである。夢野久作のこの作品が『新青年』に発表された昭和三年と言えば、ロシア革命から十一年後の一九二八年、アナスタシア伝説の最盛期だったのだろう。そのあら筋は、こうである。――革命から三、四年経ったウラジオストックの酒場に、夜な夜な一人の半白の老人が現れては、大切そうに革袋にしまった宝石らしいものをちらつかせ、自分の世にも数奇な物語を聞いてくれと酒場の客たちにまとわりつく。聞いてくれたら、そして信じてくれたら、この由緒ある宝石をお礼にさし上げる。目は空《うつろ》だし、呂律《ろれつ》も廻らないから誰も相手にしない。だいたい、疲れた皮膚に深い皺《しわ》、霜を置いた蓬髪《ほうはつ》、どう見たって五十は越えているのに、年齢《とし》を訊かれて二十四だと呟《つぶや》くこの男、やっぱり頭がおかしいのだ。それも、彼が体験した不思議な一夜のうちに、こんな姿に成り果てたというのだ。いったい、コルニコフと名乗るこの男に何があったのか。

私は、なぜこんな話をしているのだろう。あの人が夏のある日、隠し絵の中へ紛れ込んだようにいなくなってしまったことと、どう関わりがあるというのだろう。

コルニコフは旧ロシアの貴族の出で、そのころ白軍の軍隊にいたが、そのときおなじ小隊で知り合ったのが、リヤトニコフという美青年で、二人はすぐに信頼し合う仲になった。親しくなったその青年が打ち明けてくれた秘密は、一つが自分が大変貴い身分であること、もう一つがこっそり見せてくれた色とりどりの宝石で、世の中が旧に復したら、これでその身分が証明されるというものだった。コルニコフはもしやこの青年は奇跡的に難を逃れたアレクセイ皇太子ではないかと考えるが、それにしては年齢が合わない。しかし、真っすぐに彼を見つめる美青年の目の色に、嘘はない。彼はいったい誰なのか。……そしてある日、二人の小隊は赤軍の奇襲に遭い、コルニコフは脚に銃弾を受けて倒れた。リヤトニコフと他の隊員たちは近くの森へ逃げ込むが、逃げながらリヤトニコフは何度も倒れているコルニコフの方を振り返る。悲しい目だった。そしてそれがリヤトニコフの美しい目を見た最後だった。

彼らが逃げ込んだ森の中で恐ろしい銃撃の音が聞こえ、やがてその後に黒い夜と、長い静寂が訪れた。空は満天の星だった。コルニコフは傷ついた脚を引きずって森に入り、そこで信じられないくらい怪奇で、この世のものと思えないほど美しいものを見る。森の大きな樹の幹に、惨殺されたリヤトニコフの裸の死体が吊り下げられ、その下腹部にあの宝石が銃で射ち込まれているのである。大樹の下にコルニコフは茫然《ぼうぜん》と立ちつくした。リヤトニコフは女——皇女アナスタシアだったのである。枯草を燃やした残り火に照らしだされたアナスタシアの白い皮膚、それを破って垂れ下がる青白い臓腑《ぞうふ》、そのいたる所に埋め込まれた血塗りの紅、碧、黄の宝玉の輝き、そして花一輪もない冬枯れの森の沈黙……。その一夜からコルニコフは〈さまよえるロシア人〉となってウラジオの夜を彷徨《さすら》うのだった。

どうしてこんな、半世紀以上も昔の話が頭を離れないのか。この数年、あの人について話したり、書いたりしていると、季節はずれの幽霊みたいに『死後の恋』のコルニコフがフラフラ現れるのである。どう考えても向田さんが書いた世界とは無縁である。向田邦子、夢野久作、ロマノフ王朝なんて、出来損《できそこ》ないの三題噺《さんだいばなし》のようではないか。しかし、この不思議は、これから先も私の中でつづくかもしれない。あの人が私にとって何だったのか、そんな、いまはいなくなってしまった人のことについて、あれこれ考えてみたところで何になると思う一方、何処かに何かを忘れてきたようなぼんやりした思いがある限り、この意地悪な幽霊は姿を現すことをやめないのかもしれない、とも思うのである。

懐かしいモスクワの遅い春、瑞々《みずみず》しい緑の木陰について、コルニコフとリヤトニコフは夜の更けるのも忘れ、目を輝かせて話した。凍て付くツンドラ地帯の壕《ごう》の中で、二人は敵と戦った。そして、森へ走りながらリヤトニコフは、何度も何度も振り返った。——そんなエピソードを意味ありげにするつもりはない。それは思い過ごしにきまっている。だいたい、私たちが死んだ人についていろいろ拘《こだわ》るほどに、死んだ人というものは、私たちについてたいした思いを持っていないものだ。ただ、微笑《わら》っているだけなのだ。

# 向田邦子熱――あとがきに代えて

「こんどのドラマの題、決めたの。〈塩の柱〉っていうの。いいでしょ」。いつもの向田さんの〈いいでしょ〉である。長いことあれこれ考えて、いいことを思いつくと、こうして自分本位の電話をくれる。こんどのドラマというのに私は関係なかったが、あの人はそんなことはお構いなく、タイトルの由来を話してくれる。旧約聖書の『創世記』にソドムとゴモラの話が出てくる。それくらいは私も知っていた。悪徳のかぎりをつくすソドムの町に神が怒って硫黄の雨を降らせ、その町を滅ぼしてしまう。たしかソドムもゴモラも死海の傍にあったはずだ。こんどは同性愛の話をやるんですかと訊《き》いたら叱られた。だって、ソドミズムっていうのはそういうことではないか。「最後まで聞いて」と向田さんは珍しく真面目である。そのソドムの町に、ロトという勤勉な男が住んでいて、神はその男と家族にだけ天罰が下る前に町を逃れるように告げる。「命のかぎり逃げよ、そして決して振り向くな」。彼らは町の外れまで逃げた。

町を焼き尽くす轟々《ごうごう》たる火の音が背後に聞こえる。ロトの妻は神のお告げを忘れて、思わず後ろを振り返ってしまった。その途端、ロトの妻は塩の柱と化したというのである。「だから〈塩の柱〉なの」「……?」「わかる?」「わかりません」。家のことを忘れさえすれば、つまり振り向きさえしなければ、女としての幸福を手に入れられるのが判っていて、それでも振り返って〈塩の柱〉になってしまう女の話らしい。「いいでしょ」。念を押してくる。「なるほど……」。私はあまりいい題だと思わなかった。なるほどと誤魔化した。旧約聖書を繙《ひもと》かなければ判らないようなタイトルでは、ホームドラマとして困るのではないか。案の定、各方面からクレームがついて〈塩の柱〉は崩壊し、結局は『家族熱』ということで放送された。昭和五十三年、『父の詫び状』が出た年の夏のことだった。

なぜ「家族熱」になったかと言えば、向田さんの執念深さである。一度考えたものは、何としてでも元を取り戻さなくては損という思想の持ち主だったから、難しい心理学の本を読んで、〈塩の柱〉から芋蔓式《いもづるしき》に〈家族熱〉という、ホームドラマに縁がありそうな言葉を探しあてたのである。シュテーケルというオーストリアの学者の造語で、ロトの妻が振り向いた理由が〈家族熱〉、つまりいままで住んでいた町とか、縁者とか、その町での記憶とか、そうしたものへの執着が〈家族熱〉で、それが彼女

〈熱〉を振り向かせたというのである。猩紅熱《しょうこうねつ》やデング熱とおなじ、熱病の意味での〈熱〉だから、シュテーケルという人は、女の、どうしても昨日までの過去に拘《こだわ》ってしまう心理を、あまり理性的ではない、言わば病に近いものと分析したのだろうか。

こんどはいい題だと思った。本人は『冬の運動会』の方が気に入っていたようだが、私は『家族熱』が好きである。あの人の人生そのもののようにも思えるし、そんな自分をチクリと赤い糸のついた針で突いているようにも思えて、あの人らしいタイトルである。だいたい『冬の運動会』は、「春の枯葉」とか「冬の花火」とかもあるように、季節的にアントニムを組み合わせて、ある比喩にしようという、よくある手でよくない。私は『家族熱』と『あ・うん』そして『幸福』が、あの人のつけたドラマの題のベスト3だと思っている。

振り返るのは女だけだろうか。なるほど、思い切れない思いをこめて肩越しに見返る風情は女のものである。菱川師宣の『見返り美人』は切手にもなっている。けれど男も振り返る。男らしくないと自分を恥じつつ振り返る。ロトもソドムの町外れで必死に堪《こら》えたに違いない。しかし、私の中のロトは臆病なくせに堪え性がなく、狡猾《こうかつ》なのに人懐っこいところがある。塩の柱になるのは怖いけど、いつか何処かに置いてきた忘れ物があるようで、後ろが気になって仕方がないのである。

私の忘れ物というのは、向田さんということなのだろうか。それは違うと思う。それは多分、あの人も生きている間中捜していた忘れ物なのだ。いっしょに捜したとは言わないが、あの人が落ち着きなくキョロキョロ捜していたのを私は知っている。それは何処か遠いところにあるようだった。

昔、大きな戦争が二つあって、そのわずかな狭間《はざま》に、あの人も私も生まれ、子供のころを過ごした。まだ蛍光灯なんかなくて、黄色い電灯の光が部屋の真ん中の卓袱台《ちゃぶだい》を丸く浮かび上がらせていた。その光も部屋の隅々にまでは行き届かなくて、だから家族が集まる茶の間にも、あちこちに薄暗がりがあったものだ。怖い物陰がそこにもここにもあったから、障子がいまより白かった。白い障子はいつも風に鳴っていた。あのころは、風もたくさんあったのだろうか。

あの時代の人や、物や、その匂いや音にあんなに拘っていた向田さんは、あそこで忘れ物のうちの一つでも見つけたのだろうか。私たちのソドムは、何処にあったのか。忘れ物は何だったのか。それがよく判らないから、あの人を捜すことで、私はその答えを見つけようとしているのかもしれない。何ごとにも器用なあの人がいてくれたら、この捜し物もきっと楽なのに、「あったわよ」という弾んだ声の電話は、もうかかってこない。

# 夢あたたかき

# 待ち合わせ

向田さんと待ち合わせて、二人でどこかへ行ったということが、私にはほとんどない。二十年近いお付き合いをしながら不思議だと思う。何月の歌舞伎にご招待するとか、どこどこでご馳走するとか、おいしい前触れは何度も聞いたことがあるが、実現したことは一度だってなかった。つまり、待ち合わせることがなかったわけである。仕事の用があるときは、たいてい私の方からあの人の家へ出向くか、向田さんが私たちの会社へくるかのどちらかだから、待ち合わせとは言わない。待ち合わせというのは、その後いっしょにどこかへいくために、目的の場所の近くとか、中間の地点で落ち合うことをいう。と考えて、ふと思ったのだが、私は向田さんと二人並んで歩いた憶《おぼ》えもない。だから、あの人の歩調が速かったのか、遅かったのかも知らないのである。真っすぐ前を向いて歩く人なのか、きょろきょろ脇見をしながら歩く人なのかも知らない。更に言えば、私はある風景の中にいるあの人というのを、そんなに見たことがない。いま、任意に何人かの知っている顔を思い出してみて、向田さんのような人がいたかどうかを考えてみると、大概は、一度や二度は喫茶店や街角で待ち合わせたことがある。別に不満だとか、おかしいとか言うわけではないが、不思議と言えば不思議である。

実は、待ち合わせたことが、たった一度だけある。たぶん銀座あたりで何かがあったのだろう。何の会で、なぜ二人いっしょにいったのかは忘れてしまったが、向田さんが、指定したのは、喫茶店でもなく、服部の時計店の前でもなく、デパートの屋上でもなく、四丁目の交差点に近い、近藤書店という本屋の二階だった。この本屋は、いまでもそうだが、一階が雑誌類の売場で、二階が一般図書になっている。なるほど、と私は思った。向田さんと私という組合せは、洒落《しゃれ》た午後の喫茶店という雰囲気ではない。どっちが先にきていて、どっちが遅れて入ってきても、なんとなく様《さま》にならない。やあと手を挙げるのも変なものだし、遅れたことを詰《なじ》るのも、弁解するのも似合わない。店を出るとき、どっちが伝票を持って立つかだって、どうも上手《うま》くいかないような気がする。どっちだっていいじゃないかと思われるだろうが、向田さんと私との間は、そんなつまらない、けれど微妙で危ういバランスの上に成り立っていたような気がする。何にしても、気まずくなりたくないのである。

その点、本屋というのは、上手いと思った。数々の、あの人の名エッセイとおなじくらい上手いと思った。どっちが遅れて、どっちが待たされても、手持ち無沙汰ということがない。時計が気にならない。遅れてきた方も、駆け足で入ってきてキョロキョロしなくても、何気なく近寄って、ごめんと囁《ささや》けばそれでいい。お互いに、伝票に手を伸ばさなくて済む。その日、当然遅れてきたのは向田さんだった。目立つほどではもちろんないが、いつもより他所《よそ》ゆきの格好をして、いつもより高いヒールの靴を履き、手にお祝いの品が入っているらしい紙の袋を持っていた。私は、気がつかない方だから手ぶらである。階段を降りて、銀座の裏通りに出たら、「悪いけど、持って」と、紙の手提《てさ》げ袋を私に押しつける。怒ってるみたいな口調である。「私、こういうの持って歩くの、似合わないのよ」。ずいぶん勝手な言い分である。それなら私は似合うのか。けれど、あの人はもう春風にやわらかな髪をなびかせて、何メートルか先をさっさと歩いている。持ち物と言えば、小さなショルダーバッグ一つで、なるほどこれで紙袋を提げていたら絵にならない。仕方なく私は、せめてその袋を小脇に抱えて、あの人の後を追った。

だいたい物を持たない人だった。持っていれば、山ほど抱えていた。家出でもするの？　と訊《き》きたくなるくらい抱えていた。それはそれで、あの人としては様になっているということだったのだろう。半端が嫌なのである。格好悪いのである。原稿を届けにくるときは、原稿用紙を丸めて直《じか》に手に持っていたし、本だって袋になんか入れないで、裸で持っていた。本屋でカヴァーをかけてくれても、店を出るとすぐに外してしまうらしい。そう言えば、あの人の部屋でカヴァーのかかった本を見たことがない。しかし、そんな本を持って本屋に入るときはとても困るそうである。丸められる雑誌なんかならいいけれど、ハードカヴァーの場合、いったいどうすれば、いま持っている本が既に自分の所有物であるかを示すことができるのか。これは、決して解けない問題だそうだ。無造作に持ったつもりでも、なんだか後ろめたくて、かえってぎごちなくなる。レジで、その本屋で買う本をカウンターに置くとき、これは違うんですと前以て申告するのも可笑《おか》しなものだし、かと言って、店員から見にくいところに持っていて疑われるのも嫌だから、わざとよく見えるように、腋《わき》の下に挟んだりする。そんなとき、人間というのは、かならず顔が赤くなっているというのが、向田さんの持論だった。ほんとうに悪いことをしているときは、結構図々しくなれるけど、いけないことをしているのではないかと人に疑われそうなとき、人はなぜか浮き足立ち、狼狽《ろうばい》するものらしい。

女にかぎらず、人がどう生きるかということは、たとえば待ち合わせの場所であり、物の持ち方なのだと思う。私とあんみつ屋で待ち合わせようが、紙袋を提げて歩こうが、みっともないわけでもないし、人にとやかく言われることでもない。けれど、そんな日常の些細《ささい》なことにこそ、その人の気性は顕《あらわ》れるものだし、逆にそれらに拘《こだわ》り、一つ一つに気を配ることで、人柄というものは次第にでき上がっていくのかもしれない。向田さんはよく気のつく人だった、心配りの細やかな人だったとよく言われるのは、ただ他人のことを思ってというだけではなかった。自分のために、していたことである。人に迷惑をかけないほどに我儘《わがまま》だったたし、臆面もなく身勝手でさえあった。むしろ、そのことまで含めて、人との間のバランスを考えていたのである。

向田さんは、たとえば、私なんかに会うずっと以前に、いろんな嫌なことが人との間にあったに違いない。人と人の間というものは、男と女にかぎらず、いつも崖っぷちを手探りで歩いているようなものである。ちょっとした不注意な言葉一つで、足元はすぐに崩れる。何気なく洩《も》らした一つの溜息のおかげで、いきなり深い霧に包まれ、行く先がわからなくなってしまうことだってある。そういうことを、とても怖がっているところが、あの人にはあった。待ち合わせはおろか、ほんとうは、できることなら人に会わないで暮らしたいとさえ思っていた節さえある。よく陽気な楽天家だと言われる人が、救いようのないくらいのペシミストだったりすることは、世の中、よくあることである。あの人がペシミストだったとは言わないが、自分とある人との間を、あえて曖昧《あいまい》にしようとしていたように思ったのは私だけではあるまい。本屋を待ち合わせの場所に選んだのは、あの人独特の距離感だった。遠すぎず、近すぎず、よそよそしくもなく、さりとて味気なくもなく、いまでも私は、近藤書店に入るたび、賢くて寂しい向田さんを思い出す。

あの人が私と約束して、果たしてくれたのは、脚本を書いてくれたことだけである。二十年近くの間に、約束だけは、数え切れないくらいした。あの人は、予約しておくから京都へスッポンを食べにいこうと言う。私は、『ディア・ハンター』をいっしょに観にいこうと誘う。何日の何曜日にとまで言わないが、これは一応約束である。二人でとは言っていないが、誰かを誘ってとも言っていないから、これはとりあえず二人の約束である。けれど、約束したときに、もう二人ともそのリアリティを信じてはいなかった。すがれた色の暖簾《のれん》の店で、あの人と向い合って、フウフウ言いながらスッポン鍋を食べている図なんて、想像もできなかった。暗い映画館の座席に隣り合って座って、ポップ・コーンの袋に二人で手を突っ込んでいるなんて、もっと考えられなかった。それなら、どうして懲《こ》りもせず、どうせ絵空事の約束をたくさんしたのだろう。——でも考えてみれば、約束というものは、かならず果たされなければならないと決まっているものでもない。向田さんだけではない。いままでの長い日々を思い出してみたって、実らなかった約束の方が、どんなに多かったことか——。半ば以上信じていないから、約束は愉《たの》しく、哀しい。

その代わりというのも変なものだが、誰かと待ち合わせて、二人でどこかへいったという話も、私たちはお互いした憶えがない。女同士、男同士というのさえなかった。それが私たちの無言の、仁義だったというのだろうか。そう考えたら、たまらなく可笑《おか》しくなった。色恋の話は避けて通り、誰かとどこへいった話さえせず、繰り返した話と言えば、家族のこと、昔読んだ本のこと、昭和のはじめの遊びのこと——これではまるで、お爺さんとお婆さんの、春の縁側の茶飲み話ではないか。しかし妙なもので、それがいまとなっては、なんとも色っぽく思い出されるのである。私たちは、そんな他愛のない話でさえ、お互いそっぽを向いて話していた。欠伸《あくび》を堪《こら》えながら、話の接穂《つぎほ》を探していた。色っぽい気配なんて、どこにもなかった。けれど、それがドキドキするくらい色っぽかったのである。色っぽさというものは、もしかしたら、何かを怖がっているということなのかもしれない。

あはれしるをさなごころに
ありなしのゆめをかたりて
あまき香にさきし木蓮《もくれん》
その花の散りしわすれず

（三好達治「あはれしる」）

# 縞馬の話

「縞馬《しまうま》というのは、もともと白い馬なのか、黒い馬なのか」と向田さんに訊《き》かれて、答えられなかったことがある。つまり、あの縞は白い縞なのか、黒い縞なのかという質問である。自分で出題しておきながら、向田さんにも答えはわからなかったらしく、私たちはあの人の部屋にあった百科事典を引いてみた。「出てないわ」と、あの人は腹立たしそうに言う。縞馬にもいろんな種類があって、私たちが問題にしている白と黒の分量がおなじ奴は、サヴァンナ・ジラフということだけはわかったが、もともと白か黒かについては書いてなかった。縞馬は、人類の前に姿を現したとき、もうああいう縞馬だったらしい。

あの人は、ほんとうはどんな人なんだろう、という話をよく聞く。《ネアカ》とか《ネクラ》とかいう言葉も、その類《たぐ》いである。若いころは、そんなことをよく考えた。あんなにいつもはしゃいでいるけど、ほんとうはニヒルな奴なんだ。真面目ひとすじに見えるけど、飲むと人が変わって剽軽《ひょうきん》になるのを知ってるか？　本来は陽気な奴なんだ。——人がそう言えば、なるほどと思ったりもした。でも、考えてみれば、どっちがほんとうかなんて、たぶん本人だって知らないことである。縞馬とおなじで、人間だって生れたときから白と黒の縞模様なのである。百科事典にも出ていないことを、あれこれ憶測してみたってはじまらないから、私は《ほんとうは——》とか、《本来は——》とかいうことについて考えることを止めた。

投げやりのようだが、少なくともその方が楽である。人を観察してその本心や本性を探ろうとするのは、利口なようで、愚かなことだと、年とともに思うようになったのである。どんなに目を皿のようにしたって、所詮は憶測、忖度《そんたく》を出ることはない。だいたい、表に見えていないものを見てやろうという気持ちの元は、疑いである。品のないことである。それに、蓮《はす》の葉を浮かべて陽に映える朝の水の底は、実は汚い泥沼だと教えられたって、だからと言って私たちのすがすがしい思いは変わりはしない。春の野に舞うきれいな蝶々が、元は醜い青虫だったという話も、言わば余計なお世話である。秋の朝の水は、装っているわけではない。花から花へ羽撃《はばた》く蝶々も、別に嘘をついているわけではない。自然に、いまそういう姿なのである。

それなら人間はどうかというと、池の水や蝶々とは少しばかり違う。装う気持ちがあり、嘘もつくからである。それは人の生い立ちや、教養や、いま置かれている環境などに関わりなく、誰しもがすることなのだ。まるで飾ることをしない人や、決して嘘をつかない人なんて、いるはずがない。三歳の童子だって人を欺《あざむ》き、わが身を飾る。だから、無垢《むく》の象徴として、小説や映画には知能が遅れていたり、正常の心を失くしてしまった男や女が出てくるのだ。向田さんや私が二十歳になるかならないころ、フェデリコ・フェリーニの『道』という映画がヒットし、その主題歌の『ジェルソミーナ』が流行《はや》ったことがあった。ジェルソミーナは、この映画の、少し頭の弱いヒロインの名前である。そのころフェリーニの奥さんだったジュリエッタ・マシーナのジェルソミーナは、まだ何も知らない少女のように可愛らしく、鬱陶《うっとう》しくなるくらい愚かだった。ジェルソミーナは、人を疑わない。信じることしか知らない。だから、当たり前のように人に裏切られ、傷つけられる。彼女を一万リラで買った大道芸人のザンパノは、胸の底のいちばん深いところでジェルソミーナを大切に思っていたが、あまりの無知と純粋さが重荷になり、ある夜、眠っている彼女を野原に置き去りにして逃げる。それから数年後、ザンパノは巡業で訪れたある港町で、ふとジェルソミーナが好きで、いつもラッパで吹いていたメロディを耳にする。訊いてみると、ジェルソミーナは、風に吹かれるようにこの町へ流れてきて、ラッパを吹いて暮らし、ある朝静かに死んでいたという。あんなに身勝手で酷薄だったザンパノは、その夜泥酔し、砂浜を転げ回って号泣する。

向田さんは、この映画がすごく好きで、それとおなじくらいに嫌いだと言っていた。そう言うのもわかるような気がした。いま思うと、向田さんの仕事は、脚本の場合も、小説も、『道』を好きで、嫌いだというところで成り立っていたのではなかろうか。向田さんがとった立場は、疑う気持ちが起こっても疑うことをあえて止め、信じる気持ちが曇っても、その鏡の曇りを懸命に拭きとろうとするところにあった。あの人の作品には、疑おうとする男も出てきた。けれど彼は、かならずそうしたことによって淋しい思いをしていた。信じ過ぎて、ジェルソミーナのように悲しい目に遭う女も書いた。しかし彼女には、ささやかであっても、暖かい救いが用意されてあった。人がそう言うのなら、人がそう見せたいのなら――その通りに見てあげようというのが、向田邦子の目であった。

「だって、その方が楽だもの」。面倒臭そうなその言葉の裏には、いままで体に負った痛々しい傷痕が、いくつも見えるようだった。普通、疑うことをしないで裏切られた傷は、疑った末に予想通り背《そむ》かれた傷よりも深いと思われがちである。言い方を変えれば、人は、痛い思いをしたくないばかりに、疑いという予防注射をするのかもしれない。向田さんは、きっぱりそれを止めたのだ。縞馬の進化のことは忘れて、目の前のサヴァンナを走る縞馬を美しいと見、木の葉を食《は》む姿を可愛いと思ったのだ。そんな向田さんの目を見て、私も遅蒔《おそま》きながら、あの人に倣《なら》おうとしたのだと思う。

あの人のどの作品を見ても、人間の裏側に廻って、その人が見せたがっていないものを見てやろうというアングルは一つもない。ただ、正面から見て、透けて見えるものは、書いた。それも含めて人間だからである。名作と言われる『阿修羅《あしゅら》のごとく』にこんなシーンがある。

料亭「桝川」の帳場（夕方）

おかみの豊子が電話を取る。

豊子「『桝川』でございます」

相手「――――」

豊子「モシモシ。『桝川』でございますが」

電話、プツンと切れてしまう。

うしろを通りかかる夫の貞治。

豊子「あなた、電話」
　さりげなく声をかける。
貞治「だあれ」
　豊子、伝票をめくる。貞治、でる。
貞治「モシモシ――モシモシ」
　間を置いて、貞治切る。
豊子「塗りもの、どうしましょうかね。平安堂から、注文早めにって言ってきてるけど――」
貞治「――昔とちがって、此の頃は板場の扱いが荒いからなあ」
豊子「――たまンないわよ。値段の方も、おっかないようだし――」
　言いながら十円玉をひとつかみ、貞治の前に置く。
貞治「なんだい」
豊子「細かいのがいるんじゃないですか」
貞治「――年のせいかねえ。ポケットに十円玉、入れてると、肩が凝るんだ」
　そのままでてゆく貞治。
豊子「――――」

綱子の家（夕方）

灯もつけず、じっとすわっている綱子。電話機だけが黒く光っている。そのまわりに蛇のようにまつわっている色とりどりの腰ひもや帯じめ。

男と女の怖さが、冷たく伝わってくるというので有名なシーンである。綱子（加藤治子）は、料亭の主人（菅原謙次）と密かな関係にある。女房（三条美紀）は勘づいている。十円玉が長火鉢の上にバラバラ散るのと、薄闇の中で、電話機とおなじくらい光る綱子の目が忘れられない。——これは人生を裏側から覗《のぞ》いたシーンだろうか。違う。これが、透けて見えるということなのだ。

いくら隠そうとはしたって、透けて見えるから、男も女も可愛いのだというのが、あの人の目に宿っていた暖かな色だった。もし向田さんの作品に翳《かげ》りを見てとる人がいたとしたら、それはこの目の色のせいかもしれない。暖かで、優しい目というのは、ときにたまらなく哀しい色に見えることがある。

だから私には、あの人が背負っていた傷痕がどんな大きさで、どんな形をしていたかを詮索する気がない。あの人は、夜中に会ったって、いま明けたばかりの朝みたいな顔をしていた。冷たい水で顔を洗って、歯を磨いたばかりという気持ちよさがあった。それなら、その人の黄昏《たそがれ》や夜の顔を知ろうということに、いったいどんな意味があろう。私が見たあの人は、せっかちで、その分粗忽《そこつ》で、物識《ものし》りのようで、存外何も知らない、変なお姉さんだった。

その証拠に、あの人が知っていたZではじまる英単語は、《zoo》と《zebra》だけだった。

# ひろめ屋お邦

〈おひろめ〉と言えば、普通は〈お披露目〉と書いて、結婚の披露とか、梨園《りえん》の襲名披露とか、芸者衆が一本立ちになってお座敷に出る披露とか、ある新しい状態になったある人を、世間様に対して公に紹介、挨拶することをいうが、もう一つ、〈お広め〉と書く場合があって、こっちの方は宣伝、広告の意味で、文字通りあることを賑々《にぎにぎ》しく世間に知らせることをいう。だから、いまでは年に一度のコンクールぐらいでしかお目にかかれないチンドン屋のことを昔は〈広め屋〉と言っていたし、中世のヨーロッパでも、領主のお達しを領民に布告するときに、ラッパと太鼓のファンファーレ付きで朗々と読み上げる役を、原語は忘れたが、やはり〈広め屋〉と呼んでいたらしい。たとえば、昭和五十五年の夏、向田さんが直木賞を貰《もら》った際の受賞記念パーティーなどは、小説家としての向田邦子の〈お披露目〉であり、〈お広め〉でもあったわけである。当日は何を着て出るのか、とひやかし半分に訊《き》いたら、目についたその辺のものを着て行くと怒ったみたいに言っていたが、晴れの日の衣裳は、少なくとも私がはじめて見るものだった。こういうのは苦手なんだとぶつぶつ託《かこ》ちながら、素直に、可愛く、昂揚《こうよう》していた。

本当に、〈お披露目〉されるみたいなことは嫌いな人だった。その代わり、他人のお披露目は大好きで、頼まれれば締切の原稿そっちのけで、人の嫌がる幹事の、そのまた裏方みたいな役を率先引き受けて、あちこち駈《か》け廻るような人だった。そうして、その日は、表に出張《でば》らず、隅っこで人垣に埋もれて嬉しそうに拍手していた。私たちの周囲には、そんな向田さんに世話をかけた連中がたくさんいる。私もその一人である。

私は十数年前に二度ばかり、新聞紙上を賑わせるようなことをしたことがある。もう忘れている人もいるだろうし、いまの若い人などは知るはずもないので詳しくは言わないが、一つは仕方がないことであり、一つはいけないことであった。しかし、とにかく世間を騒がせたわけだから、ある期間おとなしくしていなければならない。と言って一生おとなしくしているわけにもいかないので、頃合を見てお天道様の下へ出ていくのだが、この出方がたいそう難しい。大手を振って出れば懲《こ》りていないと叱られるし、こっそり出たのではドサクサ紛れと言われかねない。誰か素敵な広め屋に手を引かれて、ちょっと伏し目がちに、というのがいちばんいい。その役を二度とも引き受けてくれたのが向田さんだった。引き受けるどころか、段取り一切やってくれたわけだから、この恩義は大変なもので、南青山へは足を向けて寝られない。それにしても、恩のある人に死なれてしまった人は、みんなどうやって寝ているのだろう。向田さんは意地悪である。恩を着せるだけ着せておいて、私に逆立ちして寝ろというのだろうか。

私はあなたのひろめ屋よ。あの人が自分で言ったのである。そのころ世間は、私に辛くあたったというほどではなかったが、決して優しくはなかった。できればいくらか距離をおいて、しばらく様子を見ようという人が多かった。祟《たた》るほどの力があるわけではないが、触らぬ方が賢いと思ったのだろう。そんなとき、ひろめ屋お邦が訪ねてきてくれたのである。別に私だけでなく、あの人には女のくせに明治の俠気《きょうき》のようなものがあった。向田邦子は才《た》に長け、眉目《みめ》うるわしく情けもある上に、六分の俠気に四分の熱さえ併せもった、鉄幹の「人を恋ふる歌」の男と女をトータルしたような人だったと誰かが言っていたのを読んだことがあるが、俠気については同感である。

そういうときの向田さんは、涙目のヒューマニズムというのではなく、やくざ映画の殴り込みみたいな変な迫力があった。自分が意気に感じたからには誰にも文句は言わせないみたいな、三白眼の迫力だった。

向田さんが私にしてくれた〈お披露目〉は、脚本を書いてくれることだった。一度目が『源氏物語』、二度目が漱石の『虞美人草《ぐびじんそう》』である。しかし、『源氏物語』は無事に昭和五十五年のお正月にお披露目が終わったが、『虞美人草』の方は実現しなかった。配役も決まり、旅行から帰ったらすぐに脚本にかかる約束であの人は文庫本の原作をバッグに入れて旅立ち、それっきり帰ってこなかった。もしあの人が真面目だったら、あの日の飛行機の中で『虞美人草』を広げていたかもしれない。漱石を読みはじめたのは小学生のころだったというが、最後に読んだのも漱石だったわけである。それもあの人らしいと思う。そして、あの人が最後に読んだかもしれない『虞美人草』は、ヒロインの藤尾が突然死んで終わる話だった。漱石はこの小説の最終章でこう書いている。《……道義の観念が極度に衰へて、生を欲する万人の社会を満足に維持しがたき時、悲劇は突然として起る。是に於て《ここ》万人の眼は悉く《ことごと》自己の出立点に向ふ。始めて生の隣に死が住む事を知る。……人もわれも尤も《もっと》忌み嫌へる《い》死は、遂に忘る可《べ》からざる永劫《えいごう》の陥穽《かんせい》なる事を知る。……》。まだこの章まで読まないうちに、向田さんの飛行機は墜《お》ちたのだと思う。あるいは、私の手前、文庫本をバッグに入れるだけは入れたけど、ズボラなあの人のことである。旅行中一頁も読まなかったことだって考えられる。どっちにしても、約束の『虞美人草』は書かれなかった。あの人は、藤尾の驕慢《きょうまん》をどんな風に見、その死をどう描くつもりだったのだろう。あの人の書くもの、大概は見当がついたものだが、『虞美人草』ばかりは見えなかった。それだけに、残念だといまでも思っている。

しかし、二度目のお披露目も、結果としては間接的に向田さんのお世話になったことになる。『虞美人草』の代わりに、あの人が『オール讀物』に書いた『春が来た』という短篇を脚色して、あくる年のお正月のドラマとして放送したのである。あの人の死からさほど時間が経っていないこともあって、いろんな人から褒《ほ》められはしたが、私はつまらなかった。いつも放送して直後にあの人に電話をかけると、どうしてあの台詞《せりふ》を切ってしまったのかとか、あの配役はおかしいとか、まず二つか三つ叱られるのだが、それがなかったからである。だいたい電話をかけるところがなかった。思い出してみれば、十何年、出来に自信があるときもないときも、とにかく放送が終わると何はさておき電話するのが習慣だった。文句をつけられれば腹を立て、意外に褒められればすぐに次の仕事を頼むという自分勝手ではあったが、それがもうできないのだと思うと、とてもつまらなかった。お披露目なんかしてくれなくてもいいから、いつもの澄ました声で電話に出て欲しかった。ひろめ屋お邦もありがたかったが、私にしてみれば、口うるさくて生意気な、隣の邦ちゃんにいて欲しかったのである。あれ以来、叱られて、くやしくて、くやしまぎれに喧嘩《けんか》を売ったり、最後に申し訳みたいに慰められて機嫌を直したり、ということが絶えて、ない。

あの夏から十四年である。ということは、私にいろいろあって、もう十四年になるということだ。向田さんが死んだときの年齢《とし》をとうに過ぎ、そのくせあの人のように晴れがましいご褒美《ほうび》をもらうこともないけれど、その代わり改まってお披露目をしなければならないようなこともないから、まずは息災《そくさい》に日々は過ぎているわけである。その間にいなくなった親しい人もたくさんいるが、向田さん以来、あまりびっくりすることがなくなってしまった。何も悟ったわけではないが、生きていることと死ぬことが隣り合わせであることぐらいは、漱石に言われるまでもなく承知したつもりである。だから私は、人が死ぬことをちゃんと〈死ぬ〉と言ったり、書いたりすることにしている。向田さんについても、いままでいろいろ書いてきたが、《向田さんが亡くなって……》と書いたことは一度もない。いつも《向田さんが死んで……》である。

敬意がないのではない。その方が正しいと思っているのである。一つには、言葉でどんなに飾っても〈死〉は〈死〉でしかないし、もう一つは、自分で感じる向田さんとの距離と温度の問題である。私は近親者でもなんでもないし、とりわけ親しかった覚えもないが、〈亡くなって〉などとよそよそしくはどうしても言えないのである。ついでに言えば、《私が十八のとき母が亡くなりました》と娘が言ったりしているのをよく聞くが、あれはおかしいと思う。〈亡くなる〉は敬語である。他人に対して言う時は、身内の不幸は《死にました》が正しい。さらに、〈死ぬ〉という言葉を品のない、あるいは慎みのない言葉だと思っている人がいるようだが、これもおかしい。死ぬことが下品なら、生きていることだって下品ということになる。

十四年経っても、向田さんの本は売れつづけているという。特に八月の命日のころは、それが目立つと聞く。ひろめ屋もいないのに、偉いものである。

# 昨日のつづき

毎年、この日の午後はいやに暑い。ここ何年も、雨上がりで涼しい風が吹き渡るといったことがなかった。残暑というにはまだ少し早いような気がするが、コンクリートの道路が白く光り、窓ガラスが鏡のように反射して、風情《ふぜい》のない暑さである。あの年の八月二十二日の午後もこんなに暑かっただろうか、と思い出してみるのだが、よく覚えていない。夕方、物凄《ものすご》い夕立があったという人もいるし、降ったり止んだりの落ち着かない一日だったという人もいるが、思い出せない。それほど年月が経ったからというのではなく、何だかあの日については、向田さんがいなくなったこと以外、ほかのことはみんなぼんやり忘れてしまっているのである。不人情のようだが、人間なんて存外そんなもののような気もする。大きな事件ほど、気持ちが動揺した分、すぐに翌日から輪郭がぼやけ、記憶も曖昧《あいまい》になっていく。

その翌年から、八月二十二日の午後には向田さんのいない向田家へ行くことにしている。考えてみると、私が毎年きまってということをしているのは、この日しかない。初詣《はつもうで》だって雨が降れば失礼するし、この冬を越せば九十五歳になる老母の誕生祝いも、気紛れにやったりやらなかったりである。それなのに、今年で十四年も暑い最中《さなか》に向田家詣《もうで》をつづけている。男として慕っていたわけでもなく、世話にはなったが命を救《たす》けられたわけでもないのに、ずいぶん奇特なことだと自分でも思うのだが、これだけつづくと今年はちょっと、というのが何だか気持ちが悪いのである。それにまた、都合のいいことにこの十四年、よんどころない用事とか仕事とかいうのが、この日に限ってない。だから花屋へ寄って花を買い、汗を拭きながら向田さんのお母さんの住むマンションへのダラダラ坂を上っていく。

ドアが開いて覗《のぞ》く顔も毎年おなじである。お母さんと、迪子《みちこ》さんに和子さんの妹さん二人がゾロゾロと狭い玄関口に現れる。下の妹の和子さんはここでお母さんといっしょに暮らしているが、上の迪子さんは婚家先の名古屋から、毎年この日は日帰りでくるらしい。花を渡して勝手知ったる奥の間に通り、入ってすぐ右手の仏壇の前に座ってお線香を上げる。仏壇の上の欄間には、寺内貫太郎のモデルだったお父さんと、向田さんの写真が並んで掛かっている。ちっとも二人は似ていないが、写真はやっぱり、古いお父さんの方がぼけているし、色も少し変わっていて年月の差を感じさせる。

この仏間はお母さんの寝室も兼ねていて、部屋の真ん中でセミダブルほどのベッドが威張っている。あんな小さな体で、こんな大きなベッドに寝て何をしているのだろう。簞笥《たんす》の上には向田さんの著書が積み上げてある。文庫も含めると大変な数である。『父の詫び状』が出たのが昭和五十三年の秋だったから、わずかそれから三年足らずの間に、あの人はこんなにたくさん書いたのかと驚いてしまう。けれど改まって、たとえば刊行順に書棚に並べたりしていないところがいい。いくらか乱雑に、それだけにさり気なく、いつ長女が帰ってきてもおかしくないような置かれ方である。『父の詫び状』『夜中の薔薇《ばら》』『隣りの女』……お母さんは毎晩、そんな題名を目で追いながら眠るのだろうか――。

別に決まっているわけでもないだろうし、家風というほどのものでもなかろうが、お線香を上げ終わって応接間に戻ると、いつもテーブルの上には冷蔵庫で冷やした干菓子が麦茶と並んで出ている。口にひんやりと気持ちがいい。次に出てくるのが、やはり冷えた蜜柑《みかん》で、この順番が逆だったことはない。それからみんなで、他愛のない話がはじまる。どこにもあるような世間話である。八十六歳のお母さんの話題は年齢の割に若く、ロシア共和国がどうしたとか、小泉今日子のコマーシャルは購買意欲がそそられるとか、談論風発、いろいろ面白いのだが、それでもやっぱり十五分もすると、話はいつか十四年前に先立った娘のことになっている。そのころから、みんな変に饒舌《じょうぜつ》になり、場が一段と賑やかになる。多分この家族たちは、普段はあまりこの話題に触れないようにしているのではあるまいか。一年に一度顔を揃えて、そこに私のような他人が現れたのをきっかけに、ここを先途《せんど》と喋《しゃべ》りはじめるのではないだろうか。そう思うくらい話は弾み、思い出は絶え間ない笑い声に包まれながらどんどん遡《さかのぼ》っていく。家族の歴史というものは、厖大《ぼうだい》なエピソードを内包していることが、向田家の会話を聞いているとよくわかる。あのときはこうだった、いいえそれはあなたの思い違い、という具合に際限なくつづくのである。ところがふと気づいてみると、それはほとんど、私が何度か聞いた話、つまり、もしかしたら去年も一昨年も繰り返された話題のようなのである。家族たちは全くそれに気がついていない。それぞれに、いま蘇《よみがえ》った記憶として新鮮なのだ。私はいっしょになって笑ったり、相槌《あいづち》打ったりはしているが、どうしたって聞く立場である。だから、わかるのだ。私は今日という日が、去年の八月二十二日の翌日なのではないかと錯覚しそうになった。ずいぶん以前、『昨日のつづき』という毎日のラジオ番組があったが、今日のこの明るいお喋りは、〈昨日のつづき〉なのだ。思い出してみれば、向田さんがいなくなった翌《あく》る年、ここにこうして集まったときも、おなじだったような気がする。その次の年も、そのまた次の年も、みんな〈昨日のつづき〉だったのだ。ということは、あれから十四日しか経っていないことになる。

おなじように暑い夏の午後、少しずつ年とってはいくがおなじ顔触れ、いつもの干菓子、そしてその日は家族のうちの一人の祥月命日——舞台装置や小道具に、配役までおなじだと、話はいつも〈昨日のつづき〉になる。いろんなエピソードが思い出されるのにも順序があり、次はこの話になるなと思うと、その通りになる。面白いことだと思う。もしこれが、一周忌、三回忌、七回忌という風に飛び飛びだったら、衣服も挨拶も改まり、テーブルの上にも干菓子と蜜柑のほかにお寿司が並んだりして、どこかよそよそしくなりそうである。十四年が十四日だから、今日が昨日のつづきだから、その都度他人行儀にならなくて済む。十四年経てば、誰だって年をとる。いちばん上の娘をなくしたとき七十二だったお母さんは、八十六歳になるはずなのだが、とてもそうは思えない。変わっていないという事実もある程度は事実なのだが、それぞれの気持ちが昨日の今日だから変わって見えないのだ。だから、毎年八月のこの日は、私にとって何だか不思議な時間なのである。

話にきりがないので、そろそろと言って腰を上げると大抵二時間ほど経っている。これも例年おなじである。玄関でお母さんのふっくらと柔らかな手と握手し、賑やかな女三人の声に送られてマンションを出ると、外はまた炎暑の町である。十四年に一度ぐらい、涼風の中、傘でもさして歩きたいなどと考えながらダラダラ坂を下りていく。

その日から一月ほど経って、九月の終わりに『触れもせで――向田邦子との二十年』という本を出した。はじめは「向田邦子熱」というタイトルにしようと思ったのだが、評論みたいで堅すぎるというので、なんだか思わせぶりな題になってしまった。〈触れもしないで〉と言っているのだから別に恥ずかしがることはないのだが、正直なところ、〈触れたかったのに、触れもしないで〉と思われるのではないかと、落ち着かない気持ちである。本当はもう少し早く、命日には仏前に供えられるはずだったのだが、雑事に追われて原稿を直したりするのが一月余り遅れてしまった。表紙のカヴァー画を描いて下さったのは風間完画伯である。十五、六年前におなじ風間氏の手によって描かれた生前の向田さんの肖像画は、いまお母さんの部屋に掛かっているが、今度の絵も肖像である。ただ、モデルがいなくなってしまったので、写真を見て描かれたらしい。ブルーグレイの丸首のセーターを着て、心持ち首を傾げた向田さんの上半身像である。よく見ると、目がきつい。あまり機嫌が良さそうではない。こんな向田さんの顔も何度も見たことがあるから、カメラを気にして笑っているのより、私にはかえって懐かしく思われる。しかし、以前の風間氏の絵では確か笑っていたように思う。素直に笑っている顔だったように思う。今回、風間氏が見て描かれたという写真では、向田さんはこんな風に不機嫌な顔をしていたのだろうか。私は、風間氏の中で、向田さんが変わっていったのだと思う。画家は写真をただ模写するわけではない。その写真を見ながら記憶の中の向田邦子を呼び戻し、その人がキャンバスの前に立っているつもりになって話しかけることによって、肖像に作者の気持ちを籠《こ》めるのだと思う。死者の機嫌がいいはずがない。きっと風間氏の前で、向田さんはこんな、ちょっと怒ったような顔をしてみせたのだろう。それが年月というものなのだ。

十四年は、昨日のつづきでもあり、やはり正しく十四年でもあるのだ。

# 転校生

昔から、〈転校生物《もの》〉といって、青春小説やドラマで重宝されるジャンルがある。たとえば、田舎の中学に都会の垢抜けた女の子が転校してきて、主人公の少年が胸をときめかせるとか、逆に転校して行く少年の乗った汽車を、丘の上から唇嚙《か》んで少女が見送るとか、劇的な要素がなかなかない少年少女の物語にとって、〈転校〉は突然の出会いであり、唐突な別れでもあり、〈難病物〉と並んで一つのパターンになっている。自分の意志による転校というのはあまりない。たいていは親の転勤とか、父親が死んで母の実家のある地方へ帰るとか、何か不始末をして前の学校にいられなくなったとか、つまり外的な状況の変化の副産物であることが多い。つまり、本人の選択ではなく、運命なのである。だから、それには逆らえない。大袈裟に言えば、ギリシャ悲劇の神託《オラクル》のように内心は納得できなくても所詮は受け入れなければならないものなのである。だからそこから苦いロマンスや、メロドラマティックな感傷がすんなりと生まれる。雑誌の初恋の思い出特集という中に、かならず一つや二つ、こういった話を見かけるのもそのせいなのだろう。

特に、私たちの時代には戦争があったから、都市から地方への疎開というのがそれに加わり、小さな転校生は日本中に氾濫した。だから、転校生として行く立場と、それを迎え入れる側と、双方の目から見たリトル・ロマンスが一時映画や小説にずいぶんあったような気がする。阿久悠の『瀬戸内少年野球団』がそうだった。海軍の提督の娘が瀬戸内海の島へ転校生としてやってくる。裸足の少年たちの教室へ、眩《まぶ》しいくらいの純白のソックスをはいてやってくる。少女は潮風に髪をなびかせ、海の夕焼けに頬を染める。もうそれだけで、純情の絵になる。少女にとって、敗戦がすぐそこに見えている時局は悲劇的な状況である。戦争が終わるということは、少女が島を離れるということだから、少年は小さな体と幼い頭には荷がかちすぎる二律背反に悩む。もうこれだけで、ドラマである。

向田さんも、漂泊《さすらい》の〈転校生〉だった。年譜によると、まず昭和十一年に宇都宮の西原尋常小学校という学校に入学し、すぐその年の九月に東京の目黒にある油面《あぶらめん》尋常小学校に転校している。そこにしばらくいて、十四年には鹿児島市立山下尋常小学校、十六年の四月には四国の高松市立四番丁国民学校に移って翌年ここを卒業している。都合四つの小学校に通っているわけである。理由は保険会社に勤めていた父君の転任だった。いまだってそうだろうが、こういった職業の家族は、転勤慣れ、引っ越し慣れしている上に、だいたい任期を承知しているから、新しい土地にはあまり思い入れしないと言われるが、子供はそうはいかない。一日も早く友だちを作り、自分のポジションを確保し、平和的な交流のためにその地方の言葉を覚えようと懸命の努力をする。東京生まれのはずなのに、向田さんのアクセントが、ごく稀におかしかったのは、きっとそのせいだろう。宇都宮、鹿児島、高松と渡り歩けば、方言の品評会みたいなものである。

私が小学校に入学したのは昭和十七年、そのころは国民学校と言っていたから、杉並第一国民学校だった。私の父は職業軍人だったが、この職業も向田家の保険会社に劣らず転勤が激しかった。私の姉や兄などは、私の生まれる前、富山から会津若松、原ノ町、仙台、兵庫県の御影《みかげ》、また舞い戻って仙台、そして東京阿佐ヶ谷と、子供のころはまるで流浪の民だった。私が入学したころは、東京勤務で落ち着いていたころだったらしいが、戦争が激化するにつれてわが家はまた忙しくなり、私は二年生の春まで杉並第一にいて、急に海を渡って北海道へ移住することになった。転校したのは札幌の中央創成国民学校という、白秋の時計台のすぐ脇にある学校だった。杉並第一の高い杉の木の代わりに、校庭には楡《にれ》とポプラが涼しそうな木陰をつくっていた。この学校にいたのが一年三カ月、翌二十年の夏には疎開も兼ねて、父母の郷里である富山に移ることになる。私は札幌が好きだった。もう東京へ戻ったって、友だちはみんな集団疎開や縁故疎開で散り散りになっている。戦争が終わったら、また札幌に帰ってきたいと私は思った。空が高く、空気が澄んでいて、呼吸すること自体が気持ち良かった。道幅は広く、街並みは整然として直線的で、その後住むようになった富山のように暗い風情はなかったが、機械やセメントの匂いのする新しい、清潔な市《まち》だったからである。私はいまでも札幌に透明な憧れを持っている。五十年経って、街の様子はすっかり変わっているだろうが、〈帰りたい〉気持ちがうっすらと私の中には残っているのである。

向田さんは小学校のころ、頭の中にいつも日本地図があって、自分の移動してきた経過が現在地まで線でつながって見えたと言っていたが、この感じは転々と何箇所も移り住んだ子にしかわかるまい。よく昔の映画で、主人公の流転の人生をわかりやすくするために、矢印のついた線が地図の上を走る、あれである。向田さんの場合その線は東京から宇都宮、そして鹿児島、高松と進んでまた東京へ戻るわけだが、私の線は東京から北へ伸び、そこから日本海の海岸線を下って富山へたどり着き、また下って東京へ帰る。半世紀経ったいまだって、頭の中に日本地図を持っている子はたくさんいることだろう。どこが故郷かよくわからないその子は、落ち着きがなくて可哀相なようで、実はそうでもないのだと思う。流転には流転の楽しさを、子供たちはちゃんと見つけているものだ。

富山では、市内の西田地方《にしでんじがた》国民学校という妙な名前の学校の四年生に編入された。一学期の終業式に間に合うようにという親の心づかいで、私はその日教壇に立って担任の先生から、来学期からいっしょに勉強する仲間として、クラスで紹介され、標準語で短い挨拶をした。何人かが小さな声で笑った。札幌の挨拶のときにはなかったことなので、私はちょっと嫌な予感がした。しかし予感は実感にならなかった。私はその学校に、その日一日しか行けなかったのである。次の日から暑い夏休みがはじまり、いままで見たことのない軒の低い湿った家並みの街を珍しがっている暇もなく、それから十日もしないうちに富山は空襲に遭い、たった一晩で、家も学校もきれいに全焼してしまったのである。私たち家族は富山から南へ数キロの農村に知人の紹介で住むようになり、私は新学期を熊野国民学校という学校で迎えることになる。戦争はその夏休みの間にあっけなく終わっていた。父は任地へ行ったままである。私は毎日ぼんやりと風景を眺めていた。熊野川という大きな川の水面に、薄赤いとんぼが二匹つながったままツンツンと水に尻尾を触れながら飛んでいる。裏庭の柿の実が嘘みたいに赤く色づき、風の夜には自然に弾けた栗の実が、バラバラと音を立てて屋根に降った。学校ではなんとなく疎外され、みんなが私を指さして何か囁《ささや》いているようで居心地が悪かったが、小心な私は自分の方から彼らに近寄っていくことができなかった。そんな話を向田さんにしたら、あの人は「私は、そういうの上手だった」と言っていたが、賢くて人の心をつかむ才のあった向田さんなら、いかにもタイミングよく彼らの輪の中に紛れ込んだことだろう。だいたい長女というのは、そういう才覚があるもので、その手のことにいちばん不器用なのは、私のような甘やかされて育った末っ子らしい。しかし、子供にとって学校は社会である。いつまでも疎外ばかりされているわけにもいかないので、その年も押し詰まったころ、ふたたび市内の堀川国民学校に転校したのを機会に、私はいくらか能動的に振舞うようになるのである。

という具合に、向田さんは四回、私は五回小学校を変わっている。転校生のヴェテランである。二人でお互い思い当たって笑ったのは、転校生の挨拶がだんだん上手《うま》くなるという話だった。どんな顔でどんな風に言えば気に入られるか、どうすれば受けるか、そんなことを子供のくせに勘定するようになるのである。それがあまりあざとくて阿《おも》りになってしまっては逆効果だし、かと言って通りいっぺんでは明日からの疎外が目に見えている。そこで向田さんと意見が一致したのは、当初のうちは本来ネックであるはずの標準語を逆手に使うという手口だった。彼らは標準語、つまり東京言葉に反感を持っているようで、実は自分たちも使ってみたくて仕方がないのだ。いまでこそ、テレビの影響で方言はあまり使われなくなったし、その分、気にもならなくなったが、そのころはどの地方でもひどいものだった。逆に言えば疎開者《もの》の標準語は目立ちすぎるくらい目立ったものだった。そういう中で、彼らの揶揄《からかい》を笑いながら受け入れるふりをして、彼らにも遊びのように標準語を使わせるように仕向け、同時にこっちも彼らから方言を教えてもらって不器用に使ってみせる、この辺の呼吸はなかなか難しいのだが、どこへ行ってもこの作戦がいちばん実効的だったような気がする。向田さんの場合は、時代もいくらか違ったろうが、これが東京者《もの》の悲しい知恵であった。

いまとなれば、面白おかしい話だが、当時は向田さんも私も大真面目だったのだ。だから、二人とも東京に生まれ、大人になって何十年も東京で暮らしているくせに、アクセントに自信がなく、テレビドラマの本読みの席で、俳優さんに発音を訊《たず》ねられたりして、よく目が泳いだものだった。

# 姉らしき色（1）

私は末っ子である。本当なら五人の子供の中の五人目なのだが、すぐ上の兄と姉が小さいころに死んでいるので、いまでは九つ年長の姉と七つ上の兄の三人姉弟のいちばん下である。父は軍人だったが、私たちが生まれた大正の終わりから昭和のはじめにかけてのそのころは、まだ時代が穏やかだったせいか、うまく等間隔に子供を作っている。これが昭和六年に満州事変、十二年に支那事変と、大陸での戦争が激しくなると、父はほとんど海の向こうへ行ったきりになるので、私の下には弟も妹もいないことになる。母の年齢のせいもある。昭和十年に私を産んだとき、母は三十五歳だった。しかし、あのころは子供は何人いたっていい時代で、私の小学校の同級生には雄五郎とか八郎とかいう子がいくらもいて、それがちっとも珍しい名前ではなかったのだから、三十五という年齢は、子供を産むのに決して高年齢というわけでもない。やはり、父がいなかったからである。いくら産めよ増やせよの時代でも、一人では子供は作れない。

子供の名前は、上から順に瓔子《えいこ》、公堯《きみたか》、伊堯《よしたか》、玲子、そして末っ子の私が光彦《てるひこ》である。私の名前だけ、ちょっと仲間はずれの感じがある。つまり、最初父は男の子には〈堯〉、女の子には〈王〉偏の名前をつけようと思ったのである。父は、その程度に文学趣味のある人だった。だから、本来なら私も〈光堯〉になっていたかもしれないのだが、私が生まれる前に、伊堯が三歳のとき食中毒で、玲子が生後一カ月で乳児脚気《かっけ》で死んでしまったので、〈堯〉と〈王〉は縁起が悪いと思ったらしく、あっさり転向したわけである。縁起が悪いなら、公堯と瓔子はどうなるのだと思うが、別段改名を考えた気配はない。というわけで、我が家は五人のうち三人が残り、瓔子、公堯、光彦の三人姉弟となる。

そういうルールのようなものがある名前のつけ方が、昔はよくあった。簡単なところでは、男の子の上から順に太郎、次郎というやつで、私の従兄に〈松田太郎・松田次郎〉という、貯金通帳のサンプルみたいな兄弟がいるし、作家の大江健三郎の弟は征四郎というらしいから、たぶん彼は三番目の男の子で、上の二人は＊太郎、＊二郎という名に違いない。ずっと以前、本人から聞いた話だが、大江健三郎は正式には〈ケンサンロウ〉、弟は〈セイヨンロウ〉と読むそうで、おかしな親もいるものだと思った記憶があるが、大江という人は妙な冗談の好きな人だから、この話は当てにはならない。

若いころ、木村荘八という人の絵を見たことがある。セザンヌか誰かについての文章も書いている。おなじころ木村荘十という人の小説を読んで、あれっと思った。きっと兄弟だろうぐらいに思っていたら、今度は木村荘十二という名の映画監督がいるではないか。調べてみたら案の定みんな兄弟で、他にも荘太という作家や荘五という学者もいる。男の子の名前はすべて〈荘〉プラス数字にしたのだろうが、四番目や九番目、あるいは十一番目は、いったい何という名なのだろう。この木村兄弟の父親という人は荘平という名前で、明治のころ東京の盛り場に〈いろは〉という牛鍋、肉鍋の、いまで言うチェーン店を開いたので有名な異色の実業家で、その〈いろは〉にも、〈第一いろは〉〈第二いろは〉……〈第二十八いろは〉という具合に、開店順に番号をつけたというから、もともとそういう不思議な趣味があったのだろうし、数が沢山ということが好きだったのだろう。子供の方も、母親の違う息子や娘まで入れれば、その数合わせて三十人を超えたというのだから、元気で忙しい人である。

数字ほど単純ではないが、名前の一字がかならず共通しているというのは、いまでもよく見られることだが、一族で申し合わせて律儀にそのルールを守っている例もある。私の友人の古谷昭綱という人の一族は、何代にもわたって男の名に〈綱〉を入れる。この人の父君は社会評論家でテレビのキャスターの草分けでもあった古谷綱正氏で、叔父さんが、若いころ中原中也や大岡昇平と『白痴群』という雑誌を出したりしていた文芸評論家の古谷綱武氏、お祖父さんは明治の外交官で重綱と言った。〈綱〉の字は上に使っても、下につけてもいいらしいが、男の子が生まれると、系図を取り出して、名前がダブらないように仔細に調べなければならないし、この由緒ある一族が法事などで集合すると、そこら中〈綱〉だらけで、大変らしい。

そこで向田さんの話になるが、向田家の子供たちは、邦子、保雄、迪子《みちこ》、和子の四人である。ルールは見当たらないが、私にはいかにもあのころの昭和の子供たちという感じがする。保守的ではあるが、きちんとしていて行儀がよくて、一人一人に対する親の願いや祈りのようなものが籠《こ》められている。表意文字で名前をつけることができる、日本語のよさである。末っ子の和子さんは、昭和十三年の生まれだが、この〈和子〉という名前は、私たちが子供のころは、どのクラスにも二人から三人はいた名前である。私と年のころのおなじ友人に桁はずれの艶福家《えんぷくか》がいて、彼が回顧してみたところ、〈和子〉という女の人五人と交情があったという話があるくらいで、昭和のはじめから二十年ごろまでの女の人の名前を調べたら、きっと第一位になるのではなかろうか。年号の字を名前に入れるというのはよくあることで、この〈和〉もそうなのだが、〈昭〉もまた当時の人名にたいへんよく用いられた字であった。ところが、この〈昭〉の字は、大正時代までは誰も知らなかった字だというから面白い。大正天皇が亡くなり、枢密院《すうみついん》から新しい年号が発表されたとき、〈昭和〉と聞いて、新聞記者たちがみんな泡を食って漢和辞典を引いたというのである。つまり、見たことのない字だったのだ。いま聞くと変な話のようだが、そう言えば〈昭〉の字を使った一般的な熟語というのはない。出典だという『書経』の、《百姓昭明、万邦協和》などというフレーズを知っていたら、それこそおかしい。〈昭〉と言えば〈昭和〉という言葉しか知らないのが普通である。しかし、それは昭和になってからの話で、だから当時は、早合点して〈照和〉と書いてしまった新聞もあったそうである。昭和以前に生まれた人に、〈昭綱〉とか〈昭三〉という名前はなかった。一時は、それで大正生まれか、昭和生まれかを推測したものである。その昭和が終わり、もう誰も自分の子に〈昭〉の字をつけなくなるのだろうか。そして何十年か経って、逆の意味で〈昭〉の字で昭和生まれと判るようになるのだろうか。つい先ごろ終わったと思った私たちの昭和も、こうして一日一日、遠くなっていくのだ。

その点、和子さんの〈和〉は、これからだって使われる。〈平和〉〈和する〉〈和《なご》やか〉、不滅のベスト・セラーかもしれない。〈国〉はともかく、邦子の〈邦〉だって人名からなくなることはないだろう。向田さんのことを好きな女の人で、生まれた子に〈邦子〉と名づけた人を、この十年で私は二人も知っている。その子たちは、元気でいたずら好きで、賢く、よく気のつく娘になるだろう。――と書いていて、突然向田さんといっしょに歌った小さな歌を思い出した。昭和十七年か八年、いずれにしても戦時中の歌で、懐メロの本にもほとんど出ていなくて、二人で歌詞を思い出すのに苦労した。例によって、昔話をしているうちに、戦争のころの戦意昂揚《こうよう》の歌の中にもすてきな歌があったという話になり、向田さんと私の選んだベスト・ワンがその歌だった。《太郎よお前は良い子供、丈夫で大きく強くなれ、お前が大人になるころは、日本も大きくなっている、太郎よ私を越えて行け》。これが一番の歌詞である。いままもうろ覚えで、どこか間違っているかもしれないが、さすが記憶魔の向田さんは、十分もしないうちに二番までしっかり思い出した。《花子よお前は良い子供……》とはじまるのだが、覚えていない。題名も判らない。

確かにあのころの、前へ前へという歌には違いない。けれど、とてもきれいなメロディで、《……日本も大きくなっている》というところだって、ちっとも気持ち悪くなかった。懐かしい子守歌を聞いているようだった。私たちの世代で、いまでも私や向田さんのようにこの歌を懐かしんでいる人がきっといると思う。戦時中の歌だって、いい歌はいい歌である。いい歌なら、大声で歌うといい。私はときどき歌っては、変な歌、と笑われている。その夜、向田さんと選んだ当時の歌は《いろはの〈い〉の字は命の〈い〉の字……》とか、『お山の杉の子』とか、いろいろあったが、もう一つ、思い出して興奮したのは、《太郎は父のふるさとへ、花子は母のふるさとへ……》というこれまた太郎と花子の〈疎開〉の歌だった。内容は、みんな親と別れ、兄弟と離れて散り散りになっていくけれど、明るい明日を信じて日々を送ろうというものだったと思うが、この歌は二人とも出だしの一節しか思い出せなかった。しかし、忘れられないいい歌ということで一致した。向田さんは、この歌に末の妹の和子さんの疎開を思い出すというのである。昭和十九年、国民学校一年に入学したばかりの和子さんは、学童疎開で山梨へ行った。向田さんは、もう女学生だったから、親といっしょに東京に残った。上の妹の迪子さんは、それより前におなじ山梨だが別の所へ疎開していた。三姉妹が、それぞれ離れた空の下で、姉や妹のことを想っていたのである。

いちばん上の向田さんの気持ちは、姉というよりは母のそれに近かったという。

# 姉らしき色（2）

もともと手先の器用だった向田さんは、お祖母ちゃんやお母さんの古い着物を解《ほど》いて、うまくはぎ合わせ、二人の妹の洋服やスカートや、小物を入れる手提《てさ》げ袋なんかを、暇さえあれば作っては疎開先の山梨へ送っていた。ただ実用品というのではなく、そこにはかならず楽しい工夫があって、肉親から離れて淋しい思いをしている妹たちは慰められたという。たとえばブラウスの妙なところに隠しポケットがついていたり、帽子の横っちょに小さな兎《うさぎ》が逆立ちしていたり、そんな悪戯《いたずら》めいたことに手間を惜しまなかった人だったのである。それを見つけたときの二人の喜ぶ顔を想像して、眠い目をこすりながら夜なべしている長女の姿を、お母さんは何度も見かけたそうである。あのころは、みんなそうやって家族のことを思い合っていたと言えばそれまでだが、それにしたってなかなかできることではない。東京に残っていればいたで、忙《せわ》しない毎日である。女学生だって勤労動員で工場で働き、その上いつ空襲がくるか判らない不安の日々だったのである。現に、目黒競馬場の近くにあった向田家も、あの三月十日夜の大空襲で大変な目に遭っている。

私の場合は縁故疎開で家族といっしょだったから、まだ良かったけれど、向田姉妹のような、いわゆる集団疎開は苦しく淋しかったらしい。いまでも向田さんの命日にお宅へ行くと、かならずその話になる。八月という季節があの年を思い出させるのかもしれない。そのころ四年生だった迪子さんと、一年生の和子さんは、目黒の小学校へ行っていたが、学年によっておなじ山梨でも少し離れたところにそれぞれ寄宿先があり、お互いの交流はまったくなかったという。それがある日、先生に引率されて校外授業で山に出かけた際に、偶然二つの学年が出会ったことがあった。まず向こうのグループの中に姉の姿を発見したのは和子さんだった。息を呑んだついでに、和子さんはしゃぶっていた梅干しの種を飲み込んでしまった。いまでも、その話をするとき、二人の妹さんは涙を流して笑い転げる。梅干しの種というのが、いかにも当時としてリアルだというのである。この話は、話好きの向田家の歴史の中でも、かなり上位にランクされるエピソードらしい。生前の向田さんも、自分がその場に立ち合っていない話なのに、やっぱり泣きながら笑ったという。切なくて、可笑《おか》しくて、いかにも向田さんの好きそうな話である。

長いこと気にかかっていた、例の疎開の歌を調べてみたら、とうとう判った。昭和十九年、学童疎開が頻繁になりはじめたころ作られた『父母《ふぼ》のこえ』という歌だった。

詞・与田準一／曲・草川　信

『父母のこえ』

太郎は父の　故郷へ
花子は母の　故郷へ
里で聞いたは　何のこえ
山の頂　雲に鳥
希望《のぞみ》大きく　育てよと
遠く離れた　父のこえ

太郎は父の　故郷へ
花子は母の　故郷へ
里で聞いたは　何のこえ
浦の松風　波の音

生命《いのち》清《すが》しく　生《お》い立てと
遠く離れた　母のこえ

四十何年ぶりに歌ってみたら、涙が止まらなくなった。そのころ私の父は軍の機密で、南方にいるのか満州にいるのか、私たち家族にも知らされていなかった。兄はやはり軍の学校へ行っていて、これも消息がはっきりしなかった。母と姉と私とは、疎開先の神社にお参りしては父や兄の無事を祈っていた。向田家では、仲のよかった三姉妹が離れ離れに暮らしていた。いまでは考えられないことだが、日本中の家族がバラバラに離れて、お互いの安否を気づかっていた時代だったのである。不幸だけど、幸せな時代だったと思う。あのころほどに、いま私は母のことや、姉兄のことを思っているだろうか。一人で歌っているうちに、涙といっしょにそんなことを考えた。
――いい歌である。早く調べて、向田さんに教えてあげればよかった。

生きているうちは、そんな風に思った覚えはまるでないのだが、いなくなられて十数年もたってみると、姉のように思われてくるのはどうしてだろう。思い出すのは叱られたこととか、目を盗んで悪さをしたこととか、私のことを心配していたと人づてに聞いたこととか、そんなことばかりなのである。いっしょにした仕事のことなんか、あの人の年譜を見て思い出している始末で、恥ずかしいと思う。私は末っ子だから、人に甘えるのが上手だと言われることはよくあったが、生前にあの人に甘えたという記憶はない。だいたい、甘えさせてくれるような人ではなかった。そんな手口が通用する人でもなかった。だから、いなくなってから甘えているのである。きっとそうだと思う。向田さんとは、いっしょに戦った覚えもなければ、趣味で一致していたわけでもない。幼なじみというにはお互い知り合ったのが遅すぎたし、畏友《いゆう》というほど尊敬もしていなかった。ましてや、色恋めいた気持ちなど、お互い毛の先ほどもなかった。しかし、こうやって一つずつ消去していくと、ああでもない、こうでもないで何にもなくなってしまう。それなら、三年も四年も何を綿々と書きつづけているのかということになる。そこで、いままであの人について書いてきたことを読み直してみると、つまり、いなくなって、ようやく安心して甘えている自分に気がつくのである。

だいたいが、年上の女《ひと》というのが好きである。男らしく、大手を広げて受けとめてやるなどという芸当は、生まれてこのかたしたことがない。その女《ひと》の視線を背中に感じて、そのうち肩に優しげに手をかけてくれるのを待っているのが似合っていると、自分で思い込んでいるのである。たいして罪のない不良をやってみせて、心配されたり、たしなめられたりするのが嬉しいという、よくあるパターンとも言える。その証拠に、幸田文さんの『おとうと』が好きである。あれを読むと、いい年をしていまでも泣いてしまう。邦画のベスト・ワンと言われると、鸚鵡《おうむ》返しに市川崑さんの『おとうと』と答える。もちろん、これは実の姉弟の話ではあるが、甘ったれの男たちはみんな『おとうと』が好きなのだ。肺病になって、病室で自分の手首と姉の手首を赤い紐《ひも》で結び合い、その姉に看取られて死んでいくのを、ロマンティシズムの極みだと思っている男というのは、山ほどいる。それが都合よく変形して年上の女《ひと》に上手に甘えるタイプになっていく。そしてまた、よくしたことに、そんな男の前には実に具合よくそういう女の人が現れることになっている。

自分を否定するのが怖いのである。自分はそのままでいて、許されたいのである。慰めてくれるとか、判ってくれるとか、叱られはするがその後にかならず許してもらえるとか、そんな甘えほど気持ちのいいものはないのだ。そして、そういう情緒的肯定をほぼ無条件にしてくれるのが〈姉〉なのかもしれない。だから、姉は美しくなければならないし、賢くあって欲しい。優しくもあって欲しいし、勁《つよ》くもなければならない。ずいぶん勝手な話である。

中原中也という人も、相当の〈おとうと〉だったらしい、自分でいちばん気に入っていた肖像写真というのを見ると、二十歳近いのに幼稚園の帽子のようなのをかぶっている。詩集の扉によく出ている、あの写真である。あの帽子こそ、典型的な〈おとうと〉願望の現れではないだろうか。中也には周囲のすべての人を〈姉〉に変えてしまう才能があった。中也の母も、年上の女《ひと》である長谷川泰子も、そして小林秀雄でさえ、中也にとっては〈姉〉だったような気がする。自分を責め苛《さいな》んでいるように見えて、実は中也は、彼らに〈姉〉であることを要求し、姉的肯定を求めているのだ。だから私をも含め、世の末っ子の男たちは中也が好きでたまらない。その「含羞《はじらい》」という詩に、こんな一節がある。

その日　その幹の隙《ひま》　睦みし瞳
姉らしき色　きみはありにし
あゝ！　過ぎし日の　仄《ほの》燃えあざやぐをりをりは
わが心　なにゆゑに　なにゆゑにかくは羞《は》ぢらふ……

私の向田さんへの思いを、この詩句に託するつもりは別段ないし、私の気持ちにしたって、わざわざ中也を持ち出すほど上等だとは思わない。ただ以前と違って、これを読むたびにぼんやりあの人の不機嫌な顔を想うことがよくあるのと、〈含羞〉のようなものが、あのころ、あの人といっしょにいるとき、何となくあったような気がするのである。

# イエとウチ

向田さんとはずいぶんホームドラマを作った。二人とも節操という言葉が嫌いで、面白そうなら捕物帳や刑事もの、ときにはヴァラエティまでやったが、何といってもホームドラマが多く、九割方がそうだったと思う。『七人の孫』にはじまって『時間ですよ』『寺内貫太郎一家』『せい子宙太郎』など、私たちが作ったホームドラマの数は二百本を超すのではないかと思うが、そのころは右を見ても左を見てもホームドラマばかりの時代で、お客さんはよく見分けがついたものだと、自分で作っておきながら感心する。そんな中で私たちは、こっそり片仮名の〈ホームドラマ〉ではなく、漢字の〈家庭劇〉をやりたいと思っていた。どう違うのかと言われたら困ってしまうのだが、明るくて風通しのいい片仮名よりずいぶん画数が多く混み合ってはいるが、重たげな分、ちょっとやそっとの風が吹いたってビクともしない、つまり頼り甲斐のある〈人の家〉を作りたかったのである。

向田さんが、よく台本の中の〈家〉という字に、わざわざ〈ウチ〉と振り仮名を振っていたのを思い出す。このごろの若い子は〈家〉なら何でも〈イエ〉と読んで平気だから困るというのである。〈家へ帰る〉を〈ウチへ帰る〉と言おうが、〈イエへ帰る〉と読もうが大差ないと思われるかもしれないが、私たちは、ごく自然に〈ウチ〉と言う。〈イエ〉では、何だかからっぽの建物に帰るようで淋しいのである。〈ウチ〉には、冬ならたとえ火鉢の小さな炭火でも、暖かそうな赤い火が待っていてくれるような感じがするし、それが夏なら玄関にひんやりと打水がしてありそうに思えるのだ。〈ウチ〉には人がいる。人がいて、待っていてくれる。

私なんかは〈イエ〉と言えば、無機物の家屋をイメージしてしまう。あるいは〈封建時代における家の問題〉みたいな、堅い学問を想ってしまう。定義というわけではないが、自分では〈イエ〉は英語の〈house〉、〈ウチ〉は〈home〉というニュアンスで考えているのである。「手頃な家が売りに出ている」と言えば、それは〈イエ〉である。それを買って家財道具を運び込み、家族で生活をはじめると、〈イエ〉は〈ウチ〉になる。「ウチの人は毎晩帰りが遅くて困ってしまう」の〈ウチ〉は、元々は〈家の人〉からきているが、嘆いてはいても、そこには長年連れ添った亭主への愛情と夫婦の歴史があるから〈ウチ〉なのである。〈ウチ〉には、やっぱり人がいる。家族がその中にいる。

昔、と言っても向田さんや私が子供のころの昔は、総じて〈ウチ〉だった。建物の場合も、たとえば「ウチを建てる」であり、「ウチが古くなったから建て直す」と言っていた。あまり日常の中で〈イエ〉と発音した覚えがない。ところが困ったことが一つある。〈家出〉という言葉である。これぱかりは〈ウチデ〉と言ったら笑われるが、意味から言えばそうなのである。つまり家族との人間関係にうまくいかないことがあって〈ウチを出る〉のだが、いざ家を出てみたら帰りたくても敷居が高く、こっそり近くまで行って物陰から見た我が家が、自分を拒否するような冷たく堅い無機物に思えたというので〈イエデ〉というのだろうか。ついでに言えば、僧侶になることを〈出家〉というが、これも煩悩《ぼんのう》の元である人間関係を捨てて仏門に入るのだから、〈house〉を出るというより、〈home〉を出る意味の方が強いように思う。

時代だけではなく、たとえば関西の方の人は、昔から〈イエ〉と言うことが多いようだ。二十年ほど前になるが、沢田研二や岸部一徳たちと知り合ったころ、彼らがかならず「イエの方へ伺います」とか、「イエから松茸を送ってきた」とか言うので不思議に思ったことがある。それともう一つ、彼らには〈家〉と〈部屋〉を厳正に区別するところがあって、これも面白かった。「夜は部屋に帰ってますから、電話ください」と言うのである。決して「家へ帰ってますから……」とは言わない。そのころ彼らは独身で、それぞれアパートの一人暮らしをしていたのだが、その言い方には多分二つの意味が包含されている。一つは家族のいないところは〈部屋〉であって〈家〉ではなく、もう一つは、門とか玄関があって、部屋数もいくつかあって、そこには家族がいて、さらには一戸建てというのが、おそらく彼らにとっては〈家〉のイメージなのだろうということである。〈部屋〉は、京都から出てきた音楽少年たちの孤独の棲家《すみか》であり、いつかそこを出て、〈家〉へ至るまでの淋しいプロセスだったのである。

向田邦子は〈部屋〉に棲《す》んで〈家〉を書いた作家であった。この人の書いた〈家〉は、昭和のはじめならどこにでもあった何の変哲もない〈家〉だったが、ふと辺りを見回してみれば、ほとんどいまの東京では見かけない〈家〉だった。だいたい、いまどきあんなに大勢で一つ屋根の下で暮らしているなんて見たことがない、と言いながらたくさんの人々が向田さんのドラマを観た。放送の翌日、とうの昔に納戸にしまい込んだ円い卓袱台《ちゃぶだい》を引っ張りだしてきて、一晩だけそれを囲んでみんなで御飯を食べたという手紙がきたりした。五十過ぎのその男の人の手紙には、家族はみんなはしゃいで、食卓の会話も弾んで、涙が出そうになったが、やっぱり次の朝はダイニング・キッチンで子供たちが出かけた後、夫婦だけで朝御飯を食べました、と書いてあった。

そう言えば『七人の孫』を除いて、向田さんと作ったドラマはどれも座卓で御飯を食べていた。中庭を背にして貫太郎が正面にどっかりと座り、向かって右、台所に近い側に里子さんとお手伝いが、左側には婆ちゃんと周平がいつも喧嘩《けんか》をしながら御飯を食べていた。手前には誰も座っていない。使用人の岩さんやタメさんがお相伴《しょうばん》にあずかるときも、なぜか手前だけは空席で、あとの三方に七人も八人も押し合いながら食べているのだから、観ている人は妙な気持ちだったろう。理由は簡単で、こっちへ背中を向けて座られたら、カメラで正面の顔が撮れないからである。もっとも、そこに座った人の顔だけ後で編集すれば済む事なのだが、面倒なのと、家族の会話とか雰囲気は一気につづけて撮る方が自然でいいから、そうしたまでの話である。本当を言えば、廊下に近い貫太郎の定位置はいわゆる下座《しもざ》であって、家長が座るべきところではない。廊下から入った正面、つまりいつも空いているこちら側が上座《かみざ》なのだ。しかし、そうすると貫太郎の顔が撮れない。いつも大きな背中しか写らないことになる。寺内貫太郎は〈イエ〉の下座に座っても、〈ウチ〉の下座に座るわけにはいかないのである。これは言わば舞台の手法で、この場合はカメラのいるアングルが、舞台の観客が観ている側ということなのである。つまり主役は、観客に正面の顔を見せているわけである。しかし、見慣れてしまえば気にならなくなるもので、最初のころこそ、なぜ手前側が空いているのかとか、一家の長が下座ではおかしいとか、手紙や電話がきたものだが、そのうち誰も何も言わなくなった。

〈向田さんチ〉という言い方がある。これは〈向田さんのウチ〉の〈の〉と、〈ウ〉がつづまったものである。昭和のはじめごろの小説を読んでいると、〈俺ン家〉〈おまえン家〉と書いて、〈家〉の字に〈チ〉とルビが振ってある。この言い方は現在でも使われているし、子供たちの会話の中に聞くことも多い。いまに、だんだん〈ウチ〉が駆逐されて〈イエ〉の時代になり、わずかに〈チ〉だけが昔の名残を残すということになるのかもしれない。しかし、この〈チ〉は、ごく親しい間柄で使う雑な言い方、お行儀の悪い言い方ということができる。言葉に神経質だった向田さんが使ったのを、少なくとも私は聞いたことがない。それなら相手の〈家〉に敬意を払って言うときは何というか。「あなたのおウチは何人家族ですか?」。〈あなたのおイエ〉とは言わない。尊敬の接頭語〈お〉がつくのは、やはり無機的な〈イエ〉ではなく、人が暖かく住む〈ウチ〉なのである。

そんなことを考えているうちに、国語の辞書ではどう定義しているのかが気になりはじめた。手元の岩波の『広辞苑』で〈うち〉と引いてみて驚いた。〈うち（家）〉という項がないのである。〈いえ（家）〉というのはちゃんとある。《居住用の建物……》

と書いてある。〈うち〉は〈内〉の項目の何番目かに、《自分の家、また、家庭、転じて、一般に、家。家屋》とある。ということは、国語学では〈家〉と書いて〈ウチ〉と読んではいけないことになる。逆に言えば、〈ウチのお母さん〉というときには、正しくは〈内のお母さん〉と書かなければいけないのだ。何だか変である。なんでも難しいこと、ややこしいこと、理屈っぽいことが嫌いだった向田さんが愛していたにしては、日本語は難しい。

# 間取り

私たちテレビの世界では、いまだに尺貫法を使っている。さすがに貫や匁《もんめ》の方は使わないが、間《けん》・尺・寸は常用語である。あのピカピカに光ったテレビスタジオのフロアを見たことがあるだろうか。目を近づけてよく見ると、フロアに方眼が細かく刻まれている。これが三尺四方なのである。つまり、そこに建てられるセット（装置）が、尺・寸の単位で作られているからである。〈店の間口《まぐち》は二間《けん》で、入ると土間になっている。そこから一間半で一尺上がった板敷きの帳場になり、更に五寸上がって畳の部屋へつづく――〉という具合である。これは何も時代劇に限ったことではない。出演者とおなじように洗練された身なりの、トレンディ・ドラマのディレクターが、「下《しも》手《て》の三尺の壁、ワラって！」と怒鳴っている。壁が笑うはずがない。〈ワラう〉とは、やはり私たちの用語で〈取り除く〉ことなのである。あるいは、十代の若い女優さんなんかがセットでのテストで、「あと三尺ほど下がって！」などと指示されて、キョトンとしているのをよく見かける。ゴルフ場以外でヤード法を使わないのとおなじで、スタジオを出れば私たちだってセンチ、メートルを使っているのだから、若い人には気の毒な話である。

早晩、私たちの世界の尺貫法がなくなるかというと、そうは思わない。ただ一般社会の中では、尺だの寸だのという言葉はだんだん聞かれなくなるだろう。すると、そこから来た言葉、たとえば〈尺度〉〈寸法〉などというのはどうなるのかしらと思う。〈尺取り虫〉くらいならどうでもいいが、〈寸暇を惜しんで〉や〈寸刻を争う〉はどうしよう。〈寸前〉にしても、〈寸断〉にしても、言い換えようとして困ってしまう。〈寸〉はなくなっても〈寸借詐欺〉はなくならない。

ある連続ドラマがはじまる前には、いろいろな事前の打ち合わせがあるが、中でも大切なのがセットをどうするかということである。貫太郎一家の食事はどの部屋でするのか、貫太郎の後ろには中庭が見えるのか、それとも壁なのか。台所は向かって右にあるのか、左なのか。どこからどう出て仕事場へ行くのか。お手伝いの部屋は階段の脇か、台所の裏か。日常の生活、仕事の流れ、いろんな角度から考えることがいっぱいある。機能からだけではなく、日本家屋の美しさも見せなければならないし、家族の誰かが夜更けに一人泣くのにふさわしい情緒的な〈泣き処〉も用意する必要がある。ドラマの中で起こり得るいろんなケースを想定するわけである。一本撮ってしまったら、細かいところは別として、もう取り返しはつかない。娘の部屋が二階より下の方がいいと思いなおしたら、ドラマのある回で引っ越しの話を作らなければいけない。家全体の平面図を前に、デザイナーや小道具係、それにカメラマンまで集まってあれこれ検討する。そんなときは、間・尺・寸大会になる。ホームドラマでは、廊下での芝居も意外に多いものだから、幅は四尺にしようと誰かが言えば、いまどきそんな広い廊下はない、三尺でいいと他の誰かが言う。四尺にすると、それに面した茶の間が六畳ではバランスが悪いから、それなら八畳にしようと言う者もいて、一日中、一軒の家の間取りと寸法をめぐって相談するのである。テレビはやっぱり観ているに限る。作る方は、苦労ばかりで間尺《ましゃく》に合わない。

しかし、今度のドラマの舞台はどんな家の、どんな間取りにしようかと考えるのも楽しいものである。現実に自分で家なんか建てられないから、みんなあんなに一生懸命になるのかもしれない。ミニチュアの楽しみと言えば寂しくなるが、それでもいろいろ考えた末、撮影の初日のスタジオに〈貫太郎一家〉が建っているのを見るのは嬉しいものである。向田さんも、初日にはかならずセットへやってきた。作者がこれからも書きつづけるドラマのセットを見にくるのは別段珍しいことではないが、あの人は外側から眺めるだけではなく、靴を脱いでセットへ上がり込み、台所から廊下、廊下から風呂場と、ゆっくり確かめるように歩くのだった。いかにも懐かしそうに、畳を踏みしめ、木枠の窓を開け、真っ白な障子に触ったりした。目黒の家がこうだった、天沼《あまぬま》ではこうだったと、昔、自分が住んでいた家の話もよくした。この人がいま暮らしているマンションには、畳や障子や違い棚がないのだ、と私は思い当たった。私や向田さんが子供のころは、山の手と言えばこんな家ばかりだった。神棚があり、仏壇もあり、お正月なら床の間に初日の出の軸がかかり、松が取れるとそれが紅梅にかわり、違い棚には焼き物の一輪挿しがちょっと頼りなげに置いてある。申し訳程度の裏庭に出ると、手洗所の汲取口《くみとり》のまわりに石灰が撒《ま》かれていて、近くのドクダミや松葉牡丹の葉が白くなっている。……お互いに昔の家のことを話してみると、多少の間取りの違いはあっても、あのころの向田さんの中目黒三丁目の家と、阿佐ヶ谷三丁目の私の家はそっくりなのだった。

しかし、人間の記憶というものはかなり曖昧《あいまい》なもので、半世紀前の自分の家の見取り図を描いてみると、なかなか正しく描けないものである。一度母の誕生日に、姉と兄と私とで、昭和十年代に住んでいた阿佐ヶ谷の家を描いてみたことがあったが、茶の間が六畳だったか八畳だったか判らなくなったり、風呂場の位置が三人とも食い違ったり、結局懐かしの見取り図は完成せずじまいだった。何様のお屋敷を再現しようというわけでもないのに、十年もの間寝起きしていた小さな家一軒が、どうにも思い出せないのも、やはり年月のせいなのだろうか。

けれど、世の中には変わった人がいるもので、江戸川乱歩という人は、若いときから死ぬまで、引っ越す度に、その家の平面図を描いて残している。それも三度や四度の転居ではない。引っ越し魔の異名があるくらいの人だったから、ひどいときには一年に三回も転居している。中島河太郎という人が調べたところによると、乱歩は生涯に四十六回転居しているという。講談社から出ている江戸川乱歩『貼雑年譜《はりまぜ》』という本を見ると、驚くことに、まず自分の生まれた明治二十七年当時の三重県名張町の家の平面図があり、それに並んで二歳の六月から十月まで住んだ亀山町の家の図、更に二歳の終わりから四歳まで、つづいて四歳春からその年いっぱい、という具合に年譜も細かければ、図面も細密なのである。そんな幼児の記憶があるはずがないから、恐らくこの時代のものはいろんな人の助けを借りたのだろうが、これが物心ついてからのものになると、方眼紙に間取りから家具の置きどころまで実にきれいに描いてある。もちろんこの『貼雑年譜』には家の見取り図だけではなく、自作についての批評に紹介記事、自著の新聞広告、そのころ使っていた名刺などほとんどあらゆる自分に関することが記録されていて、びっくりしてしまう。それも、いま出版されているものは、七十年の生涯のうちのごく一部なのだから、全体を通して見れば、家の間取りの図だけでも四十七枚あるわけで、その偏執的な性格を考えると気味が悪いくらいである。

乱歩の場合、新築というのがほとんどなく、たいていは貸家だったから、何度引っ越しても大した変わりがないのも面白い。だから、どの見取り図を見てもよく似ている。やはり、あのころの東京によくあった一般的な家なのだ。つまり、私や向田さんが住んでいた家とも、それらはよく似ていることになる。ちょっと変わったケースとしては、昭和八年四月から翌年の六月まで住んだ芝車町《しばくるまちょう》の家がある。この家には土蔵があって、乱歩はこれを改造して中を洋風の書斎にし、三方を書架で埋めて大きなデスクを入れ、そこで執筆していたという。見取り図によるとかなりの面積の土蔵である。冬は暖かく、夏は涼しいので、乱歩はここを大変気に入っていたらしいが、それでも一年ちょっとでまた越してしまうのだから、変わった人である。

見取り図で思い出したが、朝日新聞社から出た『名作文学に見る「家」』(文・小幡陽次郎、図・横島誠司)という本は面白い。ある文学作品の中の記述をもとにして、そこに出てくる家の構造を推理するのである。たとえば漱石の『三四郎』の広田先生の家は、こんな間取りだったに違いないという風に、見取り図を描いていくのだが、どういうところから推理したか、データになった原文の部分も抜き書きしてあって面白いのだ。他にも、鷗外の『青年』の小泉の家、藤村は『夜明け前』の馬籠《まごめ》本陣、近くは幸田文『流れる』の芸者置屋に、北杜夫の『楡家《にれけ》の人びと』の青山の病院などが取り上げられ、いずれも精緻な図面が添えられている。時代によって少しずつ変わっていく〈家〉についても考えさせられるし、この本を傍《かたわ》らに置いて原作を読んでみたくなったりもする。その中に向田さんの『あ・うん』の水田仙吉の家があるのを見つけて嬉しくなった。さして広くはないが庭があり、縁側があり、踏み石があって木戸につづく、戦前のあのころの〈家〉なのである。これは、向田さんが小学校へ上がるころ住んでいた中目黒三丁目の家ではなかろうか。今度この本を持って行って、お母さんに訊《き》いてみよう。

# 夢あたたかき

向田さんのお母さんのせいさんは、いまでも亡くなったご主人、つまり向田さんのお父さんの話を私たちにするとき、なんとも言えない懐かしさと、親しさと、尊敬をこめて〈うちの貫太郎さん〉という言い方をなさる。もちろん身内で話すときは違う呼び名なのだろうが、毎年、八月のご命日にお宅を訪ねる楽しみの一つは、この〈貫太郎さん〉の話を聞くことである。娘に劣らず、昔のことをよく覚えているお母さんに活写される〈貫太郎さん〉の様々なエピソードは、滑稽なくせに胸打つものがあり、大笑いしながら物悲しく、もう一つの『寺内貫太郎一家』を観ているような気持ちになるのだった。

向田さんが『貫太郎一家』を書くと決めたときの、怖いくらいの迫力は、いまでもしっかり覚えている。この話だけは自分の思い通りに書くという意志が、真っすぐに刃物を突きつけられたように伝わってきて、私たちはびっくりした。それまでの向田さんは、よく言えば物わかりのいい、悪く言えばいい加減なところのある作家で、あまり我《が》を通すということがなかっただけに、墓石屋は縁起が悪いとか、娘が足が悪いというのは避けた方がいいとかいう周囲の意見にも、まるで耳を貸さない向田さんを、私たちは別人を見る思いで眺めていたものだった。でき上がってきた脚本《ほん》にも、おかしい中に一本太い棒が通ったような迫力があった。誰よりも貫太郎の輪郭がはっきり見えた。主役なのだから当たり前と言えばそれまでだが、連続ドラマの第一回で、これほど主人公が〈見える〉脚本は、そうあるものではない。読み終わって目をつむると、読んでいる最中よりも更に一まわり大きな貫太郎が目に浮かぶのである。この貫太郎は動き出す、と私は思った。

妻の里子も、息子の周平も、婆ちゃんのキンさんも、みんな生き生きと面白く描かれていたが、あまり目立たないのに、気持ちが丁寧に書き込まれていたのが娘の静江だった。父と娘のシーンは、背中を向け合っていても、熱いものが二人の間に流れていた。怒鳴り合っても、そこにはいじらしさみたいなものがあった。これは、自分と父親のことを書いている、私たちはようやく思い当たった。いまでこそ、貫太郎のモデルが向田さんのお父さんだということは誰でも知っているが、そのころ私たちは、作者の口からそんなことは一言だって聞いていなかった。このごろはお母さんが主役のホームドラマばかりだから、たまには堂々とお父さんにしましょう、などと騙《だま》されていたのである。『寺内貫太郎一家』がはじまったのは、向田さんのお父さんが亡くなってちょうど五年経った、昭和四十九年の冬だった。その時間が、私にはとてもよく判るように思われる。ある人がいなくなって全身の力が脱け、それから突然なまなましい思い出が次々と蘇《よみがえ》って気持ちの鎮《しず》まらない時期があり、悲しいことに日々の暮らしの中でそんな思いもだんだん薄れていったと思うころ、死者はもう一度暖かく笑いながら現れるのである。それが、向田さんのお父さんの場合、五年だったのではないだろうか。死者が笑えば、この世に在る者も笑って応えることができる。『寺内貫太郎一家』は、向田さんがやわらかに笑いながら書いたドラマであった。

父と娘は、決して他者に侵されることのないロマンである。そこには母親だって介入できない。特に向田さんのように、お父さんにとってはじめての子が女だったとき、そのロマンは、どちらかがいなくなるまで、変わらないことを約束された甘美なロマンなのである。俗に言われる女の子の反抗期に見られる父親への憎悪だって、執着の裏返しであり、ロマンのアクセントに過ぎないのだ。リアリズムの日常の中では、早く嫁に行け、嫁に行けと口うるさく娘に言うけれど、まったく同時にロマンの世界ではそれと裏腹なのが父親というものである。ずいぶん昔のことだが、芦田伸介さんがあるテレビ番組に出たとき、話題が一人娘のことになり、お嫁にやるときはどんなでしょうと聞き手に言われただけで、ハラハラと落涙したという話は有名だが、そのとき娘はわずか十二、三歳なのだった。どんなにまだリアリティのない話にも泣いてしまうのが父親であるならば、生涯お嫁に行かなかった向田さんは、お父さんのロマンに殉じた孝行娘だったのかもしれない。

アパートで一人暮らしをはじめた向田さんは、身の回りの物とか、本を取りにいくという口実でよく天沼《あまぬま》の実家へやってきたという。いろいろ文句を言われるに違いないから、父親とは顔を合わせずに帰ってきたという話は、私も聞いたことがある。家がちゃんとあるのに、女がアパートを借りるなんてふしだらだと言って、お父さんは向田さんのささやかな独立には反対だったらしい。顔を見れば理不尽な小言の一つや二つは言われたのだろう。けれど、たとえ短い時間でも、向田さんがほとんど定期的に天沼通いをつづけていたのは、お父さんのためだったのではなかろうか。玄関の戸の音を立てないように、こっそり入ってきても、わざと妹たちと声を上げて笑い、離れた部屋のお父さんに自分の声を聞かせていたのではないだろうか。そうして耳を澄ませ、お父さんの咳ばらいを聞いていたに違いない。『貫太郎一家』にも、確かそんなシーンがあったような気がする。

そのころは、たまたま向田さんと仕事をしていなかった時期だったのか、お父さんが亡くなったときの記憶が私にはあまりない。松が取れて間もない一月のことだったと思うが、お葬式に行った覚えもないし、しょんぼりしている向田さんを見たこともない。しかしたとえ毎日顔を合わせていても、そんなところを見せる向田さんではなかったろう。遊びに行くためには平気で仕事をサボった人だったが、そんなときは決して原稿で迷惑をかける人ではなかった。お葬式のあと、お父さんのお骨のある部屋の隅で、いつもよりしっかりした脚本《ほん》を書いたに違いない。

突然話が明治にさかのぼるが、『明星』がいちばん華やかだったころ、与謝野晶子と並んで才を謳《うた》われた女流歌人に山川登美子という人がいた。晶子の奔放華麗、登美子の清楚哀婉《あいえん》などと、いつも二人は比べて言われたらしいが、《髪ながき少女《をとめ》とうまれしろ百合《ゆり》に額《ぬか》は伏せつつ君をこそ思へ》とか、《それとなく紅き花みな友にゆづりそむきて泣きて忘れ草つむ》のような、きれい過ぎるくらいきれいな歌を詠《よ》んだ人だった。師である与謝野鉄幹を晶子と争って敗れ、故郷の若狭へ帰って気にそまない結婚をしたが、その夫とも死別して胸を病み、二十九歳の若さで薄幸な生涯を終えたこともあって、いまでもファンが多いが、この人の父親への思いというのが大変なものだった。その父親貞蔵という人も娘を溺愛した人で、明治の中期に登美子の希《のぞ》みを容れて若狭から大阪の梅花女学校へ留学させたくらいである。特に晩年、自分が決めた娘の夫の肺疾患が登美子に感染したことに罪悪感を抱き、娘不憫《ふびん》の思いは傍《はた》で見ていてつらいほどだったという。その父親が死んだ。はじめての恋に破れ、嫁いだ夫に先立たれ、自分も病魔に取り憑《つ》かれているところへ、何よりも頼りにしていた父親に死なれて、登美子は絶望した。《わが胸も白木《しらき》にひしと釘づけよ　御柩《みひつぎ》とづる真夜中のおと》、《雲居にぞ待ちませ父よ　この子をも神は召しますます共に往《い》なまし》、《たのもしき病《やまひ》の熱よ　まぼろしに父を仄《ほの》見て喚《よ》ばぬ日も無し》。ますます重くなる病床で詠んだ父への挽歌である。

『寺内貫太郎一家』が、向田さんの、大好きだったお父さんへの挽歌だったとは思わない。あれは、もっと明るい、子供のころの絵日記のようなものだった。クレオンで、肥《ふと》って頭でっかちのお父さんが描いてある。漫画みたいに吹き出しがあって、そこに〈ガミガミ〉なんて書き込んである。——それなら『父の詫び状』はどうだろう。この方が挽歌に近い。でも、どこかちょっと違う。娘の一人称で書いてあっても、照れがあり、妹たちへの遠慮のようなものも見える。あの人一人にとっての父親ではないし、ロマンをあえて打ち消しているところさえある。私は、向田さんが生きていたら、ちょうどいまごろ、多分小説という形でお父さんへの挽歌を書いていたのではないかと思う。何の根拠もないのだが、妙な確かさでそう思う。

死の直前、山川登美子が手近のノートに書いたものの中に、こんな意味のよく判らない文字があったという。《お父様お父様、千度》。千度呼ばれる父親は幸せである。そして、千度呼べる娘もまた幸せである。これがロマンの完結かもしれない。……明治四十二年春、登美子が残した最後の歌は、こうである。

父君《ちちぎみ》に召されて去《い》なむ永久《とことは》の
夢あたたかき蓬萊《ほうらい》のしま

# 帽子

向田さんが、晩年、かぶって出歩かない帽子をいくつも持っていたのを私は知っている。ある日——秋だったような気がする——仕事の話で向田さんの部屋を訪ねるのに、私はあの人のマンションの一階ロビーから電話して、これから行くと伝えた。それをあの人は、私の会社があった赤坂からだと思ったのだろう。つまり、その電話から私が現れるまで多分三十分はあると踏んだのだと思う。もちろん私にもいくらか悪戯気《いたずらつけ》があった。電話してすぐにドアのチャイムを鳴らして、あの人をびっくりさせようぐらいの気持ちである。「ちょっと、ちょっと待って」。ドアの向うの向田さんの声が、いやに慌てていた。誰かいるところへ私はきてしまったのだろうか。悪いことをしたと私は思った。ところが、すぐにロックを外す音がして、ドアが開いた。目の前にあの人が丸いボール箱を三つばかり重ねて、それが崩れないように顎《あご》で押さえながら抱えて立っていた。私を招じ入れて、応接間とは逆の方向にある寝室へ引っ込み際に、いちばん上の箱の蓋が床に落ちた。それを拾うのにあの人が屈《かが》んだとき、箱の中身がチラッと見えた。若草色のフェルトの帽子だった。

つまり、いままで応接間にあったボール箱を、私に見られたくなくて、急いで寝室へ運ぶ途中で、あの人は途中にある玄関のドアを開けたわけである。たまたま私に見られてしまった箱の中、つまり帽子はそんなに恥ずかしいものなのだろうか。応接間に入ってお茶を待っている間、なんとなくいつもない物が今日はこの部屋にあると思ったら、それは窓際の書斎机の上の鏡だった。何の色気もない金属の縁の楕円形、高さが五十センチぐらいで、ちょうど上半身を映してみるのに手ごろな鏡である。私には、私がこの部屋にくるまでの時間、あの人が何をしていたかがわかった。鏡の前で、三つの帽子を次々にかぶって、ポーズをとったりしていたのに違いない。別に、五十過ぎの女の人が、帽子をかぶってはいけないという法はないのだが、たとえばそれをかぶり比べていたことが、あの人は変に恥ずかしかったのではあるまいか。私は銀色の鏡を眺めながら、ちょっと意地悪な気持ちで笑った。

お茶を持って部屋へ入ってきた向田さんも、すぐに鏡に気がついたらしい。話の合間にふと立って机のそばへ行き、近くにあった本をとるついでのふりをして、その鏡を机の下に隠した。そういう察しがすごくよかった向田さんは、私が若草色の帽子を見てしまったことも、しまい忘れた鏡から私が意地悪な推理をしたことも、みんな承知していたのだと思う。それが証拠に、その日の話題の中に、帽子の話は一度だって出てこなかった。

私が一度も入ったことのなかったあの人の寝室に、帽子たちは置かれていたのだろう。ほかにいったいいくつ帽子の箱はあったのだろう。たぶんその部屋は、日当たりがあまりよくなかったのだ。帽子をかぶって鏡に映してみるなら、秋の日差しがいっぱいに入る大きな窓のある応接間である。あの窓からは、風もよく入った。青山のマンションの八階の窓を開け放し、吹き寄せてくる秋の午後の風の中に立って、あの人は少し爪先立ったり、腰に手を当てたりしながら、帽子をかぶった鏡の中の自分と会っていたのだ。そんな向田さんを、想像ではなく見たかった。そうしたら、私はもっとあの人を好きになっていたかもしれない。

帽子は顔でかぶるのではなく、センスでかぶるものだと言っていた。〈コツ〉があるんだとも言っていた。そういうからには自信があったのだろう。しかし私は、ちゃんとした帽子をかぶった向田さんに一度も会ったことがない。若いころの写真で見ただけである。あれは映画雑誌の記者をやっていたころだろうか。帽子をかぶったスナップがいくつもある。登山帽や運動帽ではなく、たとえばフェルトのちゃんとした婦人帽である。そのころは、安くて趣味のいいものを探すのが上手だったらしいし、自分でも作ったという。エッセイの中にも帽子を作った話や、人のために作ってあげた話がいくつもある。だいたい手先の器用な人だったし、戦時中に少女時代を送っているから手製には慣れていた。戦争のころの女の人は、洋服でも手袋でもバッグでも、何でもありあわせのものを上手に利用して作ったものだった。自分で作ったものだと、心の中に言い訳みたいなものが自然にできて、帽子屋で舶来《はくらい》のものを買ってかぶるときの臆した気持ちがなくなるらしい。自分で作ったのだから、自分の程に合っていると思うのだろう。それが、世の中だんだん豊かになってきて、誰も手製のものなんかを着たり持ったりしなくなったころから、帽子はすたれはじめたらしい。街で帽子をかぶった女の人を見かけなくなったのは、昭和二十年代の終わりころではなかっただろうか。

私や向田さんが子供だった昭和十年代は、洋装の女の人の半分ぐらいは、帽子をかぶっていたような気がする。男は、ほとんどがそうだった。中折れ帽に鳥打ち帽、夏ならパナマかカンカン帽である。その上、当時は軍隊があったから軍帽があり、いまと違って学生は、小学生から大学生までみんな学帽をかぶっていたから、街は帽子だらけだった。したがって需要が多い分だけ、帽子屋がたくさんあり、小学校のクラスには帽子屋の子がかならず一人はいたものだ。私がそのころ住んでいた阿佐ヶ谷の町だけでも、二、三軒はあったのを憶《おぼ》えている。どこの家でも箪笥《たんす》の上に、あの丸い帽子の箱がいくつも積んであり、玄関には帽子掛けというものがあった。それがこのごろでは、銀座にたった二軒である。デパートの帽子売場だって、フロアの隅っこに追いやられている。ヘアモードが多様に発達したから帽子が流行らなくなったという人もいるが、帽子がすたれたから男も女も髪型に凝るようになったのかもしれない。

私がヘップバーンだと言ったら、向田さんはグレース・ケリーだと言った。帽子の似合うハリウッド女優の話である。やっぱりディートリッヒだと私が言ったら、あれは別格だと向田さんは言った。

帽子の好きな向田さんは、エッセイでは帽子の話を書いたが、小説やテレビドラマに帽子を主題として登場させたことはなかった。私との仕事で、一度だけ帽子の話を翻案してサスペンス物をやろうとしたことがある。帽子の話というのはウィリアム・アイリッシュの『幻の女』である。これは戦後すぐにわが国に紹介されて、江戸川乱歩を驚倒《きょうとう》させたという有名な推理小説で、巧妙な罠にかかって妻殺しの罪を着せられ、死刑を宣告された男の友人と恋人が、死刑執行までの限られた時間の中で、事件の鍵を握る女を探すという話で、その謎の女が実に不思議な帽子をかぶっているのである。《変っているのは彼女の帽子だった。それは南瓜《かぼちゃ》にそっくりだった。形や大きさだけでなく、色合いまで似ていた。燃えるようなオレンジ色をしていて、その鮮やかさは眼に痛いほどだった。……こんな面妖《めんよう》な帽子をかぶって平気でいられる女は、まず千人に一人といないだろう。……》（稲葉明雄訳）。ちょうど妻が殺された時刻、彼はその夜たまたま出会った、そんな奇妙な帽子をかぶった女と二人、レストランで食事を共にし、その後カジノ座のショーを観ていたのだ。ところが、アリバイのためにどうしても必要なその女が、そんなに目立つ帽子をかぶっていたというのに、どうしても見つからないのである。……推理小説とか探偵小説をあんまり好きではなかった向田さんも、帽子が出てくるからか、この作品は知っていた。しかし私たちは、これを江戸時代の捕物帳に翻案しようとしたのだから、ずいぶん大胆である。とにかく人中で視覚的に目立たなければいけない。女の装身具の類《たぐ》いでないと困る。たとえば着物の柄とかではいけないのだ。なぜなら、それは簡単に装着できるもの、つまり帽子ならどんなに派手だって脱いでしまえば、着ている衣服が平凡であるなら、途端にその女うはまるで目立たない女になってしまうからである。ところが帽子に代わるものがどうしても見つからない。髪型では即座に変えることができないし、簪《かんざし》では記憶に残りにくい。何しろ舞台は寛永年間の江戸である。やっぱり帽子じゃなきゃだめよ、と向田さんが溜息ついたところで、それは無理というものである。結局、帽子から思いついた私たちの傑作サスペンスは、帽子で挫折した。もう、二十五年も昔の話である。

私があの日、ほんの一瞬目にした帽子の若草色は、南瓜のオレンジ色ほどではなかったが、十分鮮やかだった。あとの二つの箱には、どんな帽子が入っていたのだろう。ごくたまに、街で帽子をかぶった女の人を見かけると、そんなことを考える。

# 友あり

先日の夕方、いきなり遠方から友だちが訪ねてきた。四十年前の同級生である。私がお酒を飲まないのを忘れて、田舎の銘酒一本とイカの墨造り一折をぶら下げて玄関に立っていた。いまどきあまり見かけない絵である。他の荷物はホテルに置いてあるというから、必要なもの、つまり私へのお土産だけを持てばこういうことになるのだろうが、それにしても金茶色の風呂敷で一升瓶の胴を巻き、折り詰めを右手の人差し指にひょいと引っかけて、などという芝居は当節下手な役者だってやらない。玄関へ出てみて、懐かしさより先に、そのことの方が気になった。

応接間に通して、台所でお茶をいれている家人に、前もって電話でもあったのかと小声で訊《き》いてみると、そんなものはないという。たまたま風邪気味で早く家に帰っていたからいいようなものの、いつものように帰るのが遅かったら、どうするつもりだったのだろう。私のような商売は、帰りが夜半から午前になることがしょっちゅうである。近所に住んでいて、先方がいなければいないで、また他日というのとは訳が違う。十年ほど前に同窓会で会って以来である。地方の人には、言っては悪いが、そうという身勝手なところがある。自分の生活スケジュールとおなじに相手も暮らしていると決めてかかるのである。あるいは、夜ならどうせ自分の自由な時間なのだろうから、電話一本で帰ってくるとでも思っているのだろうか。私は普段から所在を一々家人に知らせないし、たとえ電話で連絡がついたにしても、狭い田舎の町みたいに十分や二十分で戻るわけにはいかない。

もちろん、その夜の彼はいい奴である。中学から高校にかけて、よくいっしょに遊んだし、遊びの度が過ぎて、高三の運動会のあと、町の遊廓《ゆうかく》と背中合わせの飲み屋で、制服制帽のままお酒を飲んで新聞沙汰になり、仲良く停学になったこともある。抱き合うほどのことではないにしても、十年ぶりなら何はともあれ嬉しい気持ちにならなければおかしいのに、なぜかその夜は変に醒《さ》めてしまって心が弾まない。私自身、風邪で体はだるかったけれど、取り立てて機嫌が悪かったわけでもなく、私の家へくるまでに彼がもういくらか酔ってはいたけれど、かと言ってそんなに無礼な振舞いをしたわけでもないのに、なんだか気分が落ち込んで、彼の無邪気な話にも適当に相槌《あいづち》を打つくらいで、こっちから話題を進める気になれないのである。すると、そんなもてなしかできない自分が気になって、益々言葉が少なくなっていく。友が遠方からきて、ちっとも楽しくないばかりか、私はなんとも辛い気持ちだった。

気まずいまま、十年ぶりの友は小一時間で帰っていった。彼が座っていた椅子の脇に、一升瓶の包みと、生臭い匂いの折り詰めがポツンと残され、私はいまごろ不案内な東京の街をフラフラ歩いているだろう彼の後ろ姿を想って、もう一つ落ち込んだ。

私がほとんど喋《しゃべ》らなかったから、彼は嫁にやった娘の話、あまりはかばかしくない親譲りの商売の話、私たちといっしょに停学になった仲間の一人が癌《がん》らしいという話、そんないくつかの話題を自分で切り出しては、自分でうなずいては収める繰り返しで、話と話の間にはそれぞれ妙な沈黙があり、その沈黙にようやく気づいて彼は不自然に腕時計を見て帰っていったのだった。どの話題も、私が乗りさえすればもっと弾み、優に一晩はもつ話ばかりだった。友だちの近況なんか、普通なら芋蔓《いもづる》式につながっていくものだし、そこから横道にそれて昔の稚《おさな》い失恋の話、みんなで嫌いだった先生の話、夜が更けるのも忘れて笑い合うものではないだろうか。現に、同窓会でそんな経験は何度だってある。それなのに、その夜はどうしてぎくしゃくしたまま終わってしまったのだろう。私は彼を好きである。彼だって私のことを好きだから、訪ねてくれたのだろう。私のせいでもなく、彼がそれほど悪かったわけでもなく、ただ、どうしようもなくその夜の二人は不運だったのだ。

そんな不運が、人生にはいっぱいあると、常々向田さんは言っていた。友だちとの間もそうだし、男と女だってそうだ。何もかも理解し、許し合っているはずの家族の間にだって、不運は平気で入り込んでくる。誰かのちょっとした気の弛《ゆる》みのせいであることもあれば、誰のせいでもないように思われることだってよくある。でも、きっと不運には何かしら理由があるのだ。その日の天気とか、今朝見た嫌なテレビのニュースとか、思いのほかはかどらなかった仕事とか、優しい気持ちだけではいられないいろんなことが、私たちの周りには絶えずあり、私たちはそんな中をいつも泳いでいるのだ。自分だけではない。相手だっておなじように悪い空気を吸って、気持ちが揺らいでいる。そういう二人が出会うとき、不運なことになる確率の方がはるかに高いのだから厄介である。だから、ふっと姿を消したくなることがあると、向田さんが言っていたのを思い出す。半分笑っているようで、半分は真面目な顔だった。そんなことがあったから、あの人の乗った飛行機が墜《お》ちたと聞いたとき、私はあの人が一芝居打ってうまく姿を隠したのではないかと思ったものである。

向田さんは、その人柄のせいで、友だちがいっぱいいたというのが定説である。その友だちを大切にすることでも評判が良かった。実際、親友だとか戦友だとか名乗る人もたくさんいるようである。けれど、私にはその辺のところがよく判らないのだ。少なくとも、私はあの人の友だちではなかったと思っている。大ざっぱな意味で友だちだったとしても、せいぜい約束もしないで一升瓶をぶら下げて玄関に立っている程度の友だちだった。それどころか、どちらかと言えば、嫌われていたことの方が多かったのではないかと、このごろになって考えることさえある。顔を合わす回数が多いとか、いっしょに仕事をする機会が多いなどということは、友だちの条件にもならないのだ。夜が明けるまで二人きりで話しこんだからといって、それが友だちの証《あかし》になるものでもない。しかし、あの人の周りにいた人たちは、多かれ少なかれ、私の類《たぐ》いがほとんどだったのではないか。

疑い深い人では決してなかったが、人を信じやすいということもなかった。だから、どの人とも賢い距離と温度とをきちんと定めていた。それは、あの人が冷たいということではない。悲しいということだ。向田さんに仕事のことや、身辺日常のことを相談し、親身になってもらった人は大勢いた。けれど、あの人が誰かに相談を持ちかけたという話は聞いたことがない。それは、たとえばスカーフの色はどっちがいいだろうかとか、自分の作品の中の人物を誰にやってもらえばいいかとか、その程度のことはあったろう。でもそれは思い余ってというのではない。言ってみれば、お愛想みたいなものである。友だちというのは、五分と五分のものだと思う。こっちが向田さんを頼りにし、身の上相談に押しかけたから友だちだというなら、それはずいぶんあの人にとって迷惑な話である。バッグを選ぶのに意見を求められたといって友だちだと思うなら、それはお人好しというものである。私たちは、あの人の世話になった割に、あの人のために、あの人が本当にして欲しかったことを、何かしてあげただろうか。いくら思い出しても、私にはそんな覚えがない。けれど、それにしたって私たちが悪いということではない。それが、あの人の不幸だということなのだ。あの人は、あり過ぎるくらいあった始末におえない胸の中のものを、誰にだって、一つだって口にしたことのない人だった。

友だちでもない友だちに囲まれて、それでも一人として捨てることもできず、増える一方の人間関係に、あの人はどんなに疲れていたことだろう。仕事が忙しくなるということは、人が増えるということなのだ。あの人がいなくなった最後のころ、私は少し離れたところから見ていて、それは可哀相なくらいだった。私が知っている二十年の間、どんなときだって自分の歩き方のスピードとリズムを崩さなかった人が、あの年の春ごろから、なんだか浮き足立って見えた。声が上ずっていた。人は仕事のことでこんな風にはならないものだ。あの人は、とにかく人に疲れていたのである。手に余るたくさんの荷物の一つでも、人に持ってもらうことはできなかったのだろうか。泣き言の一つも言える人はいなかったのだろうか。いたのかもしれない。いたけれど、肝心のその人とのことで、向田さんはいちばん疲れていたのかもしれない。

口に出せないことを、それなら人はどう始末すればいいのだろう。向田さんは、その手がかりを小説というものに見つけたのではなかったろうか。『思い出トランプ』をいま読んでみると、回を追うごとにそんな感じがする。シナリオの何倍も、小説の中には悔しい向田さんがいる。泣いているあの人がいる。日常では決してできなかった、叫んでいる向田邦子がいる。だから、あのまま生きていれば、生身の幸不幸は別として、本物の小説を書いたような気がするし、あの人も書くつもりだったのだと思う。人の一生は皮肉である。ちょうどそんなとき、いなくなってしまうなんて――。

一升瓶の友だちに手紙を書いた。

そちらの梅雨はいつ明けるのでしょう。そのころ、そっちへ遊びに行きます。

# 叱られて

いつのころからだったろう、母が私を叱らなくなったのは。それは決して成人したからとか、社会へ出たからとかいう、あるきっかけがあってのことではなかったように思う。いつのころからか、何となくである。いくつになっても心配はかけてきた。もちろん、いい年をして叱られるようなこともした。親から離れて暮らしていても、あるいは親にだけは知れないように隠していても、どうしてか見つけられ、叱られるというのが親の不思議なところである。私は、父が中学のときに死んで母一人に育てられたせいか、ずいぶん大きくなるまで、年柄年中母に叱られていた。年齢とともに口答えもするようになったが、引け目がいつもこっちにあったせいか、母の強さはいつも私を上まわり、最後に頭を下げるのはいつも私の方だった。あの恐ろしい眼光と、鋭い声を私はいまでも忘れない。よくある、身をよじって嘆き悲しむタイプではなく、力で捻《ね》じ伏せるという方だったから湿っぽくはないのだが、その分こっちに逃げ道を与えてくれなかった。身の丈五尺しかないくせに、私を叱るときの母は見上げるくらいに大きく見えた。

　父に叱られた記憶はあまりない。父は激しやすい性格で、怒ると周りの物を投げたり、蹴飛ばしたりはしたが、長くは尾を引かない方で、しばらく首をすくめていれば治まることを、私は子供心に狡《ずる》く見越していた。その父は単身での外地勤めが多く、ほとんど家にいることがなかった。留守を守る母が責任上子供を叱る習慣は、そのころからついたのだろう。そして、私の勉強机の引き出しを引っくり返したり、野球の道具をそっくりゴミ箱に投げ込んだりという乱暴が得意だったのも、お父さんの代わりという看板があったからなのだろう。中学生になってからも、家から閉め出されたことが何度もあった。いろいろ悪いことはしたが、最後に開き直るほどの度胸がなかったから、そんなとき私は裏庭にしゃがんで、地面か空を眺めていた。窓から洩《も》れる黄色い電灯の光の中を蟻《あり》が行列していくのを見て、蟻はこんな夜にも勤勉に働いているると感心したこともある。もう泣いたりする年ではなかったが、なぜか秋の夜空の星がにじんで見えたこともある。

　ふと気がついたら、母は私を叱らなくなっていた。ただ穏やかに笑っていることが多くなり、ときには息子の私に下手なお愛想を言ったりするようになった。別に人が変わったわけではない。年をとって気が弱くなったとも思えない。ただ、母は息子を叱らなくなったのである。それを淋しいとか、もう一度叱って欲しいとか、感傷的な気持ちになるつもりはないが、もしいま叱られて、お使いに行ってこいと言われたら、町までも、どこまででも、私は行くに違いない。

叱られて　叱られて
あの子は　町までお使いに
この子は　坊やを寝んねしな
ゆうべさみしい村はずれ
こんと　狐《きつね》が啼《な》きゃせぬか

向田さんも、叱ったり、叱られたりという話をよく書いた人だった。『寺内貫太郎一家』ひとつ例にとっても、貫太郎は事あるごとに、おかみさんの里子を叱り、娘や息子を叱り、お手伝いを叱りつけるが、ときに老母に叱られてしゅんとなる。そんな娘や息子を庇《かば》いながら、それでもやっぱり母は子供に小言を言う。姉は弟を叱り、叱られっぱなしのお手伝いの美代ちゃんは、ある日意を決して主人の貫太郎に泣きながら意見する。矢印は追っかけっこのように円環し、急に向きを変えて逆流したりもする。そんな見方をしながら思い出してみると、向田さんには、叱ったり叱られたりするのが家族の証《あかし》だと思っていた節がある。「他人は叱ってくれないよ」とか、「叱ってもらえなくなったら、淋しいわよ」とかいう台詞《せりふ》を、私はいくつ読んだことだろう。叱られる姉が羨《うらや》ましくて、弟がわざと父親に逆らう話もあったし、お互い言いつのっているうちに、叱っている方がまず泣き出し、叱られながら憎らしくうそぶいていた方が、とうとう我慢できなくなって相手に抱きついて泣いてしまうという話もあった。そういうお芝居をするときの俳優さんたちは、みんな嬉しそうだった。もういなくなったお父さんや、遠く離れて暮らしているお母さんのことを、それぞれの思いで思っていたのだろう。

私が子供を持ったら、人に何と言われようと、ガミガミ叱る母親になるんだと、向田さんは子供が生まれたらおかしな年になっても、よく言っていた。気さくな人だったから、いろんな人に身の上相談を持ちかけられていたが、子供に甘い親にはむきになって意見していた。叱れないくらいなら縁を切りなさいなどと、乱暴なことを言うのを聞いたこともある。でも向田さんは、叱ることより、叱られることの方が好きだった。あの人が『寺内貫太郎一家』を書こうと思い立ったのは、叱られ通しに叱られていたお父さんがいなくなったからだった。横暴だ、理不尽だと、いつも唇《くち》を尖《とが》らせてばかりいたくせに、四十年の間に叱られたことを、全部書きたくなったのである。だから、怒鳴る貫太郎にも、怒鳴られる家族たちにも、火傷《やけど》するくらいの熱さがあった。泣きたくなるような力がこもっていた。『寺内貫太郎一家』は、叱る父親への、叱られてばかりいた娘の、大声の謝辞だったのである。

締切を何本も抱え、それなのに遊ぶことにも忙しく、一日が二十四時間ではとても足りなかった向田さんは、ちょっとの暇を見つけてはお母さんのところへ顔を出していた。お父さんが亡くなった後のことである。昔の記憶が不確かなので、物覚えのいいお母さんに訊《き》きにいくのだとか、お母さんのところに置きっ放しにしてある本を取りにいくのだとか、その都度言い訳はいろいろだったけれど、あれはお母さんに叱られたくて通っていたのではあるまいか。「また叱られちゃった」と嬉しそうに言っていた。その後で「いくつになっても、女学生だと思っているのね」とつけ加えたりもしていた。きっと、言わなくてもいい心配事を、つい洩《も》らしてしまったふりをして、その後しまったという芝居までして、予定通りお母さんに叱られていたのだと思う。体を縮め、上目づかいにお母さんの顔を盗み見ながら、胸の奥で幸せに浸っているあの人が見えるようだった。心にぽっかりと穴が開いているのに気づいたとき、自信がなくてほんの小さなことにも決心がつきかねるとき、鏡の中の自分の顔が変に空々しい他人の顔に見えるとき——そんなとき、何よりの薬は親に叱られることである。

そのお母さんに、いちばん叱られなければいけなかったのは、あの人が親に先立ったことである。吐りつけようにも、娘はもういなかった。それでもお母さんは腹を立てていた。そんな風に私には見えた。どんなに避けようのない事故だったにしても、叱りつけないではいられないのが親の気持ちというものである。十四年前の、あの夜のお母さんは、私たちみんなに娘の不始末を詫びているようだった。女々しく取り乱していなかったのは、腹を立てているからだと私は思った。挨拶の声に妙な力がこもっていて、それは悲しみというよりは、怒っている力だった。不謹慎な話だが、私はそのとき、向田さんがこういう場面を書いたら、きっとこんなお母さんを書いたに違いないと思った。けれど、どんなに優れた女優さんにだって、あの夜のお母さんを演じることはできないだろう。叱る相手がそこにいないのに、声を上げ、手を上げてでも叱りたい母親の気持ちは、あまりに本当過ぎて、お芝居にはならないのである。そして、弔問客に頭を下げながら、きっとお母さんは思ったことだろう。いまの、この瞬間が、お芝居の場面だったら、どんなに幸せなことだろう、と。

私を叱らなくなって久しい私の母は、いつの間にか長生きして、今年九十五になる。耳がいくらか遠くなり、つい最近のことを忘れるようにはなったが、当分死にそうにない。それどころか、十九世紀に生まれ、二十世紀を生き抜いて、この分なら二十一世紀も見られそうだと、独り言を言っているのだから恐ろしい。向田さんのように、心配事のあるふりをして叱られてみようかと、ときに思わぬでもないが、下手に真に受けられて大騒ぎになると困るので控えている。それよりも心配なのは、こっちの方が先にいけなくなるのではないかということである。そうしたら、突然私を叱ることを思い出し、あの眼光と声を取り戻すのではないだろうか。そんな母をもう一度見たいとは思うが、こっちが死んでしまっていては、たぶん見ることはできないのだろう。

# 向田邦子ファン

三年前の秋に、向田さんについての話をまとめた『触れもせで』という本を出した。雑誌に連載しているときは「向田邦子ふたたび」というタイトルだったが、おなじ題の写真集が文藝春秋から何年か前に出ているので、何か他のタイトルを考えなければならなかった。私はタイトルをつけるのがあまり上手ではない。新しいテレビドラマをつくるときも、いつもそれで苦労している。自分で書いた本にしたって、人につけてもらうことの方が多い。最初の『昭和幻燈館』も、『ブルータス』の連載のときは「君よ知るや南の国」だったのを担当の編集者に考えてもらったものだし、次の『花迷宮』は「金木犀《きんもくせい》の窓で読んだ本」という長い題だったのを、本になるときに、畏《おそ》れながら鏡花の『草迷宮』をもじらせていただいた。『蝶とヒットラー』は新宿のタウン誌に書いていたときは「幻想東京十二店」だったのを、これでは売れないと編集者に言われ、それならお委《まか》せしますということになって、ちょっと危ないタイトルになったというのが本当の話である。しかし題名というものは、書いた本人の思い込みよりも、客観的に見てつけた方がいいとも思う。だから、向田さんの本の場合も、大勢の人に考えてもらった。その中で私がいいと思ったのは、「向田邦子熱」という題だった。あの人がいなくなって十年以上にもなるのに、なんだか不治の病みたいに胸のうちに抱え込んでいる私をよく表しているし、「家族熱」という向田さんのドラマを思い出してくれる人もいるだろう。しかし、これは講談社の会議でみんなに反対された。色っぽくないとか、社会現象を論じた本みたいだとか言われ、私はすぐに諦《あきら》めた。そこで選ばれたのが、本文中の小タイトルだった「触れもせで」であった。色っぽいと言えば色っぽいに違いないが、私はなんとなく思わせぶりで気が進まなかった。言い訳がましく聞こえるし、物欲しげに感じる人だっているかもしれない。しかし、主体性のない著者は、反対してはみたものの、ほんの五分で納得してしまった。いまに、あの世で向田さんに会ったら、叱られそうだと後悔したときは、もう遅かった。

本が街へ出てから、地元の赤坂の書店の人に言われて驚いた。買いにくる人の中に「触れナントカ」という本はありますか、と言う人が結構たくさんいるというのである。つまり〈せで〉の意味がわからないらしい。中・高生に多いが、立派な大人もいるという。考えてみれば、〈触れもせで〉は一応文語体である。もちろん《やは肌のあつき血汐《ちしお》にふれも見で……》からいただいたわけだから文語体には違いないが、もし反対の意味に取られたりしたらどうしようと、私は慌てた。私が中学生だったころは「夢と知りせば」とか、「今ひとたびの」とか、「帰りなんいざ」とかいう小説がたくさんあったものだが、このごろは文語体のタイトルはついぞ見かけなくなった。やっぱりこんどは、誰にもわかる口語体にしようとも思うが、私の『怖い絵』という本は、これほどわかり易《やす》く内容を表しているものはないというのに、ちっとも売れなかった。どうせそうなら、次にこのシリーズをまとめるときは、意地でも文語体に拘《こだわ》って、「夢あたたかき」にしようと考えている。前が与謝野晶子だったから、こんどは山川登美子である。登美子は、晶子と同門のライヴァルだった薄倖《はっこう》の歌人である。《父君《ちちぎみ》に召されて去《い》なむ永久《とことは》の 夢あたたかき蓬萊《ほうらい》のしま》は、あまり知られてはいないが、私の好きな歌である。

『触れもせで』については、いろんな人からいろんな手紙をもらった。やはり年配の人が多かったが、面白いと思ったのは、〈向田さんについて書いてくれてありがとう〉という趣旨のものがたくさんあったことだった。別にお礼を言われる筋合いはないと思うのだが、これは人気の割に、この人について書いてある程度であれ、まとまって書かれたものが少ないということなのだろう。女の人向きの雑誌で向田さんの特集はよくあるが、その都度ゆかりの人たちのインタビューや、短いエッセイに写真だから、熱心なファンには物足りないのかもしれない。向田さんが他の作家たちと比べてユニークなのは、この〈ファン〉が多いということだ。純粋な読者というだけでなく、そこにはテレビドラマの視聴者も含まれているし、劇的な死で終わったあの人の生涯そのものに感動している人も大勢いるはずだ。こういう人たちを総じて言えば〈ファン〉ということになる。見ようによっては、向田さんの一生は、手の届きそうなサクセス・ストーリーである。親兄弟のそろった普通の家庭に生まれ育ち、スポーツが好きで食べることが好きで、サラリー・ガールになってからも、遊ぶためのお小遣い稼ぎにはじめたラジオの仕事から、やがてテレビドラマの世界に首を突っ込み、更に……と年代記風に書けば、向田さんは若い女の人にとってほどほどに眩《まぶ》しく、ほどほどに親しみの持てる、憧れるに格好の対象なのである。そのうえ知的で、生活のレヴェルでも賢く、かと思えば意外に古風なところもあり、だからこそ男たちに愛されたし、自分も愛したらしい。加えて、十四年前のあの劇的な死である。ロマンはみごとに完結している。私が女の子だったら、迷わずファンクラブに入る。

というと向田さんのことを軽んじていると思われるかもしれないが、そうではない。

あれだけしか作品を遺《のこ》さなかった作家は、普通ならとうに忘れられている。せいぜい三年とか、十年とか、きりのいい年にだけ特集が組まれるくらいのものである。それが書店で訊《き》いてみると、文庫本を買う中・高生の女の子が、下から次々と上がってくるというのである。年配の向田ファンもそのまま冷めずにいるわけだから、新陳代謝ではない。年とともに伝説は暖かな輝きを増し、読者は着実に増えていく。稀有《けう》の作家なのである。

この稀有の作家について書かれたものがあまりないので、私の『触れもせで』は多少なりとも売れたわけである。誰も知らない向田邦子についてなんか、一言も書いてない。タイトル通り、男と女の話でもない。ましてや、文芸的にどうのというのでもないから、研究者にとっての文献にもならない。素顔の向田邦子とか、人知れず恋する向田邦子とかを書くとしたら、それは私ではないのだ。私はただ、あの人が他人の前でした顔や、喋《しゃべ》ったことや、怒ったことや、しくじったことを思い出して書いただけなのだ。それで〈ありがとう〉と言われるのなら、それはそれでいいと思う。私の本を読んで、もっとあの人のことや、書いたものを好きになってくれるのなら、それもいい。反対に、がっかりしたり、白けてくれたってそれは仕方がない。私は、一足先に逝《い》ってしまった人のことを思い出しながら、人の一生の流れとか、流れて行く先だとかについて、ほんのひととき、目をつぶって考えてみたかったのである。ただ、ある人の一生について、そんなことを考えてみる気になったのは、あの人一人だということだけは本当である。

しかし、向田邦子ファンの向田邦子熱のせいで、作家としてのあの人が損をしているのも事実である。これだけたくさんの人に読まれ、広い世代の人たちに支持されているのに、向田さんのエッセイや小説については、みんなほんの一言で褒《ほ》めたものばかりで、ちゃんと論じた評論や研究書はほとんどないのである。それなら、文芸としてそれらに値しないものかと言えば、決してそうではない。短篇小説として『思い出トランプ』の中の諸篇には、短くて平明な文章によって書かれた日常の中の怖さが、にじむようにあった。一見なんでもない生活の描写が、ふと気づくといつか反転して、気味の悪いネガの風景になっていた。そこにはテレビドラマやエッセイには見られなかった、文芸の作家としての冷たい据《す》わった目があったし、それは微動だにしない確かな目であった。その容赦ない目によって見据《みす》えられた男や女は、頑《かたく》なに自分の役割を果たすために日常の中を疾走し、休むことなく苛《か》酷《こく》な結末まで走りつづける。私たちのテレビドラマのように、彼らはほどよいところで手を打って、力弱く微笑んだり、涙ぐんだりすることをしなかった。それを描写する筆力も凄《すご》かった。仮借《かしゃく》のない文章だった。あの人の文章には、零下何十度の氷室の中へ、平気で入っていくようなところがあった。

以前私は、多くの女子大に〈向田邦子研究会〉があるのはおかしいと言ったことがある。しかしそれは、ファン心理の延長で、憧憬と研究を混同されては困ると思ったからである。確かに、遺した作品の数からいって評論、研究には難しい作家ではある。どうしてもドラマやエッセイの方へも目が向いてしまう難点もある。けれど、少なくとも私は『思い出トランプ』だけについてでも、正しく論じた文章を知らない。あれは、もっと正確に評価されなければいけない作品なのである。

私は向田さんにとって、特別な人でもなんでもなかったが、あの人は私にとって少し特別の人だった。ということは、私も、私に〈ありがとう〉と言ってくれた人たちとおなじように、向田邦子ファンの一人なのかもしれない。

# 祭りのあとの

パーティーというのが苦手である。近年とみに億劫《おっくう》になり、どうしても出なければならないと思うと気が重くなる。理由はいろいろあって、まずスーツにネクタイという、勤め人なら毎日している格好が、肩が凝ってだめなのである。私たちの商売は現場がほとんどだから、この年齢《とし》でも綿パンにセーター、スニーカーにジャンパーがいちばん楽だし、機能的とも言える。だから、糊《のり》のきいたワイシャツにネクタイということになると、窮屈この上ない。第二に、立ちっぱなしが草臥《くたび》れる。と言って、隅っこの椅子に背中を丸めて座っているのは、たいてい老人だからそれもしたくない。もっとも、無理して立っていたって、老人と思われているのかもしれない。先ごろちょっと調べることがあって、終戦後間もなくの新聞を読んでいたら、三面の〈老人はねらる〉という記事に、車にはねられた誰それさんの名前のあとに、括弧《かっこ》五十二歳とあるので変な気持ちになった。平均寿命が男七十七歳、女八十三歳にもなってくれたから平気な顔をしていられるが、そのころだったら私などとっくの昔に老人なのである。第三に、いろんな人と顔を合わせる中で、好きな人や久しぶりの懐かしい人は嬉しいけれど、できれば会いたくない人や嫌いな人とも、会ってしまえばニコニコ話さなければならないのが困ってしまう。つまり、それならパーティーというものに出なければいいわけで、出欠の葉書といっしょに案内がきたとき、たまたまその日に仕事が入っているとホッとする。

自分がそうだから、人もそうだと思う。パーティー好きという人もときにはいるけれど、ネクタイの話は別としても、だいたい誰にとっても面倒なことに違いない。だから、少なくとも自分のためのパーティーだけはしたくないと、かねてから思っていたのだが、つい先だって、どうしてもそれをやらなければいけない破目になってしまった。ある文学賞をいただいてしまったのである。〈ドゥ マゴ文学賞〉といって、まださほど世の中に知られていないようだが、東急文化村の主催で、とにかくそういう賞があるのである。慣行上どうしても授賞式とパーティーをやるという。私がいただいたのだから、私が出ないわけにはいかない。他の人のためのパーティーと違って、柱の陰にこそこそ隠れてもいられないし、頃合を見て何気なく消えることもできない。二時間半も愛想よく立っているなんて、考えただけで気が遠くなりそうである。賞は素直に嬉しいけれど、避けて通れぬパーティーを思えば、こんなに嬉しくないことはない。

結婚式の招待とおなじで、当日お呼びする人たちのリストアップで、もう一つ憂鬱《ゆううつ》になる。私関係で五十人と言われて、最初はそんなにいるはずがないと思ったのだが、あの人を呼ぶならこの人もで、名前を挙げていたらあっという間に百人を超えてしまった。会場は文化村の地下にある屋内広場だから大丈夫とは言われても、心配になる。しかし考えてみると、これだけ年齢を重ねれば、その分だけお世話になった人も多いわけで、その上義理もあれば柵《しがらみ》もある。いままでの仕事関係だけでも大変なのに、ここ七、八年の、書く方で知り合った人たちも意外に多い。平日の午後四時からだから、みんな忙しくて来られないことを秘かに願っていたら、景気がよくないせいか存外みなさんお暇で、続々と届く葉書はほとんど出席とある。ありがたい話ではあるが、それから当日までは本当に気鬱《きうつ》な日々だった。いい年齢をして情けない話だが、言ってみれば、入学試験を目前に控えた受験生みたいなもので、なるようにしかならないのはわかっていても、何をしていても落ち着かないし、仕事も手につかない。いつもなら飛ぶように時間が過ぎていくのに、なかなか当日がやってこない。『吾輩は猫である』の寒月《かんげつ》君が、軒下の干柿をいくつ食べても日が暮れないのとおなじである。

しかし、来るべき日はちゃんと来るから不思議である。台風も行ってしまって、十月六日のその日は、よく晴れて気持ちのいい日であった。地につかない足どりでたくさんの人の間をさまよい、予定通り気が遠くなりかけ、予定通り草臥れ果ててパーティーはとにかく終わった。賞の事務局のスタッフとの会食が終わって戸外《そと》へ出たら、すっかり日が暮れて、見上げるビルとビルの隙間《すきま》の空に、三粒ほどの星がチカチカ光って見えた。静かなところから、渋谷の街の騒音の中へ出てきたのに、逆に私の中からいろんな音が遠のいていくようだった。会場に流れていた品のいい音楽も、シャンパンを抜く音も、優しい人たちのおしゃべりも、いつの間にか消えていって、花束を抱えた私はぼんやり舗道にしゃがんでいた。体中に力がなく、満たされたような空しいような、妙な時間の中に私はいた。うずくまっている私の前を、絶え間なく人が通り過ぎていく。……昔——ずっと昔、いましゃがんでいるのとおなじくらいの背の高さだったころ、新宿の街を家族そろって歩いていたのを私は思い出していた。長いこと不在だった父が外地から帰ってきて、久方ぶりにみんなで出かけたときのことだと思う。父はインバネスを羽織ってソフトをかぶり、母は臙脂《えんじ》のショールで、姉はセーラー服を着ていた。私は——私はとにかく背が低く、小さかった。手を引いてくれていた父は大きかった。いまに私も、父のように大きくなるのだと私は思った。

青いソフトにふる雪は
過ぎしその手か、ささやきか、
酒か、薄荷《はっか》か、いつのまに
消ゆる涙か、なつかしや。

（北原白秋「青いソフトに」）

……そして私は大きくなり、大きくなり過ぎて疲れてしまった。いま、ここに車が走ってきて私をはねたら、〈老人はねらる〉と新聞に出るのかもしれない。

そんな祭りのあとの寂しさを、前にもふと感じたことがある。昭和五十五年夏、向田さんが直木賞をもらった夜のことだった。パーティーは東京会館で開かれ、会場いっぱいに人が溢《あふ》れるほどだった。大きな賞だからマスコミの取材も多く、それらの人々に囲まれて、目がチカチカするような模様のスーツを着た向田さんはきれいだった。髪を少し短くしたのか、その日はなんだかいつもより首が長く見えたのを憶《おぼ》えている。襟元《えりもと》にリボンの造花を飾ってマイクの前に立った向田さんは、五十を過ぎてもうこれから先、面白いことは起こらないだろうと思っていたら起こったというような挨拶をしていたが、私たちは不謹慎におしゃべりをしていたので、その他は聞きそびれてしまった。長からず、短からず、あの人らしい気の利いたスピーチだったような気がする。誰かに注意されたのか、普段の甲高《かんだか》い声の、忙しいしゃべり方ではなく、伏し目がちに落ち着いて、ゆっくり話していたようである。写真のライトのせいか額の辺りがうっすらと汗ばみ、上気していただろうに、なぜか顔が蒼白かった。いつもの向田さんのようでもあり、いつもの向田さんらしくないようにも思えた。小林亜星さんが〈向田さんが上がっている〉と言った。森光子さんは〈いままで見た向田さんの中でいちばんきれい〉と嬉しそうだった。森繁さんは〈大きくなって――〉と、父親みたいなことを言っていた。私は、相槌《あいづち》を打ちながら、なぜだか、ちょっと寂しかった。

いくつかの挨拶と乾杯があって、その後が面白かった。会場の客が、真っ二つというわけでもないが、妙に大きく二つに分かれているのである。片方が、総髪に仙台平《せんだいひら》の袴《はかま》をはいた偉そうな人とか、いまどき珍しくルパシカ姿の白髪の老人とか、もちろん普通の格好の人も多かったが、つまり文壇関係で、もう片方が、色とりどりの和服の女優さんや、タキシードの男たちの、私たちテレビ・映画関係者である。日頃お互いの交流があまりないから仕方がないことだが、なんだか背中をそむけ合っているようで変だった。そして、どっちも向田さんはこっちのものだと意地を張っているみたいに、殊更声高《こわだか》にしゃべっているようで、それが子供っぽくて可笑《おか》しかった。けれど、向田さんは大変だった。二つの人波の中を代わる代わるに飛び回り、あっちで笑い、こっちで頭を下げ、見ていて可哀相なくらいだった。……あの日、不思議なパーティーのあと、どうせ誰かに飲みに連れ回されて、ようやく一人になった夜更け、向田さんは誰もいない青山の部屋に戻って何を考え、何をしたのだろう。幸せのあとというものは、寂しいものだ。みんなに優しい言葉をかけられたり、励まされたりしただけに、かえって不安で心細くなるものだ。笛や太鼓のお祭りは、こんどいつやってくるかわからない。あんなに大勢人がいたのに、ふと見回すと、誰もいない。……

夜《よ》となればわれは泣きにき。
いひしらぬそのおそろしさ。
うるはしきかかる世界に、
暗き夜《よ》のなどて見ゆらむ。

（北原白秋「夜」）

# 女正月

正月について書かれた文章は、古来数え切れないくらいあるが、向田さんの「お軽勘平」というエッセイは、戦前の勤め人の家庭の正月を活写して見事である。《お正月と聞いただけで溜息が出る。／子供の頃から、お正月は寒いもの、客が多くて気ぜわしいものと決っていたからである。》で始まり、《別にお正月だけが特別に寒かったわけでもないのだろうが、余計なものを取り片づけた座敷は広々としていたし、暮のうちに取り替えた畳は足ざわりも固く青く光っていた。張り替えた障子は、古く黄ばんでケバ立ったのを見馴れた目には、殊更白く見え、床の間の千両や水仙まで冷たく見えた。》とつづく一連の描写は、あのころ子供時代を送った私たちの世代なら、誰もが思い出し、そうだったそうだったと頷《うなず》き合うような情景なのである。面白いと思うのは、この文章の視線が低いところで、どこが低いかと改まられると困るが、青畳がこっちの部屋から次の間に流れてつづく感じや、床の間に活けられた水盤の花を眺める視線が、いつの間にか子供の目の高さになっているのである。あの時代の正月は、大人の定めた風習や決まりに雁字搦《がんじがら》めにされながら、実は子供の世界であり、領分だった。私たちは、元日の堅苦しい挨拶や、前の晩、つまり大晦日《おおみそか》からの寝不足や、今日一日は箒《ほうき》を持ってはいけないから汚すんじゃないと、うるさく繰り返される小言にも、子供なりの愉《たの》しみを見つけていたように思う。そんな気持ちと情景を、向田さんはとても上手《うま》く書いている。溜息が出ると言いながら、あのころの正月を大好きだったのだろう。

向田さんも言っているが、正月のあの寒さだけは、いまの人たちにどう説明しても、わからないだろう。まず日本家屋から再現してかからないと始まらないのである。廊下の冷たさとか、その廊下を爪先立ってきて、茶の間の障子を開けたときの、火鉢に燃える炭の匂いとか、こしらえて間もない置き炬燵《ごたつ》に足を突っこんで、まだ暖まっていない炬燵の枠組みに足先が触れたときの冷たさとか——あの寒さ、冷たさは、いまは無いものの記憶ばかりである。ようやく部屋が暖かくなってきたと思うと、誰かがかならず〈一酸化炭素中毒〉などという難しい言葉を使って窓を開け放ち、新しい空気を入れる。新しいということは、寒いということだった。だから、とにかく寒い、寒いと言って暮らしたのが正月で、逆に言えば、正月だけは寒い、寒いと口に出しても叱られないというところもあった。年賀状は見たいけど、誰が表のポストまで取りにいくかで姉弟でもめる。一度炬燵を出て、外気に当たってくると、それだけの間にすっかり冷えてしまって、体がなかなか元の暖かさに戻らないのである。貧乏籤《くじ》を引かされた誰かが小走りに郵便受けに走り、茶の間に戻って障子戸をちゃんと閉めないと、一斉にみんながブーイングする。……などと思い出してみると、寒さに取り囲まれていながら、その寒さをわざと部屋に引き入れて喜んでいたのが、私たちの正月だったのかもしれない。換気扇も床暖房もなかったから、あのころの正月は心が引き締まり、年もきちんと改まったのではなかろうか。

〈女正月〉という言葉がある。私はこの言葉を向田さんから教わった。一月十五日。正月の間、家のために働きづめで心休まらなかった女たちが、ほっと一息ついて半月遅れの正月を祝うのだそうである。私の家に、女は、母に姉、それに母の郷里からきていた女中さんが一人いたが、そんな風習はなかった。一つ屋根の下に六人で暮らしていて、そのうちの三人が、一月十五日にお雑煮をつくり、車座になって酒盛りをしていたらおかしなことになる。きっと家族も使用人も、もっと多かった昔の話なのだろう。せめて女が四、五人はいないと絵にならない。だから、江戸時代の大店《おおだな》なんかによく似合う言葉なのではなかろうか。しかし、男ばかりがいい思いをして業腹《ごうはら》だから、正月をやり直そうというのは、とても面白い。したたかで、可愛くて好きである。女だけが集まって、日ごろの憤懣《ふんまん》を言いたいだけ言い、お互い慰め合い、それでいてどこかで自分の女を主張し、他の女たちと自分を区別する。そんな可笑《おか》しさ、しぶとさ、哀しさと情けなさが、〈女正月〉という言葉にはある。向田さんが『阿修羅《あしゅら》のごとく』の初回のサブ・タイトルを〈女正月〉としたのも、そんなところからなのだろう。いい年齢《とし》をした四人姉妹の、血がつながっている懐かしさと、それぞれ自分の生活と人生を持っている重さが、他愛のないおしゃべりの中に、膨らんでは凋《しぼ》み、現れては消えたドラマだった。

〈女正月〉の一月十五日の朝、私の家では小豆《あずき》雑煮というものをつくった。戦争が始まった昭和十六年ごろまでは、毎年母がつくっていた記憶がある。父母の郷里の富山の風習かもしれないが、ところによっては小豆粥《がゆ》をつくることもあるらしい。《明日《あす》死ぬる命めでたし小豆粥》という、虚子の句がある。《この日の朝、小豆粥を煮て天狗《てんぐ》を祭れば、年中の邪気を除く》と、中国の古い本に出ているそうである。私の家の小豆雑煮は、子供たちにあまり受けがよくなかった。いくらか汁に甘味はあるのだが、具も淋しいお椀の中に小豆のこびりついた餅が浮いている。どうせのことなら、お汁粉にして欲しかった。しかし、縁起ものだから食べないと叱られる。たいていの年中行事にからんだ食い物は好きだったが、小豆雑煮だけは懐かしいと思わない。勝手なものである。

俳句の歳時記で一月十五日を見ると、〈左義長《さぎちょう》〉とある。門松や注連縄《しめなわ》、お飾り、それに家族みんなで書いた書き初めなどを、戸外で燃やす行事である。西の方では〈どんど焼き〉とか、〈さいと焼き〉ともいうらしい。いまでも神社やお寺の境内でやっているのを見かけることがあるが、そのころ私の家の近くでは、四、五軒先の大屋さんの広い庭に火を焚《た》き、みんな手に手にお飾りや注連縄を持って集まり、それを燃えさかる火の中に投げ入れた。子供は焚火が好きである。火が大きければ大きいほど嬉しくなる。この日の朝の〈左義長〉の火は、私たちの身の丈よりも高かった。火に近寄りすぎて、眉を焦がす子がいたりして、火の周りは私たち子供の喚声で、それは賑やかだった。書き初めをこの炎の上にかざして、それが高く舞い上がると習字が上達するというので、私たちは競って焚火に近づき、熱い風に乗せて半紙を空へ飛ばしたものだった。《左義長や降りつづきたる雪の上》とか、《焼き残るどんどの歯朶《しだ》の青さかな》とかいう句があるが、〈左義長〉の語源については、よくわからない。

いくら思い出しても、向田さんと正月に会った記憶がない。もう子供ではないので、別段楽しいことがあるわけでもなし、することがないから三が日と言えば先輩、知人のお宅へ押しかけたものだが、向田さんのところへ行ったことはない。だから、あの人の部屋がどんな風に片づき、何が飾られていたか、私は知らない。いっしょの仕事をしていて、その仕事が正月を挟んでつづいていたこともあったし、一度ぐらいは行っていなければおかしいのに、どうしてか、二十年近くの間にそんな憶《おぼ》えがないのである。向田家では正月はお母さんのいる実家に集まって、それこそ〈女正月〉をやっているのだろうと思ったのかもしれない。旅行好きだから、どこかへ出かけているのかもしれない。正月ばかりは、原稿の催促、所在の追求の手もゆるむだろうから、手近な外国へでも行っていることも考えられる。何にしても、あのマンションの部屋にはいないだろうと勝手に決めていたような気がする。そう言えば、向田さんと〈おめでとう〉という挨拶を交わした憶えも、私にはない。ということは、電話もしなかったのだ。そして、松がとれたころ、また平常の顔どうしで会っていたということだ。ちょっと変なような気もするが、それが当たり前とも言える。正月の顔を知っているのは家族だけでいいのだ。向田さんがいなくなって、そんなことを考えたせいか、このところ正月に人の家を訪ねることが少なくなった。その代わり、別々に暮らしている母のところへ行くようになった。しばらく途絶えていたことだった。老母はいままでも年齢を〈満〉ではなく〈数え〉で数える。母流に言えば、母はことし九十六になる。恐ろしいことである。そして私は、まだしばらく猶予があると思っていたのに、母に言わせれば六十一ということになる。これまた、恐ろしいことである。しかし、私と母は、その恐ろしさをお互い胸の奥に隠し、ニコニコ笑って〈おめでとう〉を言う。それが正月というものである。

たった一度だけ、正月に向田さんに会ったことを思い出した。もっとも、正しく言えば〈会った〉のではなく、〈見かけた〉のである。大きなシティ・ホテルのロビーを、あの人は足早に歩いていた。晴れ着の若い子の間を縫うように、エレベーターの方へ急いでいた。声をかければ届く距離だったが、私はそうしなかった。なぜだか、〈おめでとう〉と言ってはいけないような気がしたのである。

# いつか見た青い空

秋風やわすれてならぬ名を忘れ　　万太郎

戦争が終わって五十年である。夏の気配が近づくにつれ、どうしたっていろんなことを考える。思い出す人たちもいるし、長いこと忘れていたのに、急に蘇《よみがえ》る光景もある。しかし、五十年も経ってみると、忘れてしまったことの方が、思い出すことの数よりはるかに多いに違いないと思う。何を忘れているかを、忘れているのである。その中には、いまの自分にとってとても大切なことだってある筈《はず》だ。あれさえ戻ってきてくれたらというものも、もしかしたらどこかで忘れ物になっているかもしれない。かと言って、この五十年、日記を書きつづけてきたわけではないから、思い出すよすがもないし、戦後の年表をめくってみたところで、どうなるものでもない。たぶん、言葉や写真として残されている物の陰や、行間や、裏側に、大切なものは姿を隠したままなのである。——たとえば、誰かと昔の話をしていて、ふと《何か》がぼんやり見えかけることがある。たしかに薄闇の中から、こっちに向って手招きしているものがある。けれど、いくら目を凝らしても、どうしてもそれ以上はっきりとは見えないのである。そんなもどかしさや、不安に似た苛立《いらだ》ちを覚えたことがないだろうか。そうこうするうちに話は次に移り、横道に逸《そ》れ、ついそこまでやってきていた《何か》は、いつの間にか消えてしまっている。そして、またしても《何か》を見失った悔いだけが、ぼんやり咲いた夕顔のように、夏の宵闇の中に残る。

私はいままで、いわゆる《終戦ドラマ》というのを撮ったことがない。毎年夏になるとあちこちに現れる《戦没学生の手記》とか、《戦艦大和の悲劇》の類《たぐ》いである。なんだか気が進まないのである。引きつった顔で、悲劇だ悲劇だと自分でも叫び、人に押しつけるのが気恥ずかしいのだ。その気持ちは、《難病もの》を撮るのも観るのも嫌だというのに似ている。あの臆面のなさ、弱者の味方ぶったポーズ、被害者の陶酔めいたものが、どんな《終戦ドラマ》にも匂っているようで気持ちが悪いのだ。そうした意味で、できれば避けて通りたい道だったのである。

ところが、今年の春ごろ、向田さんがエッセイに書いている、妹たちが山梨へ疎開にいく話とか、空襲警報が鳴って慌てて逃げ出した際に、うっかりお祖母ちゃんを忘れた話なんかを基にして、あのころのごく普通の家族が迎えた終戦の日までの物語を作ってみないかと言われて、心が動いた。不幸で、恐ろしい戦争がまずあって、その下に喘《あえ》ぎ苦しむ家族たちがいたという順番ではなく、家族たちが一人一人胸を痛める塀の中だけの出来事が最初にあって、その背景に戦争があったという話なら、やってみたいと思ったのである。たとえば、向田さんの作品には、疎開する筆不精の娘に、表書だけ書いた葉書を何百枚もお父さんが持たせてやるエピソードが出てくる。余計なことは書かなくていい。元気だったら○印を、寂しかったら×印を、それだけ書けばそれでいいというのである。このお父さんを、お母さんに変えることにして、お母さんは岸恵子さんにお願いすることにした。

岸さんは、私よりちょっと年上で、向田さんよりちょっと下である。三人とも、空襲を体験している世代でもある。向田さんは、昭和二十年の五月に目黒の祐天寺で、私は疎開先の富山で八月に、岸さんはやはり五月の横浜大空襲に遭っているのだ。そのときの様子は『ベラルーシの林檎《りんご》』（朝日新聞社）という岸さんのエッセイ集の冒頭に書いてあるが、いまの平穏な世の中からすれば、なんとも恐ろしい話なのである。十二歳の岸恵子さんは、焼夷弾《しょういだん》の雨の中、お母さんとはぐれて山手公園の辺りをウロウロしていたら、若い兵隊に、子供はすぐに防空壕《ぼうくうごう》に入れと怒鳴られ、曳《ひ》きずられるようにして壕に放りこまれる。防空壕の中は暗く、湿っぽく、不安そうな人たちでいっぱいだった。その蒼ざめた顔を見て、岸さんは、自分は今日死ぬのだと思ったという。どうせ死ぬなら暗い穴の中は嫌だ。一人で防空壕を飛びだした。焼け焦げて熱くなった地面をバッタみたいに跳んで公園へ走り、何を思ったか、松の木によじ登り、がたがた震えながら「今日で子供はやめた」と決心したそうである。後で聞いたら、あの壕の子供たちの大半は、爆風と土砂崩れのため死んだという。そして、女の子のくせに、木に登った岸さんは助かったのである。

お互いの空襲体験を話し合っているうちに、私たちの国際電話は、あっという間に一時間をはるかに超えてしまった。空襲は怖かったけど、私たち子供にとって、あのころは暗く鬱陶《うっとう》しい日々ばかりではなかった。ちゃんとそれなりの愉《たの》しみを見つけて遊んでいたし、日本軍の戦果を報《しら》せる『軍艦マーチ』がラジオから聞こえれば手を叩いて喜び、『海ゆかば』だとしょんぼりうなだれていた。岸さんは言う。——あのころは、子供も大人も気持ちが一つになっていて、それが何より懐かしい。遠い海の向うの電話口で、岸さんの声は、弾んだり、沈んだりした。あの日の、子供の目で見たドラマにしよう。タイトルは、「いつか見た青い空」にしよう。——私は、そう思った。

おなじころ、大佛《おさらぎ》次郎の『敗戦日記』（草思社）というのを読んだ。『鞍馬天狗』や『パリ燃ゆ』、それに『天皇の世紀』など、フィクション、ノンフィクションの秀作、労作をいくつも遺《のこ》した人である。もう亡くなって二十年余りになるが、この人の昭和二十年夏を中心とした日記が、こんどはじめて世に出たわけである。とても正直な日記だった。多くの場合、作家のこうした日記の類いは、どこか読まれることを意識しているものだし、特に戦争についての見方、考え方となると、つい批判、抵抗が強調され、どれもおなじ反戦型になりがちなものだが、この人の日記は、その辺りが鮮やかに違うのだ。いろいろと矛盾だらけなのである。その矛盾が、平気で正直に書かれている。たとえば、軍部の愚かさを痛罵《つうば》しているその夜に、大本営発表の戦果を聞いて、《女房を相手に白鹿《はくしか》で乾杯する》のである。作家になる前、外交官だった人だから、きちんとした歴史観もあれば、広く国際的な視野も持っている人である。それが、戦争という愚挙を承知しながら、それでも祖国を熱く思っている。心をこめて『君が代』を歌っている。私は、これがあのころのほんとうの気持ちだと思う。矛盾に満ちているということは、もっとも人間的であるということの証左なのかもしれない。だいたい、いつの世も、戦争は大いなる矛盾ではないか。

　この正直さを、今度のドラマの強い背骨にしようと、私は思った。そう思ったら、高く澄んだ八月の青空が見えてきた。いつか見た青い空である。このドラマの最後は、こんなナレーションで終わっている。《あの日の空は青かったと、誰もが言います。何かが終わったのか、それともこれからはじまるのか……私には、よくわかりませんでした。私たちは四人で、青い空を見ていました。いつまでも……いつまでも……。——あれから五十年経ったいまでも、あの日の、泣きたいような、笑いたいような空の色は、私たちの心に焼きついているのです。》——ナレーターの黒柳徹子さんは、読みながら声をつまらせ、やがてその頬を涙が伝って落ちた。この人も、同じ世代だったのである。

『いつか見た青い空』は、私の最初で最後の《終戦ドラマ》になるだろう。そして来年からは、このてのドラマや映画は姿を消すかもしれない。それでいいのだと思う。私たちが息を切らせて駆け抜けてきた、戦争を曳きずった半世紀は終わったのである。忘れてはならない人を忘れてしまっても、年月の向うから手招きしている何かを見失ってしまっても、それは仕方のないこととして、私たちは、とにもかくにも、新しい時代に入っていくのだ。向田さんが生きていても、きっとそう思うことだろう。向田さんも、岸さんも、黒柳さんも、そして私も――。思えば私たちは、不思議な世代である。第一次大戦と、第二次大戦の狭間の、束の間風の凪《な》いだ平穏の時代に生まれ、少年や少女になりかけたころ戦争を体験し、五十年前の八月、それぞれの目で、おなじあの日の青い空を見上げた。そして、あの空を忘れていいのか、忘れてはならないのか、戸惑《とまど》いながら、今日までやってきた。いったい、この半世紀は私たちにとって何だったのか。その答えは、私たちの命が終わるとき、青空に浮かぶ微かに薄い雲のように、はじめて私たちの目に見えるのかもしれない。

久保田万太郎が、終戦の日に詠《よ》んだという、こんな句がある。

何もかもあつけらかんと西日中

# さらば向田邦子

長い、長い手紙を書き終えようとしている気持ちである。思えば四年の間、返事をくれない人へ一方通行の手紙を書きつづけてきて、いま私は、返事の代わりに長い時間をかけて取りに戻った忘れ物を、ようやく見つけたような気持ちになっている。忘れ物はボストンバッグ風のやわらかな鞄《かばん》である。持ってみると、重いような、軽いような、ほんとうに私たちが探していたものがこの中に入っているのかどうか、心細くなってしまう、そんな頼りない鞄である。向田さんという人が、私にとっていったい何だったのか、鞄の中のものは、教えてくれるかもしれない。向田さんや私が生きてきた時代が、どんな色の、どんな匂いの、そしてどんな姿をした時代だったのか、それだってこの鞄を開けてみれば、わかるような気さえする。でも、それはとても怖いことだ。昔、難しい数学の方程式を解いて、問題集のおしまいに付いている解答と照らし合わせるときに感じた不安に、それは似ている。こんなに長い時間をかけて解いた答えが間違っていたらどうしよう。それもちょっとした計算違いではなく、そもそもの解き方が誤っていたりしたら、がっかりしてしまうことだろう。けれど、答えがぴったり合っていたときの、あのポカンとした空しさも怖いものだ。ノートの数値と、模範解答の数値と、二つのおなじ数値というものは、なんだかとても空々しく、淋しいものだ。それまで真面目くさって自分のやってきたことが、とてもつまらなく、滑稽にさえ思えてくる。だから数学は嫌いだ。中学生のころからそうだった。問題を解き、答えを出すということに、私は向いていないのかもしれない。

私の本棚に分厚い『向田邦子全集』が三冊並んでいる。他にシナリオ集が十冊ばかり。あの人が形のあるものとして遺《のこ》したものはこれだけである。一人の人間が一生かけて遺したものは、こうして向かい合ってみれば何ほどの量でもない。本というものは、いつの間にか増えるもので、向田さんの本の前には、本棚に入りきらなくなった他の本が横積みになっていて、その陰になったあの人の本はタイトルの上半分も見えない。こうしてだんだん背表紙は見えなくなり、向田さんは日に日に私から遠くなっていく。それは仕方がないことだ。死者にしたところで、そんなにいつまでも思い出されていたら迷惑かもしれない。思い出して欲しいこととおなじ数だけ、思い出して欲しくないことだってあるはずだ。私が死んだ後のことを考えてみれば、それがよく判る。私にも本になったものが数冊あるにはあるが、書いた当時はなるべくたくさんの人が読んでくれたらいいと思ったものだが、いまはどうかと言うと、中にはできれば人の目に触れて欲しくないものがいくつもある。ある程度、見栄を張って書いたものだってそうなのだから、日常の挙措《きょそ》動作だの、口にしたことなんか、とてもじゃないが忘れて欲しいことばかりである。生きていさえすればリカヴァリーも少しはできるだろうが、死んでしまえば口惜《くや》しい思いをするばかりである。だからと言って、死んだ後のことまで一々気を遣って毎日暮らすわけにもいかないから、つまりは忘れてもらう方が気楽でいい。と考えれば、ほどほどに、自然に忘れてあげるのが、死者への礼儀なのかもしれない。

ただ、こんなことは言える。向田さんについてこんなに長いこと書いていると、奇妙な言い方だが、何となくあの人の目になってあのころの事が見えるようになった。小説家が作中の人物にいつか乗り移って、見たり、聞いたり、考えたりするといった風なことなのだろうか。それは、とても思い上がったことのようだが、ある程度は本当だと思う。少なくとも、あのころ向田さんが私のことをどう思い、何が腹立たしく、何は許せたということが少しずつ判ってきたのである。私が、記憶の中からあの人を引っ張り出し、それについてなるべくディテールまで思い出そうと努めたことは、あのころの自分を薄闇の中から連れ出して、物珍しそうに眺めたことにもなっているのだ。そして、それはあまり愉快なことではなかった。あのころは若かったし、どこか へ向かって走っていくスピードは速くて、自分でも快かったものだが、その分だけ嫌らしく汗ばんでいたし、気負いに品がなかったし、何よりも恥ずかしさについて鈍感だったような気がするのだ。向田さんがあのころ見た私が、いま私に見えるのである。向田さんと私がいるシーンがあって、私はそのときのあの人について書いているのだが、いつか私の目は向田さんの目になって、私を冷たく見ている。恥ずかしさに顔が真っ赤になり、そこにいたたまれなくなる。だから、人について話したり書いたりすることは辛いことなのだ。この四年のうちに、あの人に言い訳したいことが、こんなにたくさんあろうとは思わなかった。あのことは忘れてくださいということが、こんなにあるとも思わなかった。ただ、弁解しようにも相手がいない。謝ろうにも、あの人はもういない。

昔流行《はや》った寄席の余興に三題噺《さんだいばなし》というのがある。高座の咄家《はなしか》が客席にいる三人の客から、それぞれ一つずつ題をもらって、即興でその三つを織り込んで噺を作り、オチまでつけてみせる芸である。たとえば、〈煙管《きせる》〉〈迷子〉〈除夜の鐘〉といった具合である。その三題噺ではないが、向田さんについて、私はどんな題を出されようと、書けると思っていた。〈除夜の鐘〉だろうと、〈やきもち〉だろうと、〈選挙〉だろうと、エピソードはいくつも思い出せるし、それを悲しくだって、おかしくだって書けると思っていたし、実際書いてきた。ところが、このごろはそれらのシーンに脇役として自分がいると思うと、なんだかとても書き辛くなってきたのである。あの人を書くということは、当たり前のことだが、自分を書くということであり、あの人のあの時代を書くのは、私の時代を書くことになるわけである。この文章を読んでくれる人に対してというより、その時代に戻って、対面しなければならない向田さんに対して、私は辛くなったのだ。その気持ちを、これ以上説明することは、いまの私にはできない。説明していけば、きっと何かしらの解答が出てきそうで怖いのかもしれない。明日死んでしまうのなら、それだっていいかもしれないが、明日も私が生きているなら、私はここで考えるのを止め、口を閉ざし、長い手紙に封をしなければならない。それが死者への礼儀であり、残された者の節度だとも思うからである。

もう思い出さないと言っているのではない。思い出そうと努めて思い出すのを止めようと思うのである。昨日までは、振り向けばそこにあの人がいたような気がしていたが、明日からは一つ春がくるたびにあの人は遠ざかり、一つ夏を送るごとにその姿はぼやけていくだろう。考えてみれば、あの人がいなくなって十何年経っているというのに、私は少し長くあの人と居過ぎたようだ。思い出し過ぎたと言ってもいいかもしれない。その分、何かに私は縛られていたようにも思うし、死者と話すのをたった一人に決め過ぎていたとも思う。私の中には、六十年の間にたくさんの死者たちがいる。向田さんは、私にとってとても特別の人だったには違いないが、それにしてもちょっと不公平だったかもしれない。他の死者たちだって、私にはそれぞれに大切だったはずである。礼をつくして、その人たちにも私は会わなければならない。私が、ふとしたことで思い出すことを止めないかぎり、私の死者たちは生きている。死んでいながら、生きている。

雨の横断歩道をこっちへ向かって走ってくる向田さんが見える。癌《がん》かもしれないの、と私に怒ったってしょうがないのに、私を睨《にら》みつけた目が電灯をつけない部屋の薄闇の中に光って見える。直木賞の夜、私の前をサッと通りぬけたとき、あの人には珍しい香水の匂いが私の周りに残った。……もう止めようと思うのに、あの人はそんな私の自信のない決心を見透かしたように、意地悪に現れる。あの人は本当に死んだのだろうか。もし死んだのが本当だとしても、生きているということと、それはどれくらい違うことなのだろう。なんだか、それは遠いような近いような、いまのような昔のような、考えているうちに笑ってしまいそうなことのように思えるのである。

言ふなかれ、君よ、わかれを、
世の常を、また生き死にを、
海ばらのはるけき果てに
今や、はた何をか言はん、
熱き血を捧ぐる者の
大いなる胸を叩けよ、
満月を盃《はい》にくだきて
暫《しば》し、ただ酔ひて勢《きほ》へよ、
わが征《ゆ》くはバタビヤの街、
君はよくバンドンを突《つ》け、
この夕べ相離《あいさか》るとも

かがやかし南十字を
いつの夜《よ》か、また共に見ん、
言ふなかれ、君よ、わかれを、
見よ、空と水うつところ
黙々と雲は行き雲はゆけるを。

（大木惇夫『戦友別盃の歌』）

# 忘れえぬ人

座談会

加藤治子
小林亜星
久世光彦

**加藤治子**（かとう・はるこ）

松竹少女歌劇団、東宝映画を経て、新演劇研究会、文学座に参加。昭和38年劇団「雲」を結成、50年に退団し以後フリー。向田邦子の脚本によるテレビドラには、39年ＴＢＳテレビ『七人の孫』の母親役以来、『だいこんの花』『寺内貫太郎一家』『冬の運動会』『家族熱』『阿修羅のごとく』『蛇蠍のごとく』など、ほとんどの作品に出演。個人的にも向田さんとは親しい関係にあった。

**小林亜星**（こばやし・あせい）

慶応大学在学中からバンドを結成。昭和36年のＣＭソング『レナウン・ワンサカ娘』が大ヒットし、一躍人気作曲家となる。ハニー・ナイツの『ふりむかないで』、『北の宿から』のヒット曲を始め、ＣＭソングやアニメ、ドラマのテーマソングを多数作曲。『寺内貫太郎一家』では初のテレビドラマ出演にもかかわらずユニークなキャラクターで人気を得、以後俳優としても活躍。

## 今となっては懐かしい『寺内貫太郎一家』の舞台裏

**小林**　向田さんという方は、亡くなってからの人気が凄《すご》いですよね。

**加藤**　ああいう作家は、そういらっしゃらないですよね。

**久世**　ドラマの『寺内貫太郎一家』は、もう二十年前のことでしょう。でも、向田さんに関しては新しい読者がどんどん出てくる。女子中学生が読み、女子高校生が読む。テレビの『寺内貫太郎一家』なんて知らない世代ですよ。そうやって、読者がとぎれない。

**小林**　大学のサークルに、向田邦子研究会なんてあるんですね。

**久世**　結構多いですよ。僕が知っているだけでも、七つや八つはあります。

**小林**　最近の女子大生とか若い女性は、向田さんのことを知的アイドルみたいに思っていますよね。それはひとつには、向田さんの経歴とも関係があると思うんですよ。最初OLをやって、それから雑誌記者になり、テレビの脚本家になり、最後は直木賞……と、女性の地位を自分で少しずつ築いていらっしゃるところに憧れを感じるんじゃないかな。

**久世**　しかも、手が届かないサクセス・ストーリーではなく、ひょっとして私も、と思わせるサクセス・ストーリーなんですよ。しかも、速いスピードで走ったのは人生の後半であって、三十歳くらいまではごく普通のスピードなんですよ。若い頃からパッとメジャーになったわけではない。

**小林**　でも向田さんは、女子大生からは自立する女性の頂点みたいに思われているけど、書かれるものの中に出てくる女性は決してそうではない。未来志向の女性をプラスとすれば、出てくる女性はむしろうしろ向きのマイナスでしょう。昭和初期頃の女性という感じがする。向田さんの描かれる世界は、戦前の山の手の中産階級の雰囲気がとても濃いですよね。ものの見方の基本に、そういうものがあるんですね。

**久世**　その通りですね。日本が一九四五年を境に変わっていった部分を、じつにうまく越えてきた人だと思う。捨てるべきものは捨て、残すものは残していった。僕は、たとえば美空ひばりとか石原裕次郎という人は、ある特定の「時期」だっていう気がするんですよ。「戦後」とか「六〇年代」とか。でも向田さんという方は、昭和全部という気がしますね。

**小林**　昭和三十三年頃から変わり始めて、バブルですべてなくなってしまった何か大事なものを、向田さんはとても丹念に見続けていましたね。

**久世**　僕が三歳か四歳だった頃に見た母親の鏡台というのは、大正時代のものですよね。だから自分が生まれていなくても、その頃の時代の色合いみたいなものを感じることができたんですよ。向田さんが生まれたのは、昭和四年でしょう。すると、関東大震災以降のものはすべて感じとることができたんですよ。

**小林**　向田さんと話していると、住んでいた家の間取りとかも、僕のところと似ている。お手洗いの裏にはドクダミが生えていて、南天が植えてあってとか……。

**加藤**　あの頃は、どこも同じだったのよ。

**小林**　そういう懐かしいものと、自立する未来志向の女性がひとつになると向田さんになる。

**久世**　最近の若い人からすると、昭和十年代が舞台になっているドラマはもう時代劇なんですね。毎年、お正月に向田さんのドラマをやっていますが、セットにしても、小道具にしても、全部特注していますからね。

**加藤**　でもその時代のことを知らなくても、若い人だって、なんとなく懐かしく感じるんじゃないかしら。

**小林**　やっぱり日本人の血の中に流れている。

**加藤**　今の若い人が『寺内貫太郎一家』を見たら、結構喜ぶんじゃないかしらねえ。

**小林** そういえば、僕が貫太郎役の候補にあがったとき、向田さん、すごく嫌がったんでしょ？ スケベったらしいって。

**久世** 作詞家と作曲家が集まっているところに向田さんを連れていって、陰から覗《のぞ》かせたんですよ。小林亜星という男を肉眼で見たいって言うから。そうしたら、小林さんは高い襟《えり》のヘンな服を着て、髪はもじゃもじゃで長くって。

**加藤** 向田さんが「ちょっと見てよ」って言って、雑誌に出ている亜星さんの写真を私に見せるんですよ。ピアノの前に座って、長髪でしょう。私、思わず「あっらー！」って……。向田さんは、「ねえ、そうでしょう」って。

**久世** 僕は怖い二人のオバサンに責められたんですよ。あなたのセンスを疑うわ、とまで言われた。あなたは男だからわからないかもしれないけど、女から見たら……って、とてもここじゃ言えないようなことをおっしゃった。ところが、小林さんが法被《はっぴ》を着て坊主頭で出てきたら、「これが貫太郎ね」って向田さんがすんなり言った。今から考えると、あのときの亜星さんも不思議だったよね。まだ出るか出ないかわからないのに、いきなり坊主頭になっちゃうんだから。

**小林** でも僕が候補になる前に、何人もいらっしゃったんでしょ？

**久世** 最初は、若山富三郎さんが候補だったんですよ。僕も向田さんも、いいなって言ってた。ところが若山さんにちょっとした事件があって、まだ解禁にならなかったんです。それでダメになって、それからが大変だった。小林桂樹さんとか、加東大介さんとか、いろいろ候補があがったんですけど、どうしても向田さんと意見が合わない。僕はまだ、どういうドラマになるのかわからないから、向田さんに従うしかないんです。桂樹さんは怒っても迫力がないとか、いろいろ難癖をつける。それで、もうヤケクソになって小林亜星さんを持ち出した。

**加藤**　小林さんに決まったって聞いて、私、「あーら大変」って言ったのよね。

**小林**　確か、加藤さんも僕の特訓に付き合わされましたよね。僕は「おーい、里子！」って、一晩中言わされた。

**久世**　今思い出してみると、始まるまでは毎日死にもの狂いでしたよ。僕ら、ひとつの番組を始めるということは、ちゃんとしたプロだけでやっていても大変なことなんですよ。それを主役が素人なんですからね。

**小林**　ご迷惑をおかけいたしました。

**久世**　スポンサーも反対したんですよ。何千万というお金を出して、設定は墓石屋だし、主役は素人だし……。

**小林**　久世さんも随分度胸のいいことをやりましたね。

**加藤**　亜星さんも度胸いいですよ。

**久世**　今考えても、信じられないですよ。ふつう、二、三日考えさせてくれ、ぐらい言うでしょう。それなのに亜星さんは、すぐにその場で、「私でよかったら」って言うんだから。僕は、断られるだろうなと思って、半分それを期待してたから、正直なところ困ったなあと思いました。

**加藤**　亜星さん以外にも、もう一人、新人のお嬢さんがいたでしょう。そのお二人の特訓に付き合って。私、リハーサルに入る前にクタクタになってしまった。

**小林**　暴れるシーンが多かったでしょう。今より太っていたから、僕も結構疲れて大変でした。

**久世**　それで、緊張しているかと思ったら、平気で本読み中に寝ちゃったりする。

**加藤**　本番でカメラが近づいているのに、寝ているんですもの。だから、私が突っついて起こしたりして。

**小林**　寝るシーンで、ハイOKって言われても起きてこなくって……。鼾《いびき》かいて寝ていたんで、呆《あき》れられましたよね。でも、今ではああいう冒険はできませんよね。

**久世**　まず企画が通りませんよ。娘が足が不自由という設定も、ひっかかった。まあ、僕もあの頃は三十代で元気でしたからね。今だったら、とてもあんな度胸もエネルギーもありませんよ。

**小林**　考えてみれば、『寺内貫太郎一家』をやっていたとき、僕はまだ四十一歳だったんですよ。

**久世**　親父をやっていたせいか、なんとなく向田さんより年上のような気がしていたけど、向田さんより若かったんだ。

**小林**　そうですよ。

**久世**　それにしても、みんな若かったなあ。向田さんが今生きてらしたら、もう六十六歳ですからね。

**小林**　それと、あの頃は、あまり世の中がうるさくなかったね。写真週刊誌もなかったし。

**久世**　小林亜星事件もありましたね。今の奥さんと、当時はいわゆる「不倫」の真っ最中で。『貫太郎』をやっている最中ですからね、こちらとしては困るわけですよ。

**小林**　今のワイフと井の頭公園を歩いていたんですよ、そうしたら子供がついてきて、ワイフのことを「里子さん」って呼ぶの。参ったよ。そういえば加藤さんは、ちょうど離婚した頃だった。

**加藤**　そうでした。

小林　僕は不倫をして家を出るし、加藤さんは離婚なさるし、ちょうどみんながそれぞれ人生のターニング・ポイントを迎えていたんですね。

## 作品に垣間見る知られざる素顔

加藤　向田さん、原稿が結構遅かったわね。本番中に届いたこともあったし。
小林　あの頃はコピーがなかったから、手書きのものをみんなで回して……。
久世　『源氏物語』のときなんて、そのシーンを撮り終わってから原稿が届いたなんてことがあった。役者がいなくなっちゃうから、しょうがないんですよ。僕が適当に書いて撮っちゃった（笑）。
小林　そういう点では、度胸がありましたね。
久世　でも、致命的なことはやらないんですよ。なんとかつじつまを合わせてしまう。
小林　ある意味では、妥協をしなかったんですね、向田さんは。自分の閃《ひらめ》きというか、核になるものを見つけるまでは……。
久世　面白いのは、たとえば「こういう筋にしよう」という打ち合わせをするでしょう。だけど、その晩に地震があったりすると、シーンにうまく地震を取り入れてあったりする。そういう点は、凄くうまかったね。自分の身の回りに起きたことを、じつに巧みに使う人だった。

**小林**　ちょっとしたことから、物語を大きく膨らませていくというのは、向田さんの凄さですね。それに、細かいところを大事にする。たとえば、熟《な》れ鮨のシーンがあったとすると、その作り方にこだわる。台所仕事とか、そういう生活の中に生きている具体的なことの隅々を、大事になさっていた。

**久世**　女の人の感覚で見た、生活の中の一瞬の風景をヒョイと使う。そういうコツを知っていたんだと思いますね。だから向田さんが『思い出トランプ』で成功したのは、よくわかる。あの人のドラマは短篇小説の手法なんですよ。一見、テーマとは何の関係もないちょっとした小道具を使って、それをテーマにつなげていくという……。その手法は、悪い言い方をすれば手口を知っているから、ドラマを書くときにもあまり構成を作る必要がなかったんだ。

**小林**　『貫太郎』の頃から、そういう資質があったんですね。

**久世**　その代わり、長篇小説を書くとなると大変だったと思いますよ。

**加藤**　ぜったい長篇を書かなきゃって、おっしゃってましたよ。直木賞をとったときに、いろいろな言われ方をしましたでしょ。だから、そんなことを言われないためにも、なんとしても長篇を書かなくては、と思っていたみたいですよ。

**小林**　でも向田さんの小説には、ちょっと毒がある。怖いところがありますよね。

**久世**　それと、『阿修羅《あしゅら》のごとく』なんか、人の話を聞いたり、想像しただけではこうは書けないんじゃないかなと思わせる件《くだり》がいくつもあったなあ。これは自分の体験を、取り入れているんじゃないかなって。だから、『寺内貫太郎一家』を書いてもらった僕としては、意外というか、いろいろな経験をしてきた人なんだなと、僕以外の人が作ったドラマを見てよくそう思いましたね。案外この人も、陰でいろいろやってるんだなあって。

**小林**　結構、波乱万丈な人生を送ったんだ。

**久世**　あと、向田さんの小説はとても映像的ですよね。カメラ割りができる。「写真機のシャッターが下りるように、庭が急に闇になった」なんて終わり方、じつにうまい。

**加藤**　「かわうそ」の最後ね。ほんと、うまいわよね。指先から煙草《たばこ》が落ちるところから始まって。読んでいても、くっきりと絵が見えてくるもの。

**久世**　それはやっぱり、向田さんがテレビの仕事をやってきたからでしょう。

**小林**　でも『寺内貫太郎一家』の頃は、自分が小説家になるなんて思ってもみなかったんじゃないかな。

**久世**　思っていなかったでしょうね。

**小林**　人間って面白いですね。自分でも思っていなかったことで、大変な人になるなんて。

**久世**　それにしても、向田さんにはもう少し生きてもらいたかった。直木賞をいただいて一年で亡くなってしまったんですから。作家と脚本家と二股かけての生き方というのを、僕たちはほとんど見ていないわけでしょう。

**小林**　短い間に、凄い仕事をしたんだなあ。そういえば向田さんは、男の作家にモテましたよね。女流作家というと、なんとなく美人はいないってイメージがあるけれど、向田さんは美人だったから……。直木賞をいただいたときも、僕や加藤さんが銀座のバーでずっと待っていたら、随分遅くなってからいらした。男性作家たちが放してくれなかったって。それから僕たち、オカマバーに行ったんですよね。

**加藤**　そう、朝まで。

**久世**　僕は連れていって貰《もら》わなかったですよ。受賞パーティーには行ったけど。あのパーティーは、あっちの半分はすごく地味で、こっちの半分はやたら派手で、なんかヘンな感じでしたよね。文壇とテレビの世界はまったく雰囲気が違いますからね。向田さんはその間を忙しそうに行ったり来たりして、なんか、かわいそうだった。

**病が彼女に何をもたらしたか**

**久世**　ところで小林さんは、向田さんが泣いたのを見たことがありますか？
**小林**　いえ、ありません。そういうお付き合いはしていなかった（笑）。
**久世**　加藤さんは？
**加藤**　ありますよ。ポリーニというピアニストが来日したとき、いっしょに聴きに行ったんです。そうしたら演奏が終わったとき、ハンカチを出してしばらく目に当てていました。
**久世**　どんな曲ですか？
**加藤**　ショパンだったと思います。
**久世**　向田さんとは、よくいっしょに音楽会なんかにいらしてたんですか？
**加藤**　あまりないんですよ。そのときはたまたま、向田さんは服飾デザイナーの植田いつ子さんとお二人で行かれるつもりだったらしいんですけど、植田さんが行けなくなったので、私を誘ってくださったんです。

久世　いつ頃のことですか?
加藤　私が『フライパンの歌』をやっていた頃ですから、『貫太郎』の後ですね。
小林　向田さんの脚本の中には、クラシック音楽が指定されて出てくることがありますね。確か『寺内貫太郎一家』のときにも、チャイコフスキーの「舟歌《バルカローレ》」が出てきたことがある。
久世　大楠《おおくす》道代さんが出た回でも、ブラームスが指定してあった。
小林　どちらかと言うと、通好みの小品を指定することが多いようですね。普通の人があまり知らないような……。
加藤　向田さんは、普通の人が何年分もかかるものを、短い時間にヒュッと自分のものにしてしまうの。そういうところが、本当に凄いですね。焼き物のことにしても、音楽にしても。
久世　とにかく集中力がある。
加藤　焼き物のことだって、以前は話題にも出なかったのに、ある時からワーッと集中的にのめり込んだでしょう。
久世　長い間、ずっと追いかけていたというわけではなかったですよね。
加藤　だから音楽も、クラシック・ファンで子供の頃からずっと聴き続けていた、というのではないのかもしれない。

**久世**　僕らが知り合った『貫太郎』の頃からじゃないかな、あの人がいろんな部分で急に豊かになっていったのは。超スピードでいろいろなものを自分のものにしていった。

**小林**　系統立てて何かを勉強しようって感じの人ではない。好きになってしまって、ワッといっちゃう。

**久世**　別の言い方をすれば、彼女はとても要領がいい。だから無駄足を踏まないで、核心まで辿《たど》りついてしまう。普通の人なら、Aを知ってそれからBを知り、Cに至るというのを、いきなりCに行ってしまう。

**加藤**　こんなことがあったんです。私が京都公演のとき、京都の古道具屋さんでお皿を買いまして、それを見た向田さんが「いいわね」とおっしゃるの。「こういう店で買ったの」って教えてあげると、もうすぐそのお店に行って女将《おかみ》さんと親しくなる。女将さんが東京に出てきたら歌舞伎に案内したり、全部お世話するの。するとその女将さん、それからは向田さんが好きそうな焼き物が出ると、まず向田さんに送ってくるわけ。うちでちょっとお皿を見ただけで、そこまでやっちゃう。すべてがそうでしたね。人とのお付き合いの仕方とか……。

久世　情報網の作り方がうまかった。すぐに友だちになるし。
小林　好きなものがハッキリしているからじゃないかな、お茶碗ひとつ選ぶにしても。だから自分に必要なことは、すぐキャッチできる。
久世　若い頃から、いろいろなことに興味を持っていたんだと思いますよ。それが花開き始めるのが、ちょうどドラマを書き出した頃だったんでしょう。
小林　食べるものでも、あそこのものが好きとなると通いつめちゃう。
加藤　食べるお店も、どこが美味しいとか、とてもよくご存知でしたね。前はそれほどでもなかったようだけど。
久世　それは経済的なこともありますよね。
小林　そのころ、仕事もノリ始めて、人生が楽しくて仕方なかったんじゃないですか？　僕は病気のあとはあまりお付き合いがなかったので、よくわからないんだけど。
見舞いにも行かなかったし……。乳癌《にゅうがん》と聞くと、男はちょっと見舞いに行けない。
久世　じつを言うと、僕は向田さんが病気だった期間のことをあまりよく覚えていないんですよ。いったいどのくらい入院していたのか、退院して復帰するまでどのくらいかかったのか……。乳癌になった、と言われたときのことは覚えてるんですけどね。
小林　いつ頃のことでしたっけ。

**久世**　『寺内貫太郎一家パート2』の最終回のときですよ。打ち合わせに向田さんの家に行ったら、最終回は書けないっていきなり言うんですよ。乳癌で手術をすることになったからって。普通だったら僕は、そういう深刻な話になると、頃合をみて帰ってしまうんですけどね。そのときは最終回をどうするか決めなくてはいけなかったから、帰るわけにいかないんですよ。向田さんは、この仕事だけは完投したかったのにって、すごく悔しそうでした。「じゃあ誰に書いてもらおうか」って訊《き》いたら、「他の人に書いてもらうのは嫌だ」ってはねつける。「あなた書いてよ」って言うんですよ。それじゃあ、一緒に筋を考えようということになって、一晩頑張ったんですよ。

**加藤**　それは辛い夜でしたわね。

**久世**　ふっと間があいたときに、なにかヘンな具合になっちゃうんだな。泣きはしないけど、時々虚《うつ》ろになったりして……。でも気を遣うのは、彼女の方なんですよ。「おなか空かない?」とか言って何か出してきたり。ああいうときは、いくら僕のほうが気を遣ってはしゃごうが何しようが、不自然になることはわかっているからお茶ばかり飲んでいましたね。それなのに薄情なことに、入院した後のことはまったく覚えていない。加藤さんはお見舞いに行きました?

**加藤**　ええ。そのことを聞いてすぐ、風吹ジュンちゃんと向田さんのマンションへ伺って、ロビーで顔だけ見て。病院へは、お見舞いなのに何も持って行かないで、逆に向田さんの冷蔵庫の中のもの、食べてしまって。

**小林**　そういうところが、加藤さんらしいなあ。でも向田さんにとって、病気をなさったことがとても大きな転機になったみたいですね。

**加藤**　そういえば手術後、向田さんの右手が動かなくなってしまったんです。退院したら、どんどん手を動かすようにって、病院で言われたんですって。その通りにしたら、右手が動かなくなった。病院に訊いたら、動かすといったって手術直後の安静期間を過ぎてからじゃなきゃいけなかったんですって。そういう説明を、病院はきちんとしなかったわけです。おかげで向田さんは、片方の手が動かなくなった。雑巾《ぞうきん》を絞るのも何をするのも大変で、もう右手は一生ダメかもしれないと思い、左手で文字を書き出したんです。その頃ですよ、『銀座百点』に『父の詫び状』を書き始めたのは。テレビの脚本を書いていない間に、エッセイを書き出したんですね。

**小林**　そうだったんですか。

**久世**　そういえば以前、『小説新潮』の特集に「思い出の向田邦子」というのがありまして、ゆかりの人に話を聞いているんですが、中でお母さんのせいさんも、右手が動かなかったことを言ってました。不憫《ふびん》だったし、本人もすごく焦《あせ》っていたって。じつは僕、右手のことは知らなかったんです。

**加藤** 向田さんは、手術に関して病院に腹を立てていたんです。患者にきちんと説明をしないことで、自分と同じようなことがこれからも起きたら困るって。澤地久枝さんが、そのことを書いていますね。

**久世** 確か『寺内貫太郎一家』を小説にしたのも、あの前後でしたよね。あれを読んだときに、悪いけどこの人は小説が下手だなって思いましたね。それが病院を出られてから、突然小説がうまくなった。

**加藤** 『寺内貫太郎一家』の場合、台本を適当に抜いてつないだだけだから、完全に小説として書いたわけではないでしょう。

**小林** それにしても、変わったなと思いましたよ。『父の詫び状』の頃から……。

**加藤** 『父の詫び状』のあとのドラマって、どんなものでしたっけ。

**久世** 『家族熱』とか、『阿修羅のごとく』『冬の運動会』……。

**加藤** ああ、やっぱりドラマも変わってきていますね。手術をしたことで、何かを非常に強く感じたんだと思います。

**久世** こういう言い方をすると、多少不謹慎にはなりますけど、向田さんという方は、病気とか自分の気持ちの翳《かげ》りといったものにさえ、ノルのが上手だったと思いますね。

そういうことを自分の糧《かて》にすることができる人だった。

**小林**　じつは僕も五年ほど前、胃癌だと医師から宣告されたんです。そのときは、もうダメなのかなと思いました。そうなると急に、空の雲までがこの世の名残みたいな気がしてくる。ほら、恋をしているときって、何を見ても違って見えるじゃない。

**加藤**　そうそう、風景が違って見えてくる。

**小林**　あれと同じ。ススキの穂一本を見ても、妙に感激したりする。そういうのが向田さんにもあったんじゃないかな。僕の場合は誤診とわかったとたん、もとに戻っちゃったけど。でも向田さんは、もともとても物の見方が鋭い人でしたからね。女性としては珍しいほどの客観性もあったし……。たとえば向田さんは、加藤さんに対してはわりとシニカルで意地悪なことを言ったりしたでしょう。

**加藤**　だって向田さんは、私のダメなところを一番よく知ってるんですもの。

**小林**　加藤さんに対しては、結構辛辣《しんらつ》にいろいろなこと言ったりしても、加藤さんもそれを許していたところがあったみたいだけど。

**加藤**　厳しさを感じさせてくれる人って、あまりいないでしょう。だから、すごくいいお友だちなの。随分ハッキリ言われますよ。みっともないとか、人に笑われるとか、もう年がら年中言われていましたね。でも私が仕事のことで迷って相談すると、ピシッといいアドバイスをしてくださるの。そういう仕事はおやめなさい、とか。今でも、こういうとき向田さんならこう言うだろうな、なんて思い出したりしますねえ。

**久世**　やっぱり向田さんにとって、加藤さんはダメなところもあるけど、とても可愛い素敵な人だったんですよ。そうじゃなかったら、付き合わないでしょう。それに向田さんにしても、加藤さんがいたからこそ、という面があったと思いますよ。ＮＨＫのドラマでも、必ず向田さんは加藤さんがお出になることを前提としていた。彼女が一番書きたかった女の人は、加藤さんなんです。ダメな部分も含めて。ダメで情けないところが、愛《いと》しいんです。だから『阿修羅のごとく』でも、向田さんが一番書きたかったのは、加藤さんがやっている長女がらみのシーンだったという気がする。きっと向田さんは、自分の女の部分を加藤さんの役にすべてのっけたんだと思う。

**加藤**　私も、『冬の運動会』とか『家族熱』とか『阿修羅のごとく』とか、本当に好きなドラマです。これは自分だ、という感じで演じることができました。

**小林**　でも加藤さんは、二面性のある女優さんだから素敵ですよ。里子みたいに貞淑でうしろで夫を支えているお母さんをやっても、本当にこれ以上貞淑な女はいないって感じになるし、とんでもない女を演じてもピッタリはまる。

**加藤**　ありがとうございます。『阿修羅のごとく』のときなんか、しようもない男に惚《ほ》れて、昼間っからウナギとったりね。

## 一瞬にして人の本質を見抜く怖い眼

**小林**　向田さんという方は、ちゃんと自己主張がある方なのに、年齢の差とか一緒にいて違和感とかを感じさせない人でしたね。よく作家然とした方、いるじゃないですか。そういうところはまったくありませんでしたね。気さくで……。でも向田さんの怖いところは、何かの拍子に突然誰かを嫌いになったりするんじゃないかと思わせるところ。たとえば、アイスクリームの食べ方に品がなかったから、その人のこと大嫌いになったとか。そういうことが、ありそうな人じゃありませんか。

**久世**　逆に、嫌だと言っていた人のことをコロッと好きになることもよくあった。

**加藤**　そう。たとえば、向田さんが絶対あの人は使わないって言ってる俳優さんがいるとするでしょう。それがどうしても都合で使わなくてはならなくなって、いったん自分のドラマに出ると、「あの人はいいわよ」って言い出す。

**久世**　それは向田さんの潔さでもあるし、いい加減さでもあると思いますね。あの人は、自分本位なんです。誰でも、自分の家の子は可愛いみたいなこと、あるじゃないですか。向田さんの場合、そういう感じなんだな。だから自分のドラマに出ると、急に評価が変わる。岸本加世子のときなんて、まさにそうですよ。最初は、自分のドラマに出すのは絶対にイヤだって言ってたくせに、一度出たらすっかり気に入って、『あ・うん』のときは自分の役までやらせるようになったんだから。

**小林**　僕のことも、最初はさんざんスケべったらしいとか言ってたんだから（笑）。

**久世**　向田さんは、志が高い低いということに関して、とても敏感だったね。そういうものの見方というのが、僕はとても好きでした。

**加藤**　ほんのちょっとした断片から、相手の人間の本質を見抜いてしまうんですから。怖いですよ。

**小林**　そういう意味で、向田さんはとても女っぽい人だと思いますね。ものすごく直感的な人だった。

**加藤**　あるとき、ある歌手が長い下積みを経て世に出て、絶賛されていた時期があったんです。でも向田さんは、「あの人は絶対嫌な女よ」って言うの。その歌手はそれからも、どんどんビッグになっていったんですけど。あるとき、向田さんの言った通りになったの。下積みの頃は出ていなかった嫌な面が、全部出るようになったのね。向田さんって、なんて凄い人だろうって思った。

小林　脚本というのはキャスティングがあるわけだから、人を見抜く直感力って必要ですよね。いかにもあの人ならやりそうだな、って役を書くわけだから。

久世　向田さんからは、なるべくキャスティングを予《あらかじ》め決めてくれって言われましたね。

小林　こちらにしてみれば、向田さんの直感力が怖い。もう、すべて見透かされているんじゃないかって気がして。

久世　僕の場合、言われる前に引いてしまうことを身につけましたね。「きっと向田さんは気に入らんだろうなあ」ということをもう一回続けると必ず言われるから、直前にふっと身を引いてしまう。向うも、引くだろうと思うから黙っている。

加藤　向田さんは、久世さんのことを弟みたいに思ってましたよ。新聞に写真が出るようなことがあったとき、本当に情けながっていました。でも「あの人は悪運が強い人ね」って、いつも言っていた。

小林　ここにいる三人なんて、みんな恥の多い人生じゃないですか。そういうことに関しては、向田さんは比較的寛大だったね。

加藤　本質的に卑しくさえなかったら、情けないと思ったり、しようがないと思ったりはするけど、許してしまう。優しい人なんですよ。

もしも、あの人が生きていたら……

小林　向田さんは、僕たちには自分の恥の部分を決して見せない人でしたね。だからなんだか、あのとき亡くなることを想定して人生を送っていたんじゃないかと錯覚を起こしそうになってしまう。
久世　錯覚でしかないんですけどね。でも僕、最近思うんですよ。誰でも亡くなるときには、帳尻が合ってるんじゃないかって。たとえどんな死に方であったとしても。
小林　こう言うと申し訳ないけど、向田さんに関してもそういう感じがしますね。
久世　あの終わり方が、あの人には一番似合っていたのかもしれないなって気もしますね。やっぱり長生きをする人っていうのは、長生きをしたいと思っているんですよ。僕の母なんて、もう九十五ですからね。
小林　向田さんのお母様はおいくつですか？
久世　八十六くらいになられるはずですよ。
加藤　お元気ですよね。向田さんがお元気にしたんじゃないかと思うほど。向田さんが生きていらしたときより、ずっとお元気。

**久世**　「思い出の向田邦子」にも書いてありましたけど、台湾から毎日電話してきて、「お母さん身体、大丈夫？」って心配していたそうですよ。最後に電話で話したときにも、そう言ってたそうです。そのくらい、お母さんのお身体の具合が悪かったらしい。

**加藤**　お母様がいつ倒れるかって、そればかり気にされていた。あの頃、何度かお母様にもお会いしたんですけど、口数も少なくて静かな感じの方でしたね。そういえば、向田さんは亡くなられる前の年の大晦日《おおみそか》に、紅白歌合戦の審査員で出られたんです。それまで私、大晦日はいつも向田さんの家に呼ばれていたんですけど、「今年は紅白に出るから母のところに行って」と言われて、ご実家に伺ったんです。そのときもお母さん、静かにしていらした。その後、毎年、ご命日に伺うたびにどんどんお元気になられて、それがほんとうに何よりも、嬉しくって。

**久世**　向田さんが癌で入院することになったときも、一番心配していたのはお母さんと妹さんのことだった。これで私が長患いでもすることになったらどうしよう、って。なんだか長男のものの考え方なんですね。

**小林**　作品から見ると、お父さんっ子って感じがするのにね。お父さんは、早く亡くなったんですか？

久世　お母さんの話によると、『守ルモ攻メルモ』という向田さんのドラマを見て、その翌《あく》る朝、亡くなったそうです。でも、お父さんが亡くなられなかったら、『寺内貫太郎一家』は書けなかったでしょう。因果というのは不思議ですよね。

加藤　でも、文字って素敵ですね。向田さんだって、ああやって文字にして作品を遺《のこ》したから、時代を超えていろいろな人に読んでもらえるでしょ。でも、テレビは、その場で消えていってしまう。テレビは空しいですねえ。

久世　消えるから、面白いんですよ。

加藤　でも、今みたいに流れが速くなると、何を目指してテレビを作っていったらいいか、わからないですね。

久世　確かに僕たちが『貫太郎』をやっていた頃は、よかったと思います。脚本も出演者もよかった。でも、何よりも時代がよかった。今だって『貫太郎』より視聴率のいいドラマは、いっぱいありますよ。でもそれが、十年、二十年たってもこれほど話題になるということは、まずないと思いますね。

小林　あのドラマの中では、隣の奥さんが平気で庭づたいにやってきて、縁側から「奥さんいる？」なんて到来物を持ってきたりするでしょう。そういう、日本人らしい人情の最後を飾ったという感じじゃないかなあ。

**久世**　今では、下町でもああいう感じはないからね。

**小林**　それどころか、家族が全員揃って夕飯を食べるということすらない。あのドラマは、その最後の抵抗だったから盛り上がったんじゃないかな。

**久世**　あるアンケートで小学校三年生に、「あなたの夕食の風景を描いてください」って言って絵を集めたら、ほとんどの子供が一人で食べている風景を描いたんだそうですよ。

**加藤**　あら、かわいそう。

**小林**　今の人は、生活を大切にしないね。

**久世**　昔は、お父さんがいてお母さんがいて、みんな揃って食事をするのが当たり前だった。今の子たちが大人になったとき、日本はどうなるのかと思ってしまいますね。

**小林**　僕ら、いい時代にいいドラマをやったんですね。戦後の復興を支えていたのは、やっぱり極端にいえば東京の山の手の普通の家庭だったと思うんですよ。一種文化的で、それでも日本の昔ながらの良さも保っていて。そういうものがなくなっていく、最後の黄昏《たそがれ》の光だったような気がしますね、『貫太郎』に限らず、向田さんの小説というのは……。昭和というのは、残念ながら、今ではもう時代劇の世界なんだね。今は何でも金の世界だからね。ドラマもそうでしょう。視聴率というのは、つまり金だから。

**久世**　そうですね。

**加藤**　『貫太郎』の頃というのは、まだ家族が家族でいることの幸せみたいなものを、みんなが感じることができた時代だったと思うの。

**久世**　でも、そういう時代が終わってしまうということを、演じている人も作っている人も予感していたんだと思いますよ。だから、いいドラマを作ることができた。

**小林**　そうですね。たとえば、ドラマに登場するおかずひとつにしても、おろそかにせず大事にしてたでしょう。たとえば、『貫太郎』なんかではテロップでその日の献立を流したりして……。昔の人というのは、酒の飲み方、料理の出し方ひとつにも、ある規範があった。そういうものが、あの頃すでに消え始めようとしていたんだなあ。

**久世**　向田さんは、ある時代のある風景を頭に思い描きながら書いていただろうけど、それはもうあの時点においても、すでにどこにでもある風景ではなかった。だから、消えいくものに対する惜別の思いを込めて書いたんだと思いますね。視聴者たちも、同じ惜別の情を持っていた。だから二十年後の今、あのドラマをやったら受けるかといったら、違うと思いますよ。向田さんが生きていらしたとしても、もう、ああいうドラマを書いてはいないでしょう。もし生きていたら、ドラマは書き続けていただろうけど、おそらく男と女のドラマの方にいってるでしょうね。

**加藤**　私もそう思うわ。『阿修羅のごとく』のもっと先をいくドラマ。

**小林**　そう考えると、我々ももう終わったな。

**加藤**　あら、まだ早いでしょ。

**小林**　でも、向田さんはいい時代に生きたね。自分の力を発揮できる時代に発揮しきって、初老にかかる前に華麗に散ったんだから。

**久世**　いかにもあの人らしい終わり方だったのかもしれませんね。

# あとがき

あの戦争が終わって、今年ちょうど五十年である。いまごろ寝呆《ねぼ》けたことを言っているようだが、ようやく戦後が終わったような気がする。私たちの世代にとって、それくらいあの戦争は、$\sqrt{2}$や$\sqrt{3}$のような、つまり、いつまで計算しても割り切れない平方根みたいなものだった。私たちのやわらかな希望は、戦争が終わったあの日からはじまったが、私たちの妙なアンニュイや無力感も、あの日にはじまった。戦争と聞くと、胸がちぢむような怖れが蘇《よみがえ》るのもほんとうだが、ときめいて懐かしく思うのもほんとうだった。私たちは、まだ幼いといっていい年ごろだったが、あの日、たしかに何かを見失った。そしておなじ日、見失ったものの向うに、何かが束の間見えたような気もした。いったい見失ったものというのは何だったのか、見えたと思ったのは何だったのか、それについて考えているうちに、駆け足のように時は過ぎて、私たちはいつも胸の底に、あの日に忘れ物をしたような不安と落ち着きのなさを抱えて暮らすようになった。まだ取りに戻れる、まだ間に合うと言い訳をしつづけて、ふと気がついたら、五十年が過ぎていた。

夏目漱石の『夢十夜』みたいなものである。漱石が冷たくなった女の体を、滑らかで鋭い真珠貝で掘った墓穴に埋め、星の欠片《かけら》を墓標にした墓に寄り添って、女と約束した百年はまだこない、まだこないと、女の言葉を疑いはじめたころ、目の前にひょいと白い百合が揺れているのが目に入った。とっくの昔に、《百年はもう来てゐた》のだ。百年だってそうなのだから、五十年は瞬《また》く間である。待ち草臥《くたび》れた憶《おぼ》えもなければ、そんなに時間が経った覚えもないのに、五十年後の八月の青い空に、ぽっかりと百合の花に似た雲が浮かんでいたのである。悪い狐《きつね》に騙《だま》されたような気持ちだった。これが漱石の言うような夢だったとしたら、こんな悪い夢はないと思う一方で、変に軽やかで、いい加減で、その分面白い夢だったという思いもある。向田さんが生きていたら、この不思議な気持ちを、何と言うだろう。

そんなことを考えて、『夢あたたかき』という題名にした。その元は、本文にあるように、《父君《ちちぎみ》に召されて去《い》なむ永久《とことは》の　夢あたたかき蓬萊《ほうらい》のしま》という、明治の薄幸の歌人、山川登美子の辞世の歌であるが、この歌の下の句を、《春あたたかき蓬

《菜のしま》とする説もある。けれど「春あたたかき」では、小学唱歌みたいなので《夢》の方を採った。ちょうど三年前に出した向田さんについての話は、『触れもせで』であった。これも与謝野晶子の、《やは肌のあつき血汐にふれも見でさびしからずや道を説く君》から採ったものだから、本来は「ふれも見で」としなければおかしいのだが、《ふれも見で》だと、何となく試すような、魂胆があるような気がしたので、ちょっと著作権を侵害してみたのである。そして、めでたく『明星』の才女二人がそろったわけである。

これでもし、また三年もして、向田さんのことを書くとすれば、世の公平のために、こんどは晶子、登美子の真ん中にいた与謝野鉄幹の歌を題名に持ってこなくてはならなくなるが、「妻をめとらば」では話にならないので、向田さんの話は、今回でおしまいである。ようやく私にとって戦後も終わったことだし、あのころに残してきた忘れ物をいっしょに探してきた向田さんにも、そろそろ手を振ってお別れする時間かもしれない。向田さんと私とは、同志でもなければ、戦友でもなく、かと言って師弟でもなく、男と女でもなかった。短いスカートと、半ズボンの、お互い膝小僧の見える幼馴染みだった。いつまでも遊んでいたいのに、もう日が暮れるからお家《うち》に帰りなさいと叱られて、街角で手を振り、手を振り、別れた幼馴染みである。またお日さまが昇ったら、いっしょに遊べるかもしれない。だからしばらく、真珠貝で掘った、星の欠片が目印の、お墓の中でお休みなさい。私は、もうしばらく生きてみます。

向田邦子の中には、二人の才女がいた。ちょっとこじつけのようではあるが、与謝野晶子と山川登美子である。一人は朋友と争った鉄幹と結ばれ、歌人としても名を成し、もう一人は才能を惜しまれながら、福井の田舎で二十九歳で夭逝した。一人は髪が風に乱れるのも怖れず、目を輝かせて奔《はし》る女であり、いま一人は引っ込み思案で、どうしても人を傷つけることのできない伏目がちの女であった。そんな二人の女をこっそり胸の中に抱えていたから、みんなに好かれ、頼りにされ、いまでも暖かく思い出されるのだ。これは、向田邦子の幸せである。しかし、最後まで二人の女のどっちにもなれなかったのが、向田邦子の人生の不幸だった。——だが考えてみれば、それもこれも、残された者の繰り言である。死者というものは、存外気楽で、そんなことどっちだっていいと思っているのかもしれない。

ことのついでに、山川登美子の歌を、もう一首。

をみなにて又も来む世ぞ生れまし花もなつかし月もなつかし

これに答える向田さんの悪戯《いたずら》っぽい声が聞こえるようである。

をみなにて又も来む世ぞ生れまし酒もなつかし人もなつかし

# 向田邦子年譜

＊【〜歳】はその年11月28日の満年齢

一九二九（昭和4）年
十一月二十八日、向田家の長女として、東京府世田谷町若林に生まれる。
一九三〇（昭和5）年【一歳】
四月、宇都宮市二条町に転居。
一九三四（昭和9）年【五歳】
四月、宇都宮市西大寛町に転居。
一九三六（昭和11）年【七歳】
四月、宇都宮市西原尋常小学校に入学。七月、東京市目黒区中目黒三丁目に転居。九月、東京市目黒区油面《あぶらめん》尋常小学校に転入。
一九三七（昭和12）年【八歳】
三月、肺門リンパ腺炎発症（完治まで約一年）。九月、東京市目黒区下目黒四丁目に転居。
一九三九（昭和14）年【十歳】

一月、鹿児島市に転居。鹿児島市立山下尋常小学校に転入。
一九四一（昭和16）年【十二歳】
四月、高松市寿町に転居。高松市立四番丁国民学校に転入。
一九四二（昭和17）年【十三歳】
三月、高松市立四番丁国民学校卒業。四月、香川県立高松高等女学校入学（一年の一学期のみ）。家族は東京市目黒区中目黒四丁目に転居（本人のみ高松市で下宿生活）。
九月、本人も家族の住む東京へ。私立目黒高等女学校に編入。
一九四三（昭和18）年【十四歳】
九月、東京都目黒区下目黒に転居。
一九四七（昭和22）年【十八歳】
三月、私立目黒高等女学校卒業。四月、実践女子専門学校（実践女子大の前身）国語科に入学。六月、家族は仙台市国分町に転居（半年後に琵琶首《びわくび》町に転居）、本人は弟と祖父宅（東京都港区麻布市兵衛《いちべえ》町）に寄宿。
一九五〇（昭和25）年【二十一歳】
三月、実践女子大学卒業。四月、東京・四谷の「財政文化社」に入社。社長秘書のかたわら「東京セクレタリ・カレッヂ」英語科夜間部に通う。五月、家族とともに東京都杉並区久我山に転居。
一九五二（昭和27）年【二十三歳】
五月、「雄鶏社」に入社。『映画ストーリー』（同年六月創刊）編集部に配属。
一九六〇（昭和35）年【三十一歳】
五月、女性のフリーライター事務所「ガリーナクラブ」に参加、『週刊平凡』『週刊コウロン』等に執筆。十二月、「雄鶏社」を退社。
一九六一（昭和36）年【三十二歳】
四月、『新婦人』四～八月号に初めて「向田邦子」の名で執筆。
一九六二（昭和37）年【三十三歳】
二月、東京都杉並区本天沼に転居。
一九六四（昭和39）年【三十五歳】
十月、東京都港区霞町のマンションに転居。独立生活を始める。
一九六八（昭和43）年【三十九歳】
八月、初めての海外旅行へ（タイ、カンボジア）。
一九六九（昭和44）年【四十歳】
二月、父・敏雄、心不全で急死（六十四歳）。

一九七〇（昭和45）年【四十一歳】
十二月、東京都港区南青山のマンションに転居。
一九七一（昭和46）年【四十二歳】
十二月、世界一周旅行（アメリカ、ペルー、アマゾン、カリブ海、ポルトガル、スペイン、フランス）。
一九七二（昭和47）年【四十三歳】
十一月、ケニアへ旅行。
一九七五（昭和50）年【四十六歳】
十月、乳癌の手術（入院三週間）。
一九七八（昭和53）年【四十九歳】
五月、東京・赤坂に「ままや」開店。
一九七九（昭和54）年【五十歳】
九月、ケニアへ旅行。
一九八〇（昭和55）年【五十一歳】
二月、モロッコ、チュニジア、アルジェリアへ旅行。三月、モロッコへ旅行。五月、『阿修羅のごとく』『あ・うん』（NHK）、『源氏物語』（TBS）などの創作活動に対してギャラクシー選奨受賞（放送批評懇談会主催）。七月、『花の名前』『かわうそ』『犬小屋』で、第八十三回直木賞（上期）受賞。十二月、NHK紅白歌合戦の審査員を務める。

**一九八一（昭和56）年【五十二歳】**

二月、ニューヨークへ旅行。五月、ベルギーへ旅行。六月、アマゾンへ旅行。八月二十二日、「ハウス・オブ・ハウス・ジャパン」の志和池社長ら四人で台湾を旅行中に航空機事故で死去。

**一九八二（昭和57）年**

三月、第三十三回放送文化賞受賞（NHK主催）。十月、向田邦子賞（優れたテレビ脚本に対して与えられる）が制定される（東京ニュース通信社向田邦子賞委員会主催）。第一回受賞者は市川森一（昭和五十八年二月）。

# 解説　いくつもの顔を持つ人

新井　信

編集者として、久世光彦さんと仕事をしたことはない。向田邦子さんの祥月命日に向田家の居間では、よくお目に掛かった。正面にどっかり座り、その家の主人のようにくつろいで、母親のせいさんと談笑していた。航空機事故に遭う前日にも、向田さんは母親の健康を案じて台湾から電話を入れてきたという。昨年九月に亡くなられたせいさんが、百歳をこえるまでお元気だったのは、向田さんの強い思いが通じたのだろう。久世さんのせいさんに対する物言いには遠慮がなかったが、なにか暖かいものがあった。

向田邦子さんを語るにふさわしい人は、久世さんをおいて他にない。テレビの脚本家と演出家として、夜を徹してドラマのタイトルに悩み、ストーリーの展開に意見を出し合い、二十年以上も付かず離れずの仲良し関係にあった。それだけでなく、「繰り返しした話と言えば、家族のこと、昔読んだ本のこと、昭和のはじめの遊びのこと

――これではまるで、お爺さんとお婆さんの、春の縁側の茶飲み話ではないか」という会話が二人の間にはあったのだ。それなのに久世さんは、彼女とは理解し合った仲だとも思っていない、人の知らない顔をこっそり見たこともない、ただ仲良くしてもらっただけと、なぜか強調してみせる。

「向田さんは、その人柄のせいで、友だちがいっぱいいたというのが定説である。その友だちを大切にすることでも評判が良かった。実際、親友だとか戦友だとか名乗る人もたくさんいるようである」

彼女が内心には、百の表情でも足りないくらいの思いを持っていたことはよく知っているから、親友だったという人の文章を読むと、本当かねという気持ちになるらしい。向田さんが、相手を気遣い相手をきちんと立て、よい気分にさせる術を持っていたことは、私も知っている。けれど、作品を読んでも分かるように、人間観察がとても鋭く細かい。当の本人が知らないところで、特徴をつかんで物真似するのも、絶妙なあだ名をつけるのも名人だった。正直に言って、怖いなあと思ったことはある。普段は「どの人とも賢い距離と温度とをきちんと定めていた」人だったからである。

久世さんはその一方で、「生きているうちは、そんな風に思った覚えはまるでないのだが、いなくなられて十数年もたってみると、姉のように思われてくるのはどうし

て だろう」とも書いている。女優の加藤治子さんも「向田さんは、久世さんのことを弟みたいに思ってましたよ」と回想する。久世さんは六つ年下である。向田さんは、なぜか近しい男性には姉のような物言いをしている。『北の国から』の倉本聰さんも、賢姉愚弟の間柄だとよくいっていた。面倒見の良い家長、しっかり者の長女という何か悲しいような役回りは、小説『胡桃の部屋』にも垣間見ることができる。

向田さんはテレビ・ドラマ『寺内貫太郎一家』の最終回を前にして、夜中に久世さんを呼びつけ、「誰にも言わないで」と乳癌の告白をした。そして、すぐに入院しなければならないので、台本は「他の人は嫌、あなた書いて」ともいっている。手術のあと後遺症で右手がまったく利かなくなり、テレビは休業状態になった。「誰に宛てるともつかない、のんきな遺言状を書いて置こうかな」と「銀座百点」に連載をはじめたのが、エッセイスト・山本夏彦氏をして「突然あらわれて、ほとんど名人」といわしめた『父の詫び状』である。本人にとっては、のんきな話では決してなかったはずだ。死後、癌関係の本が山積みになっているのを見たとき、これにすべて目を通していたのかと息をのんだ。

本にさせて頂きたいと手紙を書いたのは、連載二回目だったと思う。驚いたことに、すぐに会社に伺いたいという電話が掛かってきた。せっかくだけど、すでに他の社に約束してしまったの、というのである。ところが、「銀座百点」の相談役であり、わが社（文藝春秋）の顧問でもあった車谷弘が、この企画の提案者だったということに気が付いたらしい。あちらはお断りします、と確約して帰られた。私はホッとして、本にするには原稿枚数が足りないので、連載を隔月から毎月に変更してほしいなどとお願いをした。三年後に、ようやく本ができる枚数までこぎつけたのである。

ところが向田さんは、その時点に至るまで先方に断わりを入れていなかったのだ。

私がそのことを知ったのは、『父の詫び状』が出版されてから十数年以上も経ち、その経緯を綴った相手の編集者の文章を読んだときである。どうも土壇場になってバタバタと収拾に走り回ったらしい。このときも、締切り間際に台本を間に合わせるのと同様な軽業を演じていたのだった。

久世さんとの待ち合わせにもよく遅刻したらしい。「出がけに電話があって、というのか、猫が逃げてしまって、というのか、他にもう少し知恵がないのかと思うくらいこの二つの言い訳で一生を賄った人」といっている。それに、業界では原稿の遅いことでは有名だった。私も原稿の催促で、「このマンションのロビーにおります。五分で戻ってまいります」という甲高い声の留守電を何度も聞いている。早口になると声が裏返るのだ。考えられないほど長い長い「五分」であった。

『父の詫び状』は世間の評判は高かったが、モデルにされた家族からは非難の声が上がった。何様のつもり、わが家の恥をさらした、きまりが悪い……。私もこの人が担当者よと弟さんに紹介されたときに、かなりきつい顔をされたことがある。向田さんもこのことはずっと気にしていたらしく、死後に発見された遺書にも、モデルになってもらったから印税は四人で分けて下さい、と書いてあったそうだ。

「銀座百点」のエッセイを「たまたま見かけ」たという久世さんが、上手いなという と、別に悪いことをしているわけでもないのに、彼女は少しあわてぎみだったという。「いつもこっちの空き地のグループで遊んでいた子が、あっちの子たちといっしょにいるのを見つかった」感じらしい。向田さんはテレビ業界の人たちに相当気を遣っていた。私も当時、向田さんとは親しいはずの人から、テレビの視聴率は一パーセントが百万人、本なんてたかが一万部じゃないかと、嫌味を言われたことがある。

『父の詫び状』のあとがきに、「テレビ・ドラマは、五百本書いても千本書いてもその場で綿菓子のように消えてしまう」とある。向田さんが「テレビは残らないから好きだ」と自分の前ではよく言っていたけれど、それは悔しまぎれの逆説だ、何かの形で残したいと思うようになったのは、なにも病気になってからではないと、久世さんは見抜いている。「向田さんの中の、もう一人の文学少女が寂しがりはじめたとでも言おうか、活字幻想のようなものが、もやもやとあの人に蘇ったのだろう」。そして、乳癌の手術が気持に不安な何かを囁きかけたのだろう、とも。

『父の詫び状』が出たとき、向田さんが開口一番に笑いながら言ったことは、「印税って案外と安いのね」だった。しかし、少し経ってから「あれは取り消すわ。テレビと違って読者からの手応えが全然違うわ」と読者からのたくさんの手紙を昂奮して見せてくれた。作家・綱淵謙錠さんへの礼状に、「活字は「マルゴト」自分のものです。これも不思議な初体験でございました」と書いている。

中川一政画伯に本の装丁をお願いにいく新幹線の中だった。食堂車の廊下に立って缶ビールを飲んでいるときだ。「みんな褒めてくれるのよ。あなたの感想はどうなの」と不意に問われた。「なにか怖い女の人が出てきますね」というと、「そお」とすぐに話題を変えてしまった。『思い出トランプ』の連載がはじまっていたのだ。

久世さんは「向田さんにしてはひんやりとして暗い話が多いが、書き出しと終わりの一行の風で、湿ったやりきれなさを吹き流している。なんでもない一行に見えて、これは大変な技術である」と評価した。その上で、本人はこれを小説だとは思っていなかった、彼女の小説幻想との間にはかなりの距離があったと見ている。だからこそ、これから長篇を書こうとしていた矢先の死はさぞ悔しかったろう、しかしどこかでホッとしたかもしれない、とも書いている。この辺の観察は久世さんならではのものかもしれない。

短篇連作とはいいながら、本にまとまる前に直木賞受賞というのは例のないことであった。受賞直後のある夜、「いつの間にか長年の自分の無知、不勉強、ついついの手抜き、そのための誤魔化し、そういう恥についてお互い正直に告白しあうという妙なことになってしまった」という。こんなにまじめに話し合ったのは、乳癌を告げられたときと、このときのたった二回だけだと書く。そのとき、二人はどんな思いに揺れうごいていたのだろうか。久世さんも後には小説を発表し、直木賞候補にも二度なっている。

大好きだった中川一政さんをアトリエに訪問したある日、相模湾がキラキラと夏の陽を反射していた。先客があって待つ間、向田さんは光る海を黙って見ていた。「絵は残るからいいわねえ。私なんか残すものが何もない」と低い声で呟いた。幾つもの顔を持つといわれる向田さん、私はどの顔を見ていたのだろうか。そのわずかひと月後、向田邦子さんは亡くなる。久世光彦さんもすでにいない。

（編集者・日本大学芸術学部非常勤講師）

本書は、
『触れもせで——向田邦子との二十年』（一九九二年・講談社、一九九六年・講談社文庫）
『夢あたたかき——向田邦子との二十年』（一九九五年・講談社、一九九八年・講談社文庫）
を一冊にまとめ、タイトルを改めたものです。

日本音楽著作権協会㈳許諾第0902335-905号

ちくま文庫

向田邦子《むこうだくにこ》との二十年《にじゅうねん》

二〇〇九年四月十日　第一刷発行
二〇二二年十月十五日　第十刷発行

著者　久世光彦（くぜ・てるひこ）
発行者　喜入冬子
発行所　株式会社　筑摩書房
東京都台東区蔵前二―五―三　〒一一一―八七五五
電話番号　〇三―五六八七―二六〇一（代表）
装幀者　安野光雅
印刷所　中央精版印刷株式会社
製本所　中央精版印刷株式会社


ISBN978-4-480-42588-1 C0195